U0727928

物之记忆

张春田 编

南京大学出版社

图书在版编目(CIP)数据

物之记忆 / 张春田编. —南京：南京大学出版社，
2016.3

ISBN 978 - 7 - 305 - 16303 - 6

Ⅰ.①物… Ⅱ.①张… Ⅲ.①故事-作品集-中国
Ⅳ.①I247.8

中国版本图书馆 CIP 数据核字(2015)第 314976 号

出版发行　南京大学出版社
社　　址　南京市汉口路 22 号　　　　　邮　编　210093
出 版 人　金鑫荣
书　　名　**物之记忆**
编　　者　张春田
责任编辑　芮逸敏

照　　排　南京紫藤制版印务中心
印　　刷　南京爱德印刷有限公司
开　　本　880×1230　1/32　印张 14.125　字数 316 千
版　　次　2016 年 3 月第 1 版　2016 年 3 月第 1 次印刷
ISBN　978 - 7 - 305 - 16303 - 6
定　　价　55.00 元

网址:http://www.njupco.com
官方微博:http://weibo.com/njupco
官方微信号:njupress
销售咨询热线:(025)83594756

＊　版权所有，侵权必究
＊　凡购买南大版图书，如有印装质量问题，请与所购
　　图书销售部门联系调换

小　引

　　时至今日,我们生活在一个高度物质主义的时代,"物质文化"已经成为人们生活中常常会遭遇的一个"关键词"。物质世界的增殖与扩张,人们对于物质的需要与渴求,物质与日常生活联系的紧密程度,都是历史上前所未有的。就像鲍德里亚在《消费社会》里讲的:"我们生活在物的时代。"然而,所谓"物的时代"的意义又不仅仅局限于这些方面。我们的日常生活固然越来越紧密地围绕着各种现代后现代的物质载体而展开,更重要的是,我们的精神世界、情感与记忆也愈加深入地为物质所影响甚至占据。现代人精神世界里相当大的(如果不是最大的)一部分都与物有着密切的联系。人和物的关系也远远超过了创造/被创造,生产/被生产,使用/被使用,消费/被消费的格局,呈现出更为复杂的样貌。"物"对于现代人有特别的意义。它丰富琐碎,代表着日常生活的充实与丰茂。"物"甚至赋予日常生活以"重量"——来自它自身所承载着的丰厚的技术和观念,来自通过它而被召唤回来的影影绰绰的过去。除了满足生活需要和消费欲望,"物"也凝聚着私人或共同体的情感经验，投射出历史与记忆的沧桑，让人沉潜把玩，追怀感伤。毫不夸张地说，"物"及其文化已经是当代社会魅力四射的新神祇，也成为不断刺激当代学术思想的新课题。关于物的各种论述一直是当代西方理论论辩的前沿，而物质文化研究也是近年来跨学科研究中的新潮。

理解"物"及其文化与日常生活的关系，在今天既然如此重要而切身，自然值得关注。相对于从理论和哲学层面进行抽象思考，或是坊间现有的大量关于物质文化的具体考证，本书采取的是另一种更为贴近普通读者的方式。我们从"物之记忆"的角度，搜集并挑选了书写人与物之间故事的一些文章，编为一册，并辅以照片和插图，希望从文学性的层面，呈现出"物质文化"的诸多侧面，追求雅俗共赏，开卷有益。一方面，通过物来勾连历史与个人，情感与记忆，隐藏在物与物的书写的背后的，是物理人情，是主体的趣味和境界；于是我们才发现，原来物不只是冷冰冰的物，也保存了个人或群体经验的真相，寄托了生命安顿的需要。另一方面，通过对不同时代多样化的人/物关系的呈现，提示出"物化"之外的丰富历史和现实可能。人与物的关系的变迁折射了时代的深刻转型，这些充盈怀旧之感的追忆正提供了某种反省当下的消费文化和精神处境的契机，籍此反思商品拜物教到底如何单面化了人和世界。

我们这里所讲的"物"，主要还不是指存放于博物馆中的"国宝"、器典（虽然也有一些文章涉及文物意义上的物），更多是指日常生活中人们常常接触和使用的物，不论是文人雅玩、藏书藏画，还是家居什物、衣冠饮食，乃至城市里抬头可见的建筑。这些散落在"锦灰堆"里或者在一日千里的都市改造中已经消失的物，因其与普通人、与日常生活的紧密联系,往往更让人有抒情冲动,也更惹人怀想。除此之外,我们所理解的"物"还包括现代文明中的一些"新物品",如唱片、玩具、藏书票等。选择关于新物品的文章,我们想和之前那些文物杂玩相映照。同时,时代的列车轰轰向前,有些新物品可能骤然之间也成了"现代的文物"。要之,借用孙机先生一篇文章的标题,"凡物皆有可观",端看如何发现和记录。

把物与记忆联系在一起,在中国文学和文化史上,渊源有自。李清照战乱中流徙播迁,一篇《金石录后序》讲述的就是她身经丧乱、重理藏物的故事。忆物同时也忆人,与物之聚散相伴随的,是生命中的创伤与纾解。名物之学的文章在现代中国文学中其实也有一个脉络。可以说沈从文先生开了个好头,后面,王世襄、扬之水、孟晖、赵广超等诸位先生皆各有擅场,作品文质俱佳,带给人丰富的感受和启迪。他们都是通过对一些日常物件的书写来展现出历史与想象、"物"与生活之间的对话。李旻曾为扬之水的《终朝采蓝》写序说:"所述好像随机拍摄的平凡的生活特写,但镜头又总是落在这个文明恬静从容的瞬间。读来仿佛走入一间文人的书房,主人刚离开。想到这种雅致的场景在古今的干戈不息中总是那么短暂,就觉得她精心描述的是一种蕴于物中的理想,是这个文明一直怀想的生活。因为美,所以近乎静止。"通过"物"而展现出文明理想,与沈从文"花花朵朵、坛坛罐罐"的物质文化写作亦有共通之处。借助记忆,更借助记忆的书写,"物"成为了不可异化的存在。经历了历史的沧桑之风,渗透了人世的悲欢离合,"物"中沉淀了深沉的生命的光华。因此,"物之记忆"就不单单是一种生活趣味,更是生命情怀,是历史的纪念碑。

关于物的文章不好写,除了文物方面的鉴赏文章需要丰厚的知识作为后盾以外,如何从日常生活习见的平常之物着笔而能不落窠臼,更考验的是作者的识见、性情和笔墨。掉书袋也许不难,难的是不隔膜、不做作的书写姿态,难的是"小"中有"大"——"小"是私人的记忆,"大"是历史的变迁。说到底,写物,不是在写收藏指南甚至投资导引,而是在写历史和文化,写人性和人情。前述这些作者的文章在今天为众多普通读书人所喜爱,正表明了他们的写作在今天的意义。我们在日常阅读中爬梳出一批认为能够体现本书旨趣的文章,根据内容,大致分为七辑。分类亦只是大致而言,互相之间或有交叉之处。从"文玩"到"舌尖",看似跳跃得厉害,但"物"本来就贯穿生活全部,如此想来,范围广些也是题中应有之义。

本书的编选,始终得到了责编芮逸敏女士的大力支持,她在版式、配图等方面多所费心,做了很多繁细工作,这里谨致谢忱。好友张耀宗先生从本书编选之初就给予了极大帮助,这几年间我们不断就选文反复商量,多次增删调整。没有他的视野和建议,这本书不会有现在这个面貌。最后,当然谢谢这些文章的主人们。需要说明的是,虽经多方努力,本书所选文章的部分作者仍未取得联系,诚望作者或著作权持有人见谅,并与出版社联系协商授权事宜。

编者

2015 年 11 月

目　录

辑一

文人雅玩

《北平笺谱》序

鲁　迅

　　镂像于木，印之素纸，以行远而及众，盖实始于中国。法人伯希和氏从敦煌千佛洞所得佛像印本，论者谓当刊于五代之末，而宋初施以采色，其先于日耳曼最初木刻者，尚几四百年。宋人刻本，则由今所见医书佛典，时有图形；或以辨物，或以起信，图史之体具矣。降至明代，为用愈宏，小说传奇，每作出相，或拙如画沙，或细于擘发，亦有画谱，累次套印，文彩绚烂，夺人目睛，是为木刻之盛世。清尚朴学，兼斥纷华，而此道于是凌替。光绪初，吴友如据点石斋，为小说作绣像，以西法印行，全像之书，颇复腾踊，然绣梓遂愈少，仅在新年花纸与日用信笺中，保其残喘而已。及近年，则印绘花纸，且并为西法与俗工所夺，老鼠嫁女与静女拈花之图，皆渺不复见；信笺亦渐失旧型，复无新意，惟日趋于鄙倍。北京夙为文人所聚，颇珍楮墨，遗范未堕，尚存名笺。顾迫于时会，苓落将始，吾修好事，亦多杞忧。于是搜索市廛，拔其尤异，各就原版，印造成书，名之曰《北平笺谱》。于中可见清光绪时纸铺，尚止取明季画谱,或前人小品之相宜者,镂以制笺,聊图悦目;间亦有画工所作,而乏韵致,固无足观。宣统末,林琴南先生山水笺出,似为当代文人特作画笺之始,然未详。及中华民国立,义宁陈君师曾入北平,初为锓铜者作墨合镇纸画稿,俾其雕镂;既成拓墨,雅趣盎然。不久复廓其技于笺纸,才华蓬勃,笔简意饶,且又顾及刻工,省其奏刀之困,而诗笺乃开一新境。盖至是而画师梓人,神志暗会,同力合作,遂越前修矣。稍后有齐白石,吴待秋,陈半丁,王梦白诸君,皆画笺高手,而刻工亦足以副之。辛未以后,始见数人,分画一题,聚以成帙,格新神涣,异乎嘉祥。意者文翰之术将更,则笺素之道随尽;后有作者,必将别辟途径,办求新生;其临睨夫旧乡,当远俟于暇日也。则此虽短书,所识者小,而一时一地,绘画刻镂盛衰之事,颇寓于中;纵非中国木刻史之丰碑,庶几小品艺术之旧苑;亦将为后之览古者所偶涉欤。

千九百三十三年十月三十日鲁迅记。

(选自《鲁迅全集》第七卷,人民文学出版社,2005 年)

漫话彩笺

梁　颖

　　"浣花笺纸桃花色"，这是唐代诗人李商隐吟咏彩笺的名句。

　　然而，引动诗人吟兴的浣花笺纸究竟是何等面目，今天已经无从获知，只能由想象中约略得其仿佛了。

　　传说在唐代元和年间，寓居成都浣花溪的女诗人薛涛，创制出了一种形制狭小、深红一色的笺纸，供题诗酬和之用。唐李匡乂《资暇集》云："松花笺其来旧矣。元和初，薛涛尚斯色，而好制小诗，惜其幅大，不欲长，乃命匠人狭小之。蜀中才子既以为便，后减诸笺亦如是，特名曰'薛涛笺'。今蜀纸有小样者皆是也，非独松花一色。"《太平寰宇记》也说："薛涛十色笺，短而狭，才容八行。"可能在种种名色中，艳如桃花的红色小笺最是得人心赏，所以女诗人自己的《十离诗》"红笺纸上撒花琼"，上引义山诗"浣花笺纸桃花色"，都对其情有独钟，元人《笺纸谱》特称之为深红小彩笺。另据《笺纸谱》所记，此种红色笺直到宋代依然深得名士们的喜爱："以胭脂染色最为靡丽，范公成大亦爱之。然更梅溽则色败萎黄，尤难致远，

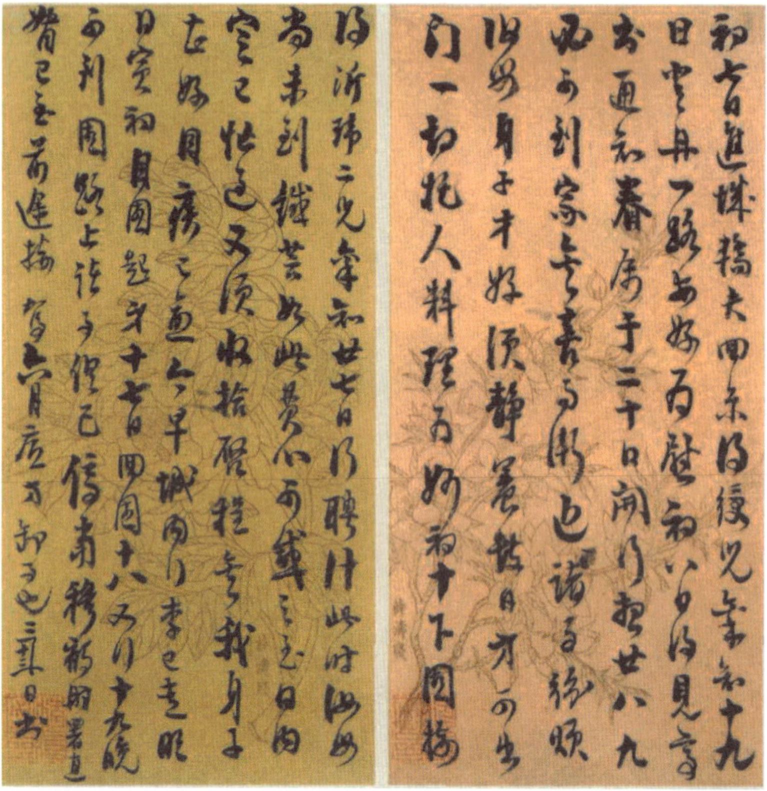

清潘世恩手札

右页桃花，左页牡丹，花梗处均有“薛涛笺”三字提名

公以为恨，一时把玩，固不为久计也。"薛涛笺原物虽然湮没无存，不过后人多喜以"薛涛笺"专称题诗写信的小张笺纸，如元代王逢《宫中行乐词》"宴分王母乐，诏授薛涛笺"，又如清人所制画笺每每题名"薛涛笺"，都可见其余韵的深长不绝。

由唐以还，造纸和染色的工艺一直在不断的探索中拓展，从而使彩笺的面目也日益由朴拙转为华美精雅。如《笺纸谱》所记录的宋代谢家染色笺："谢公有十色笺，深红、粉红、杏红、明黄、深青、浅青、深绿、铜绿、浅云，即十色也。杨文公亿《谈苑》载韩浦寄弟诗云'十样蛮笺出益州，寄来新自浣花头'，谢公笺出于此乎。"就是一例。邓之诚先生《骨董琐记》中《纸》、《造纸说》、《澄心堂纸》、《唐宋元明笺纸》诸条，列举了历代笺纸逐渐具备的坚厚、光润、滑洁以及可避蠹等等品质，以及在此基础上先后出现的蜡黄藏经笺、白经笺、金花笺、龙凤团花笺、碧云春树笺（以上宋）、黄笺、罗纹笺、绍兴蜡笺、上虞大笺（以上元）等等种类。这些多姿多彩的笺纸，从文人笔札诗翰的实用之物，逐渐升格为赏鉴把玩以至馈赠诗友的文房清玩。唐末五代的韦庄作有《乞彩笺歌》，叙说的正是诗人对彩笺的钟爱：在宋代，不独范成大、梅尧臣、司马光等名士也都对精美的彩笺赏玩不置，留下了《咏澄心堂纸》、《送冷金笺与兴宗》等等诗篇。

这些记载说明，正是诗人墨客的眷顾，对彩笺制作工艺的兴起和提高起到了推波助澜的作用。

除了日趋丰富多变的色彩之外，笺纸上又逐步出现了一个更为引人瞩目的特征——花纹和图案，这说明绘图、雕版和印刷工艺开始进入制笺领域，从而使彩笺的制作迈上了一个新的台阶。五代时创用的砑光法,即用生蜡或硬物将木版上刻制的画面压印到纸上的技术,最早将山水、花鸟、人物、器物等图案搬上了笺纸,所谓"砑光小本",因此可以将其视为后代画笺的滥觞。但砑光法所运用的具体材料和操作步骤究竟如何,史籍中的记载过于简略,只能推测一二,且难以实物求证。

明代陈继儒的《妮古录》,记载宋颜方叔创制诸色彩笺,有杏红露、桃红、天水碧等名目,"俱砑花竹鳞羽,山林人物,精妙如画,亦有镂金五色描成者,士大夫甚珍之",与砑光笺相承一脉,可惜同样未见实物传世。

早期花笺的实例,在现存的宋人书翰中还能见到,如上海博物馆藏沈辽《动止帖》所用波浪纹诗笺就是一件精妙之作,但,似乎也是我们仅知的宋代花笺遗存。

现存的明人诗翰尺牍,数量仍然有限,合上海图书馆和上海博物馆两家的藏品而计之,也不过寥寥千余通①。根据这些实物判断,明代彩笺仍以单色的素笺居多,间有带人物、花鸟、山水等简单图案的花笺,但为数甚少。值得注意的是,这些图案的线条往往带有光泽,其源自五代砑光笺自无可疑,但是它们的制作方法是否与旧籍记载的砑光完全相同,目前我们尚无法确认。

明代万历年间,版画和木版水印技艺的空前发展,对彩笺的制作产生了无与伦比的影响,从而将笺纸真正提升为一种艺术品。

---

① 2002年出版的《上海图书馆藏明代尺牍》,共收录书札341家586通,占上图所藏明人尺牍的绝大部分,据上海博物馆钟银兰、尹光华鉴定,内有若干存疑之作。另,2002年出版的《钱镜塘藏明代名人尺牍》计405家407通,当为上博藏品的大宗。这是本文推断的依据。

笺谱的问世,标志着画笺时代的到来①。笺谱的代表之作,当推天启六年(1626 年)吴发祥所刊《萝轩变古笺谱》和崇祯十七年(1644 年)胡正言所刊《十竹斋笺谱》。

《萝轩变古笺谱》全帙两册,刻于金陵。上册分画诗、筠蓝、飞白、博物、折赠、珛玉、斗草、杂稿八门,下册为选石、遗赠、仙灵、代步、搜奇、龙种、择栖、杂稿八类,共一百七十八图。颜继祖《笺谱小引》云:"于焉刻意标新,颛精集雅。删诗而作绘事,点缀生情;触景而摹简端,雕镂极巧。尺幅尽月露风云之态,连篇备禽虫花卉之名。大如楼阁关津,万千难穷其气象;细至盘盂剑佩,毫发倍见其精神。少许丹青,尽是匠心锦绣;若干曲折,却非依样葫芦。眼界顿宽,叹已陈皆为刍狗,图书有据,立不朽而奉蓍龟。固翰苑之奇观,实文房之至宝。"

《十竹斋笺谱》的卷帙较《萝轩变古笺谱》为多,现存初集四卷,除花石清供、博古雅玩之外,更增加有高标、伟度、尚志、隐逸等人文内容。据李克恭《十竹斋笺谱叙》"自十竹斋之笺后先迭出,四方赏鉴,轻舟重马,笥远邮传,不独江南纸贵而已"云云可知,十竹斋出品的笺纸不仅种类繁多,并且广受欢迎,流布于世间。李克恭先在这篇叙文中交代了《十竹斋笺谱》问世的背景:"昭代自嘉隆以前,笺制朴拙。至万历中年,稍尚鲜华,然未盛也。至中晚而称盛矣,历天崇而愈盛矣。"接着着重阐述了对笺纸印制的观点:"十竹诸笺,汇古今之名迹,集艺苑之大成,化旧翻新,穷工极变,而犹有

---

① 从民国年间郑振铎编印的《中国版画史图录》,到 1988 年出版的《中国美术全集》绘画编版画卷,无一例外地都把《萝轩变古笺谱》和《十竹斋笺谱》视为中国版画史上的杰作。

说也。盖拱花、饾板之兴,五色缤纷,非不烂然夺目,然一味浓装,求其为浓中之淡、淡中之浓,绝不可得。何也,饾板有三难:画须大雅,又入时眸,为此中第一义。其次则镌忌剽轻,尤嫌痴钝,易失本稿之神。又次则印拘成法,不悟心裁,恐损天然之韵。去其三疵,备乎众美,而后大巧出焉。""是谱也,创稿必追踪虎头、龙眠,与夫仿佛松雪、云林之支节者,而始情从事。至于镌手,亦必刀头具眼,指节通灵。一丝半发,全依削锯之神;得手应心,曲尽斫轮之妙。乃俾从事。至于印手,更有难言。夫杉弋樱肤,考工之所不载;胶清彩液,巧绘之所难施。而若工也,乃能重轻匠意,开生面于涛笺;变化疑神,夺仙标于宰笔。玩兹幻相,允足乱真。并前二美,合成三绝。"

归纳以上征引的颜继祖、李克恭两文的论述,我们认为,《萝轩变古笺谱》和《十竹斋笺谱》最重要的意义表现在两个方面:一是确立了画笺的趣味标准——尚雅而又入时,这主要体现在画稿的构思设计上;二是奠定了画笺的工艺基础——雕版套色印刷,尤其是饾板和拱花技术。集中体现了这两方面成就的《萝轩变古笺谱》和《十竹斋笺谱》,毫无疑问可以说是明代艺术家为后人示范的样板。谢稚柳先生誉笺谱为"结合绘、刻、印的综合艺术品"(《萝轩变古笺谱跋》),恰当地评价了笺谱的历史地位。但需要指出的是,对笺谱的评价,不宜直接移用于实际使用的笺纸。勿论萝轩,即使传布较广的十竹斋笺纸,在今天留存下来的明末清初尺牍中也屈指可数,可见并没有大规模进入实用领域。笺谱之所以能获得如此之高的艺术成就,笺纸制作多年的经验积累自是一个因素,但恐怕更主要的还是得力于晚明版画的蓬勃发展。正是由于版画绘、刻、印三位一体的综合技艺在制笺领域施展身手,造就了画笺制作水准的飞跃。因此,与其把笺谱看作实用笺纸的集锦,不如将之视为画谱的一个分支,或许更接近事实。画笺艺术的基础,奠基于晚明,但真正的发扬光大,还是在清代,虽然清代画笺在雕版套印的工艺水准上从未超越过《萝轩变古笺谱》和《十竹斋笺谱》树立的典范。

明末清初,由笺谱确立的设计理念和印刷工艺开始在实用笺纸的制作中得到应用,诗帖信柬的形制也基本定型,彩笺的风貌开始了巨大的蜕变。开一代风气者,不能不首推芥子园主人李渔。正是由于他的大力提倡和身体力行,芥子园制笺独领一代风骚,不但造就了康熙时风行海内的盛况,并且引出了无数的仿效和追随者。

乾嘉以还,花笺和画笺的制作盛极一时,笺铺和文人竞相刻印,不过十竹斋、芥子园似已悄悄退出竞秀的舞台,取而代之的是虚白斋、挥云阁、青莲室、贻经堂、宜书宜画室、四美斋、歌薰阁等全力经营笺纸业的著名笺铺。以这一时期的留下的大量实物来看,这些笺铺制作的笺纸,品类众多,质地精美,趣味高雅,流布也最广。当时名家,上至公卿,下逮文苑艺林,几无人不用以挥洒诗翰笔札。这种百花齐放的局面,一直持续到道咸时期。

这一时代,彩笺的染色、绘图、雕版和印刷等多道工艺,都达到了成熟的境地。美术设计既继承了明末清初高雅的趣味标准,又突破了笺谱构图的藩篱,色彩富丽而不眩目,构图疏朗以避繁复,期于满足书写之需,烘托书法之美,使绘画、书法两造在笺纸上臻于圆融一体。以底纹和边框为主的花笺和以图画为主的画笺,都

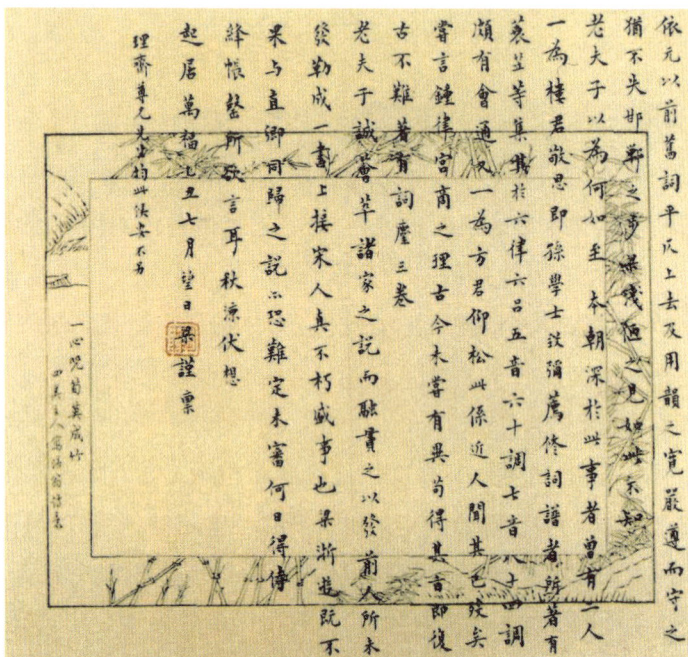

清陶梁手札　四美斋制笺

矩形双边边框，框内竹枝数丛，左下侧款题"一心咒笋莫成竹 四美主人写涪翁诗意"

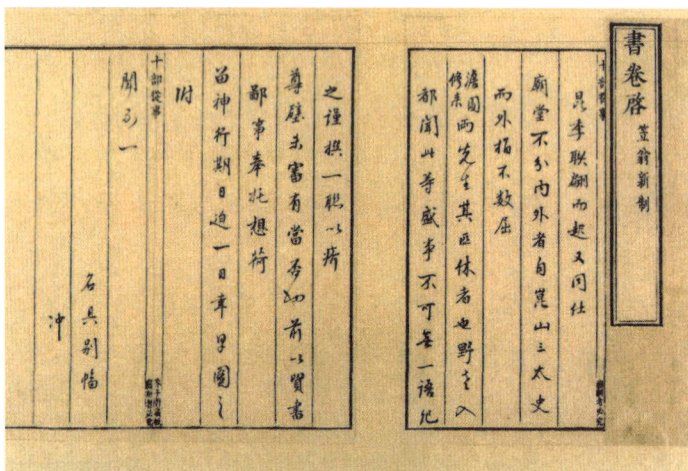

清李渔手札　芥子园制笺

折叠式笺，首页正面仿书面样式，签题为"书卷启 笠翁新制"，次叶半页五行，四周单边，版心上题"十部从事"，下题"芥子园藏板，窃刻者必究"，申明版权。此件出自上海图书馆藏《颜氏家藏尺牍》，为已知仅存的三件芥子园笺纸之一

清杨沂孙手札　翰墨林制笺

高士图，左侧款题"抚陈章侯法于翰墨林 吉甫"，画样或出朱熊之手。翰墨林制笺流传至今者不多，此件绘、刻、印俱精，尤为难得

产生了无数动人心目的佳作,形成了制笺史上一个难以逾越的高峰。

尤其值得一提的是,用蜡光凸显画面的技法,大致在乾嘉时期于画笺的印制中达到了炉火纯青的境地,产生了无数足以傲视前人的作品,可认为是清代在工艺上真正突破前代水准的重要成就。然而令人不解的是,这一独步一时的工艺,却转瞬消逝,只在印刷史上留下了一个短暂而辉煌的片段,一个令人难以索解、难以释怀的美丽谜语。

道咸之际,虚白斋、宜书宜画室等笺铺盛极而衰,其地位逐步被有容堂、云蓝阁、抱经阁、艺兰堂、松茂室等后起之秀所超越①。从画笺的绘图风格来看,道咸以后的变化也是明显的。由于采用名家画稿成为一时风尚,清初以来一直以白描工笔为主的画面开始让位于没骨写意,这或是因为写意画风已渐成画坛主流的缘故吧。水墨画风格的演变,对画笺产生的影响,要远远超过书籍的插图,这也许是值得版画史着重研究的一个案例。

同光以后,北京的懿文斋、荣宝斋,上海的九华堂、戏鸿堂等制作的彩笺也先后占据了市场。但这些后起的笺铺虽然力图在绘画题材上有所拓展,印制的水平却并不能与旧时比肩。

清末,绘画主题的陈陈相因,刻版刷印的粗制滥造,再加以石印技术的冲击,雕版制笺日益走向衰微。民国初年,由于北方画坛的领袖人物陈师曾、姚茫父等人参与笺纸的绘制,引致当时诸多名

---

① 明、清两代著名笺铺的起讫时间目前均未及细考,其排序只是按其制作的笺纸在不同时期尺牍中出现的频率大致推定,不宜视为定论。

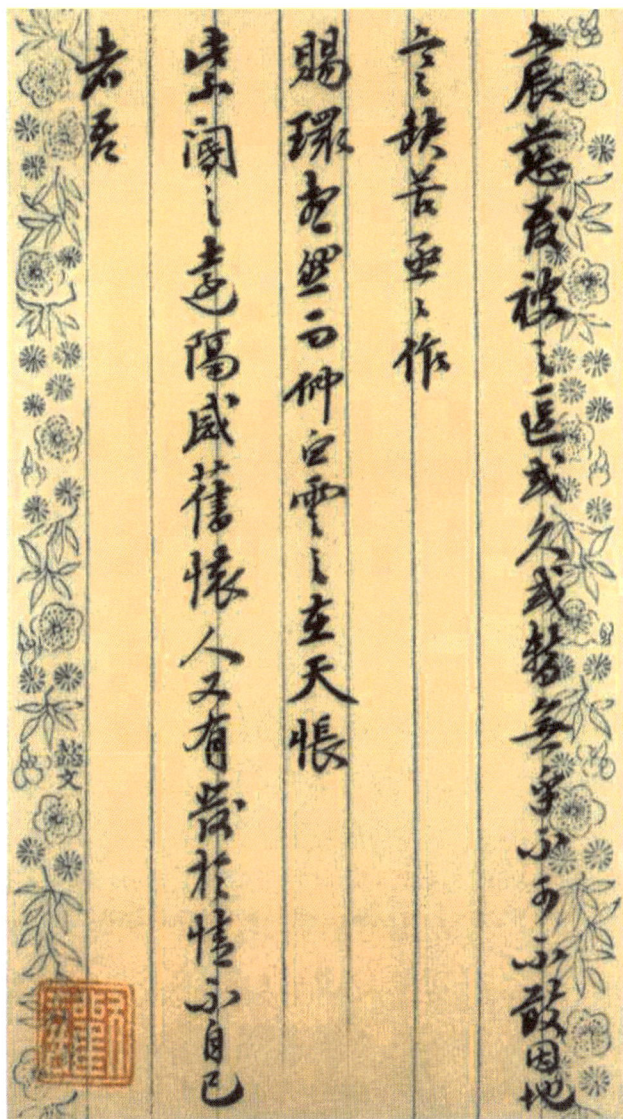

清佚名手札　懿文斋制笺
七行丝栏，左右栏外花卉图案，左下侧有"懿文"款

画家纷纷涉足制笺业,带出了一个兴盛一时的新局面。鲁迅先生《〈北平笺谱〉序》描述了这一短暂的辉煌:"及中华民国立,义宁陈君师曾入北平,初为镌铜者作墨合镇纸画稿,俾其雕镂;既成拓墨,雅趣盎然。不久复廓其技于笺纸,才华蓬勃,笔简意饶,且又顾及刻工,省其奏刀之困,而诗笺乃开一新境。盖至是而画师梓人,神志暗会,同力合作,遂越前修矣。稍后有齐白石、吴待秋、陈半丁、王梦白诸君,皆画笺高手,而刻工亦足以副之。辛未以后,始见数人,分画一题,聚以成帙,格新神焕,异乎嘉祥。意者文翰之术将更,则笺素之道随尽。"画家的加盟使木刻套印技术又作了一次淋漓尽致的发挥,画笺重又风行一时。但是,如同一切重塑传统的努力一样,民初画笺的再度兴盛也蕴涵着对时尚的妥协,浓墨重彩的流行画风占据了主导地位,素淡雅洁的品位已不复得见。这一时期的画笺艳丽有余,而雅趣不足,用于书写笔札诗翰,实有喧宾夺主之感,且制作要求颇高,从而进一步拉开了原已存在于画笺与普通实用笺纸之间的距离,蜕变为仅供少数文人把玩的工艺品,最终为画笺的歇绝画上了一个华丽的休止符。

行文至此,我们有必要对本文使用的各个概念,作一说明。

何谓彩笺? 简单说来,是经过染色,进而手绘或刻印有花纹、图案以及图画,主要用于题诗写信的笺纸。

以往,研究者多以"花笺"或"画笺"来称谓这类笺纸,并不严格。"花笺"是比较常用的通称①,"画笺"则涵义更广,第一种是用

---

① 如谢稚柳《萝轩变古笺谱跋》:"明代花笺的品种增多,图案花纹更趋精致,出现了将各种花笺汇刻成帙的笺谱。"

民国李宣龚手札　荣宝斋制笺

张大千作荷花，套色水印，右下角有"北平荣宝斋制笺"印记形款识

来指有手绘图饰的笺纸,第二种用法,则与"花笺"意思相同①。但是,通过对文献和实物两方面的考察,我们发现:

第一,染色的素笺既是后代花笺、画笺的源头,又是从唐代直到清初一直在使用的一个笺纸种类。

第二,从工艺的角度来看,不但花笺和画笺的画面是用彩墨印出,而且纸张本身也几乎全都是经过染色处理的,这是它们和染色素笺的共性。

第三,笺纸上的花纹、图案以及图画,由简单的装饰纹样,到繁复的历史、文学、生活题材,有着极其丰富的内容,传世作品的数量又十分庞大,无论从绘制还是刻印的角度着眼,在讨论时都有必要对其加以细分。

基于以上三个理由,我们采用彩笺这一名词来统括本文将要分别加以详细介绍的各种染色笺纸,同时再利用花笺和画笺两个概念对彩笺的品类做一个大致的划分:

1. 染色素笺:经过染色,但没有花纹图案或图画的笺纸。

2. 花笺:绘、印有花纹、图案的笺纸。

3. 画笺:绘、印有图画的笺纸②。

自制诗笺虽创自女诗人薛涛,但"薛涛笺"之名却出自他人。元代的赵孟,"摩靖节像,其纸亦松雪斋自制笺,粉中隐起八分书

---

① 如鲁迅《〈北平笺谱〉序》:"宣统末,林琴南先生山水笺出,似为当代文人特作画笺之始。"郑振铎《访笺杂记》:"懿文斋没有什么新式样的画笺,所有的都是光、宣时代所流行的李伯霖、刘锡玲、戴伯和、李毓如诸人之作,只是谐俗的应市的通用笺而已。"

② 这一划分,既是为了方便本文的叙述,也可看作是对笺纸进行系统分类的一个尝试。

'子昂'二字",才正式开了后代文人自制名号笺的先河。

　　所谓文人自制名号笺,意指由文人自行设计画稿、署有名号、表明为自家专用的笺纸。这里所说的名号,特指斋名和别号,非姓名之谓。

　　明人有无自制名号笺,文献记载和实物均不得见,不敢妄断。清代和民国的名号笺则有相当数量存世,就其实物来看,以行格为主的花笺较多,画笺则不常见。

　　明末清初的李渔,是制笺史上值得大书特书的人物。因为他不单大肆鼓吹,而且身体力行,亲自设计监造了多种笺纸。《闲情偶寄·器玩部·笺简》云:"笺简之制,由古及今,不知几千万变。自人物器玩,以迨花鸟昆虫,无一不肖其形,无日不新其式。人心之巧,技艺之工,至此极矣。予谓巧则诚巧,工则至工,但其构思落笔之初,未免驰高骛远,舍近者不思,而遍索于九天之上、八极之内,遂使光怪陆离者总成赘物,与书牍之本事无干。予所谓至近者非他,即其手中所制之笺简是也。既名笺简,则笺、简二字中便有无穷本义。鱼雁书帛而外,不有竹刺之式可为乎,书本之形可肖乎? 卷册便面,锦屏绣轴之上,非染翰挥毫之地乎? 石壁可以留题,蕉叶曾经代纸,岂竟未之前闻,而为予之臆说乎。我能肖诸物之形似为笺,则笺上所列,皆题诗作字之料也。还其固有,绝其本无,悉是眼前韵事,何用他求。"萝轩和十竹斋画笺本就有邮架青灯、铁研韦简等等文房器用题材,笠翁则别出心裁,近取诸身,即以古人题辞作书之物作为素材:"已经制就者,有韵事笺八种,织锦笺十种。韵事者何? 题石、题轴、便面、书卷、剖竹、雪蕉、卷子、册子是也。锦纹十种,则尽仿回文织锦之意,满幅皆锦,止留纹缺处代人作书，书成之后，与织就之回文无异。十种锦纹各别，作书之地亦不雷同。"

《闲情偶寄》所记种种名目，令人神往。幸运的是，上海图书馆所藏《颜氏家藏尺牍》中收录的三通李渔手札，使我们得以一窥笠翁制笺的庐山真面。这三通书札，我们在前面各章中已先后做过介绍，其中引子图五"书卷启"，正是《偶寄》韵事笺的一种。第二札"衣带启"、第三札"制锦笺"，都是《偶寄》里没有记到的。所有这些笺纸，都无一例外地刻有"笠翁新制"及"芥子园藏板"的字样。需要特别强调的是，这三种笺纸的意义，绝不仅仅是印证了《闲情偶寄》的记载，更重要的是，它们提供了目前为止仅见的芥子园刻拱花笺的实例，因而弥足珍贵。

同样使人惊喜的是，笠翁手札之后还附有一份他南归前委托朋友代售的笺纸目录，上面且有《偶寄》里没有记到的品种，以及出售的价格。我们把这一则重要史料照录如下：

　　笺目：
　　韵事笺，每束四十；制锦笺，每束四十。每束计价壹钱贰分。
　　书卷启、代折启、衣带启，以上每束一十，计价三分。
　　鱼封、雁封、什袭封、衣带封、竹封，以上每束二十，计价肆分。

李渔在介绍了自己设计监造的笺纸后，继续说到："海内名贤欲得者，倩人向金陵购之。（中略）有嗜痂之癖者，贸此以去，如偕笠翁而归，千里神交，全赖乎此。只今知己遍天下，岂尽谋面之人哉。金陵书铺廊坊间有'芥子园名笺'五字者，即其处也。"同时声明，自己之所以如此卖力地推销，是为了"售之坊间，得钱付梓人，仍剞劂之用。是此后生生不已，其新人见闻、快人挥洒之事，正未有艾"，并非惟利是图，而是出于对制笺的情有独钟，"即呼予为薛涛幻身，予亦未尝不受。盖须眉男子之不传，有愧于知名女子者正不少也"。

正因为笠翁老人如此看重自己惨淡经营的笺纸，所以在《笺简》的最后笔锋一转，以凌厉的语气，写下了一段在这部偶寄闲情的书中显得非常突兀的文字："是集中所载诸新式，听人效而行之。惟笺帖之体裁，则令奚奴自制自售，以代笔耕，不许他人翻梓。已经传札布告，诚之于初矣。倘仍有垄断之豪，或照式刊行，或增减一二，或稍变其形，即以他人之功冒为己有，食其利而抹煞其名者，此即中山狼之流亚也。当随所在之官司而控告之焉，伏望主持公道。至于倚富恃强，翻刻湖上笠翁之书者，六合以内，不知凡几。我耕彼食，情何以堪。誓当决一死战，布告当事，即以是集为先声。总之天地生人，各赋以心，即宜各生其智，我未尝塞彼心胸，使之勿生智巧，彼焉能夺吾生计，使不得自食其力哉。"这段一直被后人视同为版权声明的文字，也从一个侧面透露了花笺、画笺在康熙时风行海内的盛况。

自清初李渔张大文人制笺风气之后，流风余韵，绵延不断，直至民国，而清代到民国文人自制笺的两大类型即名号笺与主题笺，都不能不推芥子园为肇始者。

清代的文人名号笺，绝大部分为行格笺，款题一般就落在框外左下角。最简单的做法是仅题斋名或别号，如钱大昕的"小吾庼"、丁晏的"颐志斋"、宋晋的"瓶花书屋"、翁同龢的"宝苏室"与"蝈翼居"、吴昌硕的"缶庐"与"老缶"等等。但更多见的是名号外还缀以笺名，如蒋士铨的"望庐草堂笺"、王文治的"兰城吟笺"与"陔兰诗屋文房小笺"，翁方纲的"苏斋品诗小笺"、罗聘的"水观室笺"、吴锡麒的"有正味斋寄远笺"与"壶庵启事"、黄戊的"左田手笺"、张问陶的"铁如意斋小启"、江沅的"旧时月色楼吟笺"、朱为弼的"茮堂书笺"、陈文述的"玉清散吏紫玲珑画舫笺"、冯登府的"勺园十三行笺"、姚觐元的"楼东老圃言事"、张鸣珂的"寒松阁自制笺"、罗士琳的"试茗添香之室状事笺"、潘祖荫的"内自讼斋与人笺"、曾纪泽的"归朴斋白事笺"、应宝时的"射雕山馆报章"、丁丙的"九峰居小笺"、陆心源的"宋楼竹报"、方宗诚的"得月楼写诗白事之笺"、徐琪的"南斋珍宝之笺"、"敬斋再拜言事之笺"，等等。好事者且有多款，如陈介祺有"甫斋"（五行单边）、"十钟山房作"（八行单边）、"大吉庐摹古十三行"（十三行单边），周闲有"范湖草堂手翰"、"范湖居士手翰"、"范湖笺"，杜文澜有"静逸斋启事"、"静逸轩报章"、"仰太古斋启事"、"曼佗罗华阁启事"，黄遵宪有"黄公度启事之书"、"宪所上书"、"公度拜手上书"、"公度上书"（两种），周尔墉有"闲身专业斋"、"乐且有仪之室"、"赘士小笺"、"石菌阁制"、"念修阁报书"等款，吴云的"两罍轩书笺"与"二百兰亭斋书笺"则都有行格数不同的多种规格。以上诸笺绝大多数为简单的直线行格笺，罗勛"卞伧先生启事笺"作花式连环扣行格，为特例。

行格笺是名号笺的大宗，此外字样、边框、底纹也样样不缺。字样如姚孟起的"松下清斋作十三行笺"有"松下清斋"字样，"孟起

清钱大昕手札

行格笺，八行单边，框外左下角有"小吾庼"三字款。笺上有钱大昕"竹汀"朱文方印及法式善"诗龛居士存素堂图书印"朱文方印

作笺"有"写生"字样,王廷鼎的"紫薇花馆尺牍"有"双鲤"字样,黄遵宪的"人镜庐主人制笺"有"岁乙未"字样,吴受福自制笺集《鲁峻碑》有"吴生载拜"字样;边框如袁枚"随园制"作梅花框,瞿中溶"古泉山馆笺"作孔方框,汪汝信"琅玕仙馆自制十三行"作竹叶框,文廷式"不自慊斋笺"作五色朵云框;底纹如张之洞的"六寸簿/广雅堂自制蜀笺",等等。清末藏书家叶昌炽的自制花笺有一款非常别致,为无量寿佛造像,仅此一家。至于海日楼主沈曾植的自用笺,用珂罗版把自己的肖像照片印上了笺角,更是开风气之先了。

特别讲究的画笺,则是稀见的品种。花鸟有林则徐"云左山房书笺"、潘曾玮"救闲制笺"、铁保"小长芦钓师旧笺式梦里词客仿之"笺、吴昌硕"老缶"笺等;山水有张鸣珂"寒松阁"笺;人物有张廷济"琴东野屋自制笺"、潘志万"还砚堂造笺"及"笏庵造笺"、魏家骅"少农作"笺;博物有成多禄"澹堪"笺、林则徐"七十二峰楼书笺"等。

晚清俞樾是特别喜欢自制笺纸的一人,花样百出,乐此不疲。他制的花笺以字样笺最多,有"曲园居士俞楼游客右台仙馆主人尺牍"、"俞樾拜上"、"曲园尺牍"、"曲园通侯笺"、"敬问起居"等款,画笺则有由许佑身绘图的"俞楼图"、"右台仙馆图"等。

主题笺,则是指按某一主题创作的笺纸,多为套笺。最典型的还是俞樾题有"竹报"、"梅信"、"兰讯"字样的方体字套笺和命名为"春在堂五禽笺"的"燕"、"凤"、"鹊"、"鹤"、"雁"隶书字样套笺。吴云的嗜好则是博古笺,以自己收藏的古物作图案,标以"归安吴氏藏器"的名款,不但自用,且分赠同好。吴大澂"愙斋藏器"笺也是与平斋老人相同的样式,这自然都出自收藏宏富的大家,非一般文人可得问津了。

从文献看，制笺品种最多的则是光绪间仁和的徐琪，他是曲园老人的弟子，制笺的嗜好也得乃师的真传，且有青出于蓝胜于蓝之概。他集录李白、杜甫、苏轼、黄庭坚的诗文，前后制作"喜"字笺共达三百二十二种之多，成为又一个在制笺史上值得大书一笔的人物。徐琪刊有《集苏一百八喜笺序目》《集涪翁文一百四十喜笺序目》《集李杜诗八十四喜笺序目》三种书，即其自制笺纸的目录。《集苏一百八喜笺序目序》云："今夏报满还朝，供职之暇，每夕必观书一二卷。因平生爱读坡公之诗，辄取诗中之有'喜'字者，分类集之，得一百八句，各肖诗意，绘为人物、山水、博古、玩具、谷食、蔬果、花木、禽鱼、兽虫之类；其无可绘者，则列为字体，或以篆隶各书其句，或如其诗句所排之数书若干喜字于其间，有为分行，有为旋折，有为环绕，亦各殊其制。若一义而两句者，则合为一纸，附于九十二喜之后为双喜笺。盖笺样凡百，取成数也。合以双喜八种，则成一百八喜。（中略）既成，爰列其目如左，而名之曰'集苏一百八喜笺'。"这一百零八种画笺共分十八匣：工细人物十笺一匣、一人之景八笺一匣、一人旁兼陈设之景四笺一匣、二人之景四笺一匣、三四人同绘有器物无树木十笺一匣、人物兼山水树木八笺一匣、写意山水四笺一匣、写意山水小横幅四笺一匣、工细山水大横幅六笺一匣、博古器物四笺一匣、谷食蔬果花木六笺一匣、禽鱼六笺一匣、兽虫四笺一匣、字体仿瓦当形兼摹汉碑文五笺一匣、字体小条笺四笺一匣、字体大小横幅五笺一匣、双喜四笺一匣、双喜大幅四笺一匣，可谓洋洋大观。

集苏喜字笺行世后，"颇为脍炙人口"（《集涪翁文一百四十喜笺序目序》),徐琪又再接再厉,从黄庭坚文集中集得一百四十喜字,按人物、仙释、亭阁、山水、花草、文玩、字体分类制成二十五匣一百二十九笺。六年后,徐琪再从李杜诗中集出八十四喜字,制成十六匣八十笺,并将自己的斋名从最初的集苏一百八喜斋、后来的二百四十八喜斋,第三次更改为三百三十二喜斋。徐琪自许:"琪为是笺,虽偶而游艺,而古人味道之深,有因之而得见者。"遗憾的是,这三百多种喜字笺的实物,至今尚可得寓目者,即浏览所及的徐氏本人手札内,也百不得一。

民国时文人自制名号笺的兴头不曾稍减,但风格已经大变。袁克文"寒云制笺"采用木版水印,艳丽多姿,可作新一代名号笺的代表。唯有藏园老人傅增湘所制"双鉴楼"边框笺尚存一缕乾嘉气息,但已往的风貌毕竟是渐行渐远了。

文人的喜好,也反映在层出不穷的文房题材笺纸上。本文引子介绍的宜书宜画室笺,是难得一见的文房全景图,更多的则是撷取一物如书函、邮架或文房四宝之类,"水复山重客到稀,文房四士独相依",传达的正是书本青灯生涯的意趣。

以书本作底,书上的行格即移用为信笺的行格,浑成贴切,虚白斋、有容堂、抱经阁、藤花馆、浣雪斋、尚卿、青云、锦润、缦云阁、同泰义、九福堂,此款家家都不漏,其受欢迎的程度首屈一指。

"松雪四家",琴、棋、书、画,在文房套笺中的流行排名也名列前茅,有同泰义、仁益号和不少无款的翻本。

（节选自《漫话彩笺》,原载《收藏家》,2007 年第 12 期及 2008年第 5 期,略有删减）

昨貢一啟計已登

答未護

賜復兩念寵己玉英女士

衞書僅面聯帖日內即

涂戌郵上奉懇

代詢重案事如何

伉儷何日未準一遊奎所

盼也綺盒存物計常

鑲一帝晉一梁玉壐一

戳鎮一駑鐵一甕埋十

玉翠木匣一錯銀水盂

一匃

索擲茲寫戌聯帖十事

託伯翔代售每副十圓

乞直即還伯翔玉鈢之

直尚上

寒魁道兄　文狀

樓邊敬候

南蘋三嫂萬福

民国袁克文手札
竹箩樱桃，左下角有"寒云制笺"款

如　意

梁实秋

　　近得暇到故宫博物院,其中特辟一室陈列如意,使我大开眼界。幼时见家里藏有两具如意,一大一小,大者制作颇精,柄为木质,顶端是一块很大的白玉,雕有云纹,作灵芝草状,中间及尾端又各镶较小的一块白玉,系有很长的丝线穗带。这一具如意装在玻璃锦匣里,放在上房条案的中央,好像很神圣的样子,当时不知道是作何用的。后来家里办喜事,文定之日致送聘礼,第一台即是这具如意,随后才是首饰食物之类。后来又随同妆奁而又送了回来。这当然是取其吉祥如意的意思。我们中国人就是喜欢文字游戏,所以枣子花生桂圆栗子四种干果,缝在被褥的四角里,便是象征"早生贵子"的吉祥话。可是如意本来是做什么的,我还是不知道。

　　《嫏嬛记》有一段说:"昔有贫士多阴德,遇道士,送与一物,谓之如意,凡心有所欲,一举之顷,随即如意,因即以名之也。"如此说来,如意是道士手中的一种道具,其作用仿佛据说是《天方夜谭》中的阿拉丁神灯了。人生不如意事常八九,哪里会有这样随心所欲的宝贝？《娜嬛记》一书姑妄言之。不过如意是道士所用的一种道具大概是不假。

《世说新语·汰侈》："石崇与王恺争豪……。武帝，恺之甥也，每助恺，尝以一珊瑚树高二尺许赐恺，枝柯扶疏，世罕其匹。恺以示崇，差视讫，以铁如意击之，应手而碎。……"原来如意是铁做的。《晋书·王敦传》，记王大将军酒后高歌"以如意打唾壶为节，壶口尽缺"。可见如意也是手边常备的一件东西，不仅是道士的道具。而且最早的如意是铁做的，玉如意显然是后来的变化，由实用之物变为装饰品。所以宋人高承所撰《事物纪原》什物器用部所说："吴时，秣陵有掘得铜匣，开之得白玉如意，所执处皆刻螭彪蝇蝉等形。胡综谓，秦始皇东游埋宝，以当王气，则此也。盖如意之始，非周之旧，当战国事尔。"这一段话恐不足信。《图书集·成考工典》的解释较为近情，"如意，古人用以指画向往，或防不测，炼铁为之"。佛家讲演所持之杖曰如意杖，同时背部搔痒之具亦曰如意。《释氏要览》谓："梵名阿那律（anurubbha），秦言如意。《指归》云，古之爪杖也，云云。用以搔抓，如人之意，故成指爪，柄长可三尺许。或背脊有痒，手不能到，用以搔爬如人之意。"总之，如意原是日常用具，以后逐渐变质，变成为繁复珍奇之陈设或馈赠品。可惜的是故宫博物院所展出者全是大内收藏的近代之较华丽者，而较古朴原始之如意概付阙如，览者未能窥见如意形式之演变。幸室中备有中英文之"如意特展说明"，叙述简要明了，可使览者略知梗概。

看了那么多的如意，金玉翡翠玛瑙珊瑚，有美皆具，无丽不臻，有感于我们以往典章文物之盛，装饰工艺之精，不禁兴起思古之幽情,但是这一切皆已成为陈迹,而且保留至今的这些样品也只能放在玻璃柜里供人欣赏,目前与广大民众实际生活发生关系的工艺作品,其粗陋恶劣在国际上已不复为人所重视。现在台湾也有搔背之具,竹制的、塑胶的到处都有,但是能说那是工艺品么?

(选自《梁实秋散文集》,百花文艺出版社,1988 年)

闲话西湖景
——"洋片"发展史略

阿 英

"西湖景"就是我们现在所说的"洋片",北京又叫"拉大片"。创始于什么时候,很难查考。通常的说法,是清朝乾隆年代(1736—1795)。但张潮编的《虞初新志》(1683)所收戴榕(文昭)《黄履庄小传》篇,却说黄所创造的奇器,有"远视画"、"灯衢"、"管窥镜画"、"镜画","以管窥之,则生动如真"。这很像是西湖景,且远在乾隆之前。可惜原文没有详细说明,也难以肯定。

说始于乾隆年代,是有记录根据的。李斗《扬州画舫录》(1793)卷十一载:"江宁人造方圆木匣,中点花树禽鱼,怪神秘戏之类,外开圆孔,蒙以五色玳瑁,一目窥之,障小为大,谓之西洋镜。"这一记载,证明了西湖景始于扬州,传说最初只是富豪盐商们的欣赏玩具,内容有猥亵的部分。乾隆帝南巡,在扬州看到这种奇制,就带到了北京。王公大臣们因而仿制,以后就南北都有了。

这说法,不但有书为证,也有画片实物存在。从访求得的十二幅(计六片,每片二幅,一顺一倒,便于翻插,束以小木框)看,就很显然不是民间之物,至少非王公府第不能有。画手堪称名家,画法和当时受西洋画影响的院画颇有共通之处,颜料也非常品。尺寸很小,只适合家庭欣赏之用。题材有西湖全景、《西游记》故事、贵族生活、宫苑名画和西洋风物。

流传在民间的,有木刻敷彩本,大小尺寸,也是供家庭用的。内容有全套的西湖景致、《西厢记》、《红楼梦》等。都是单色木刻,再加人工敷彩,然后裱衬成硬片。所见到的,都是苏州桃花坞制品。大约因为这一类景片,以画西湖风景为最普遍,就通称西湖景。

至于放到广场里演唱,以所见实物为证,是嘉庆、道光年间(1796—1850)的事。当时年画中有一幅《大姐看洋篇》,画的就是一个女人看西湖景。内容还有像后来《一岁货声》里所说的:"外国人放鸭子、挖金矿的南美洲"之类。强调外国,以示时髦新奇。"西洋景"称呼的来源,大约本此。所以,同治芝兰室主人《都门新竹枝词》里,有"西湖景变看洋人"之句。

西湖景拉看时,拉大片的人,总是兼唱的。在《大姐看洋篇》一幅上,就印有最流行的普通唱句:

> 望里看,好新鲜,
> 中外各国景知(致)全。
> 楼台殿阁全不算,
> 爱看莫(末)了那一篇。
> 世间大理想不论,

好像活的一样般。

这和同治《都门杂咏》里所写："西洋小画妙无穷,千里山川掌握中。可笑不分人老幼,纷纷镜里看春宫。"说法是一致的。西湖景虽然以风景画、故事画为主,也还杂有猥亵的,甚至还能动作。光绪年画《江湖把戏行行得利图》里的西湖景,就画着这样的画。这显然是受初期西湖景遗留下来的坏影响,和半殖民地的生活也是有关系的。唱词有时也很长,还多种多样。有一般的,也有重点的,重点的有时唱得很长。对有流行小曲可以配合的画片,就利用原曲本或稍加改动。如《燕市积弊》里所引的一节:

> 往后瞧,又一篇,
> 来到了苏州大街你再观观。
> 一荡大街长十里,
> 招牌幌儿挂在两边。
> 钱庄当铺两对过儿,
> 茶楼酒馆儿紧相连。
> 路南有坐美人书寓,
> 画梁雕刻好门面。
> 楼上坐着听书的客,
> 跑堂儿的过来又把茶端。
> 有几个倌人会弹唱,
> 怀抱着琵琶定准弦。
> 开口唱的是马头调儿,

然后改了太平年。

有张生，来游寺，

小小红娘把信儿传。

这门张玩艺儿瞧了个到，

（切冬隆冬仓）

拉起一张你再慢慢儿观。

这简直是拉大画儿的题画诗。驰骋着自己的想象，描摹刻画西湖景的内容，来吸引观众。还有，他们不但用唱吸引观众，也还用乐器来配合号召。就这一类年画看，最初只是拉铙钹，后来连皮鼓、铜锣全都用上了。这些乐器拴在画箱一边，都附装一块小长木条，一端有孔，贯串在一根绳索上，只要一手拉动绳尾，各片木条就同时敲击起乐器。这就使拉大片的人，还能腾出另一只手，来拉换西湖景。像这样广场用的西湖景，都是每片一张，上下拉吊的，和现在的舞台吊景一样。

这样在广场演出的西湖景，尺寸就很大了，大小和全幅纸印的年画仿佛。苏州桃花坞、天津杨柳青，都出产这类制品，至少在光绪末年还在发行。杨柳青的见到的最多。有的是全绘本，有的是木刻敷彩。不同于年画的，就是西湖景有透视，分远近，看起来不是平面。只是画得赶不上旧制。

群众很喜爱西湖景。所以百本张牌子曲，有"侉戏必得看，西湖景也要瞧"，《逛护国寺》也有"西湖景是瞧俗了的活捉张格尔，十八篇最得意的是《小寡妇上坟》"的唱句，至少流传了两百多年而还存在。

不过，当时所谓西湖景，实际上不止一种。有一种还是用真人演的。《燕市积弊》里曾经提到"搭起布棚，挂着一张大画儿，可不能拉，里头装上个男扮女装的活人，一边儿唱梆子腔，一边儿带着扭，镜子是鱼鳞玻璃，往里一瞧，仿佛有好几十个人似的"。这和黄履庄所发明的"灯衢"很相像。光绪以后，还有一种用照片的，画片全是一尺二寸的照片，着色，加木框，一张一张平行推动着看。

西湖景幅数，通常每套十八张，后来有用十二张的，照片却用到二十四张。遇到有重大事变，奇异新闻，或轰动一时的戏，他们还随时换上新的绘本，来加强号召。价格，在同治、光绪年间，最初是六个大钱，后来才逐渐增多。广场流行了以后，为家庭用的制品就不常见了。

西湖景得到重大改变，消灭了那些有害的毒素，是在老解放区。最初发源于延安，后来逐渐发展到其他地区。重大的变革是，内容完全反映新的现实，取消了片箱和管窥的放大凸光镜，以连环画的形式绘制画片。这样，内容就配合了当时的政治运动，观众就可以从三到五个人增加到四百到五百人，画片加到四十到五十幅，可以看得很久。依旧用乐器，只是不用线拉了，依旧有唱词，只是改用诗句，或新的小调。代替片箱和凸光镜的，是画片旁边反光的汽灯，纵远也能看得清晰。只是白天不能有那么多的人看。如《土地还家》等，观众往往是好几万，群众非常欢迎，认为比旧的好。解放以后，北京拉大片的画片也有了改变，曾经看到他们放《刘胡兰》一类的片子，唱的是新腔新调，拉大片的本身也得到解放了。

这是西湖景二百多年来的简略发展情况。

（选自《阿英散文选》，百花文艺出版社，1981 年）

"江山如梦月如灯"

董　桥

书法与写兰得双绝之誉的白蕉生前说:"学书始欲像,终欲不像;始欲无我,终欲有我。"那是说,练字先要临帖临得一模一样,练到熟了要脱胎换骨,不像原帖;易言之,起初没有自己的字体,最后则要有自己的笔法气势。我总觉得写作也是这样:刚开头都先熟读名家作品,下笔不忘模仿,到后来自辟途径,求得自己的风格神韵。练好基本功是重要的。白蕉写字画兰齐白石、徐悲鸿都赞叹,功力确是了得。今年是白蕉诞生九十周年,上海高锌写《羲之而后此奇才》谈到白蕉作品中的小札便札,附了一封他写给南社名宿姚鹓雏的短简,字字俊雅,布局典丽,看来看去都不厌。高锌谈到白蕉的诗也好,录了几首三十年代旧作,其中一句"忆向美人坠别泪,江山如梦月如灯",真是情景交会,韵致盎然。

白蕉这样的人和他笔下的这些东西,今天时髦之士只会视之为老古董,早就忘了偷闲亲近一下此等"玩物",正是供养胸中"文气"的妙方。我好几年前在坊间偶然买到白蕉的手卷,都是字,而且是顺手挥洒的行草。先录了毛泽东的长征词："红军不怕远征难，万水千山只等闲……"，然后是朱德的五言绝诗，比长征词写得更草。最后是一九五二年三月的一段"偶记"："往年在京，老友李时霖告某小胡同有一中药肆售日制笔，因偕往寻，果见用以写流水账者两三管。问之云，尚有存者，其名曰玉歌、曰明畅、曰八千代，实彼邦小学生习字所用。其制粗劣，锋不齐，初试即开花，惟具弹性，不知何豪？找亦无笔可使，寄兴尚赖此子云。"卷末钤朱文"白蕉小品"一印。

白蕉的字实在写得秀逸有姿，有两三分沈尹默的笔意，却多了几缕柔情。沈先生的故居在上海虹口区海伦路上，是一幢老式三层楼房，有沙孟海所题"沈尹默故居"五字，门庭上方是赵朴初写的"沈尹默先生故居"横匾。沈先生说"从古诗人爱秋色"，他也喜欢秋天，他的年轻诗作取名《秋明集》，书斋叫"秋明室"，也用过"石田小筑"、"匏瓜庵"等斋名。沈尹默的际遇大概比白蕉要好得多。他八十四岁才谢世，当了北大教授多年，晚年在上海鬻书自给，近视近两千多度，对面不能见人，却能写朱丝精楷，随便写什么都为世所重。白蕉只活到六十二岁，他的字和画都没有沈尹默名气大。我有沈先生写的成扇，另一面是叶恭绰画竹。

（选自《竹雕笔筒的辩证法》，远流出版公司，2000 年）

听说是徐志摩的旧藏

董　桥

真是一首绝美的七绝："芙蓉花发满江红，尽道芙蓉胜妾容；昨日妾从堤上过，如何人不看芙蓉？"是压在一件蝈蝈葫芦上的楷书精品，王世襄先生一九三〇年代买到的旧藏，我从前写过文章引过这首诗，今年九月写陈文岩医生一文又引了一次，说王老深赞"秀丽隽永"，"愧未能查出何人所作"。老朋友马德明读了查到一段资料说：清代钱德苍辑的解人颐中有芙蓉诗，谓张安斯有潭百亩，环植芙蓉，秋来红妆相映，一女子亭上题此二十八字绝句云云。地点虽然找到，女子是谁，依旧是谜。

上个月，南洋一位自忠先生托我的朋友罗门转来一封信，向我打听王世襄先生这件芙蓉葫芦还在不在王家？如果在，王老肯不肯割爱匀给他？这首芙蓉诗果然这么讨人喜欢，诗中的女子果然这么惹人牵念。我打电话告诉罗门说，当年读王世襄的《说葫芦》我就爱上这件葫芦上的诗和诗中的女子，至今没好意思开口问王老可不可以让给我，那些年坊间一见色泽莹红的老葫芦我总是忍不住想起那株芙蓉那个女子,总是忍不住买来玩赏,从此家里清代素身葫芦大大小小集藏了一大堆,颜色越久越红,包浆越久越亮:"不必问王老,"我说,"请自忠先生跟我一样暗恋下去就是了!"

蝈蝈葫芦我们南方人陌生。我留英那时节在伦敦古玩店里见过好几个都不在意,后来读王老的书回想昔日过眼的倩影才后悔错失供养的机缘。记忆中蝈蝈葫芦并不贵,贵的是葫芦鼻烟壶,小巧玲珑,莹红润亮,西洋收藏家收中国鼻烟壶的最多,全是天价,见了那么稀罕的葫芦他们绝不放过。我和罗门在一位英国老华侨家里还见过一张照片照了一只乾隆年间双龙纹葫芦烟壶,红宝石盖子,精致得不得了,说是徐志摩的旧藏,留英时期等钱用卖出去的。我们听了半信半疑,老华侨说是他叔叔买了,错不了,一直锁在保险箱里,恐怕迟早会放出去卖。今年八月林嘉明先生传给我一篇翁思再写的《我所知道的翁瑞午》,文中说徐志摩和陆小曼家里开销大,养着佣人、厨师、车夫几十个家仆,靠徐志摩一个人的收入维持不了这样的门面排场,翁瑞午经常资助徐家,不惜变卖家藏字画:"徐志摩第二次赴欧洲之前,翁瑞午送他一批古董,让他到那里去出售。"这样看来,双龙纹葫芦烟壶也许真是那批古董里的一件精品,待考了。

我和林嘉明没有见过面,拙文他似乎读了不少,年来我们通了许多电邮,承他还频频为我留意我欠缺的资料,实在感激。林先生读书多,学问博,图书馆书店集书的门道广,网上搜寻材料的本事也大,我是老牛破车,真要靠这样勤奋的年轻人搀扶。他说翁思再先生现任上海华东师范大学研究员、客座讲师,主讲京剧文化史,又是中央电视台节目《百家讲坛》客席主持。这篇《我所知道的翁瑞午》写得相当详尽，翁先生说电视连续剧《人间四月天》的编导把徐志摩、陆小曼的朋友翁瑞午处理成纨绔子弟、大烟鬼，同翁瑞午真人相距甚远。

小时候读徐志摩诗文老早听说徐志摩身边的陆小曼多清丽，陆小曼身边的翁瑞午多无赖。接着在台湾、在香港我拜识的老一辈人几乎也都说翁瑞午不是好人，说他借医病诱导陆小曼沉沦。一九七○年代我在伦敦亚非学院图书馆认识一位台湾王姓研究生，他说他老家集藏了几幅翁瑞午的字画都精绝极了，说翁瑞午的父亲翁绥祺是翁同龢的学生，能书能画，家藏甚富，翁瑞午深受熏陶，跟赵叔儒学画学书，跟况蕙风学诗学词，会唱京剧昆曲，得梅兰芳赏识，跟丁凤山学中医学推拿，二十多岁就在上海行医，汽车代步，是沪上名人。这些，大致都跟《我所知道的翁瑞午》一文吻合。翁思再说翁瑞午推拿下过苦功，一叠砖头经他一掌击下，上下砖头都完整，中间预定的几块却全碎了！那是绝招。陆小曼又哮喘又胃病，病发剧痛呼叫、昏厥，每次都经翁瑞午急救转好，徐志摩疼惜小曼，和这位救命大夫当然交往投机，旁人一说闲话，翁瑞午总是澄清一句："我到这里，是志摩请来的！"

翁思再说陆小曼抽鸦片确实是翁瑞午的医疗建议，让她镇痛。古早的人拿鸦片做药不稀奇，陆小曼不能自制越抽越多上了瘾也不奇怪。翁思再还有一段话很重要："一九三一年，徐志摩经南京回北平，赶去参加林徽因的演讲会，行前在沪与翁瑞午恳谈，再次要求他好好照顾陆小曼，翁瑞午郑重承诺了。"不料，飞机失事，志摩罹难，赶到山东白马山空难现场收尸的也是翁瑞午。一九五三年,翁瑞午发妻逝世,陆小曼正式嫁给翁瑞午,两人友情友爱四十年不变,到翁瑞午一九六〇年病逝抛下陆小曼一个人多活了几年。陈定山先生《春申旧闻续篇》中写了一句沉重的真话:"现代青年以为徐志摩是情圣,其实我以为做徐志摩易,做翁瑞午难。"陈先生知道得多。

伦敦老华侨家里看到那张葫芦烟壶照片又过了好几年,我在纽约一家拍卖行的图录里看到一件双龙纹葫芦烟壶,注明中国老世家旧藏,隐隐约约正是老华侨照片里那件精品,估价高得出奇:"真的是伦敦照片里的烟壶? 真的是徐志摩的旧藏?"罗门看了图录打电话来大声叫嚷,"要是徐志摩的,我想买!"烟壶上没有款也没有印信,谁敢保证? 不如找一枝陆小曼抽过的鸦片烟管来珍藏一定更有意思。"烟管不好,陆小曼脾气大,难伺候,"罗门说,"还是王世襄那件蝈蝈葫芦惹人遐想!"照翁瑞午的长女翁香光说,她九岁那年经常跟着父亲到徐家出诊,亲眼看到父亲为陆小曼推拿,病痛渐渐缓和,小曼的脾气也渐渐好起来。诗里的美人毕竟只是文学美人,碎步匆匆走到堤上那一刻,两眼低垂,两颊绯红,柳风轻轻拂过她的鬓影:"如何人不看芙蓉?"

(选自《青玉案》,广西师范大学出版社,2011 年)

墨 谈

叶恭绰

  余于民国十年至二十年间(即一九二一至一九三一年),颇喜搜集名墨。其时,盛伯希藏墨已散,朱幼屏、陈剑秋等藏墨始出,袁珏生藏墨遂为一时冠。余虽不以此名,然南、北所收,隽品不少。独在沪见邵格之"墨四品",为蒋谷孙收去,心恒耿耿。避暑青岛,至潍县,见郭氏藏墨(有谱,名《知白斋墨谱》),然非尽佳品,且不少伪制。海内藏墨,除袁珏生外,余知吴县潘博山(厚)承潆喜斋之后,所藏佳墨不下百五十事,亦巨观也。

  世局演变,万事趋于简单、实用。此后之墨,势不能皆为佳制,盖亦经济关系使然。故旧存佳墨,益觉可珍,用一枚少一枚矣。近日,同、光制墨,已成古玩。等而上之,可想而知。然书与画,欲求称意,实非用旧墨不可。书画家对此,咸感束手。

  余意:苟多数书画家联合,向夙有声望之制墨者(如曹素功、胡开文),订制一大批,言明以后必继续订用,而约定料与工之品质、功能,不许偷减,庶几可以续产佳品。否则,恐有绝种之虞。

民二十四、五年间,史量才得佳烟数十斤,曾与皖人汪君(即于西湖南屏山下建琴巢者)商订,觅徽州良工精制,而由诸友分购。余亦与焉。惜不久史君遇难,事遂中止。藏烟何往,亦不可知矣。

抑余意:今日如用旧法制墨,其最因难者为工价。盖旧法制墨,必旷日持久,积计工资,实太昂贵。但余意,未始无补救之法。例如,制墨求烟与胶及药料三者之融化,利在多为春研。其实,春研未始不可用机械以省人工。又如取烟之法,是否可以改用廉价之油(木料则不致太涨价)及改良取烟之工具,以轻成本,此中大有研究余地。

目下,全国用墨者尚不下千百万人,国际因某种关系,亦不少需要。此部分出品,实值得注意改革。盖同时兼须为公私各机关,谋使用取携之便,考求制墨汁、墨膏等法。利用科学,以期价廉物美,供需要而塞漏卮。不徒专为书画家设想也。

一九四四年记

嗣,频年转徙,所见佳墨至稀。以语书画家,则恒曰:“余尚蓄有较坊间为佳者,当不虑匮乏。”余曰:“君乃徒为己计耶! 余知经济潮流日紧,此类精细手工业势难存在。若不维护,将有中断之虞。”众亦漫应而已。

于是,余始有意搜集佳品,并详问墨工制造情况,期得一维持此吾国特有产品之法。因知吾国改用洋烟,已有五十年之久。其始,皆购诸德国、日本,继乃专用日本制品。吾国仅和药料,用旧模制成出售而已。

抗战时期，日货不来。不得已，始自行烧油取烟。而以久不自制之故，工少技疏，油价复昂，不得已，就黔、川林多地方建小厂，令皖工就之烧炼。仅乃合用，而胶与药又缺。转日盼外货之入口，以解其困。

殊不知德、日之烟，乃取自煤之烟筒，加以化学药料。其质与用，固远不及吾国自制者。制墨者，徒利其本轻制易，东、伙皆无振作之心，而不知此项特有之工艺，无形中业经丧失。用墨者更迄不知所用之墨，早用洋烟，尚自鸣得意，以为国货。犹之江、浙绸商久用外产人造丝，而服用者尚懵然也。

胜利以后，墨业只余胡开文、曹素功两家尚能自制。但以在川、黔制烟不便，外烟亦不时至，遂杂用不知所谓之烟，其色黯晦。用者因急需，亦不暇择。外国亦时来购，则竭历年积存及收购之洋烟旧墨以应之。亦早非国产矣。

有人屡以之请求该管部门，希望向胡、曹两家，年定一二十万元之旧法制墨，责令必自制烟，以维旧法。但有些专家竟云："吾国旧法所制之墨，颜色不深。"欲另研究一种化学药料以制之。盖认近年用杂料粗制滥造之墨，以为旧法如是，而以谋改进自居。闻者不禁哑然。

一九五四年记

吾国制墨之法衰于清末，而藏墨之风亦盛于清末。其原因甚复，而因写殿试策竞用佳墨，亦一原因也。

依事实推度，近代藏墨者，几以盛伯希意园为宗主。而同时王仁堪、周銮诒、冯文蔚、翁同龢、宝熙、袁励准等，皆翰林也。不过，诸人亦各有其文行，不专以藏墨为事耳。但传说明、清佳墨为此辈用去不少，亦是事实。

自后，为时稍后，专以收藏为事者，约有下列各家：

劳笃文　朱幼屏　寿石工（玺）　翁斌孙　张亦湘　景剑泉　延煦堂　袁珏生（励准）　陈时利（剑秋）　耆寿民（龄）　许策纯　杨伯屏（宗瀚）　徐世章　任凤苞　张俶成　张庚楼　冯公度（恕）　蒋式理（性甫）　韩清净　吴印臣（昌绶）　关伯衡（冕钧）　殷铁庵（铮）　潘博山（厚）　郭□□（潍县）　尹润生　李大翀（石孙）　任凤宾（欣申）　魏公孟　张子高　张绚伯　周伯鼎　杨迤安　王彦超　李一氓　向迪琮　周一良（绍良）　龚怀西（心铭）　张孟嘉

《退庵谈艺录》

诸家关于墨之论著拟目

关于墨之论著，近年经邓秋枚、吴印臣（昌绶）、陶兰泉（湘）编印后，遗珠已稀。但三家所集，有从他书抽编者。如徐康之《墨录》，实乃《前尘梦影录》之一部分；邢侗之《墨录》，实方氏《墨谱》之一部分。如依此例，似尚有可搜补者。偶就忆及，列下，以待集成。其已有单行本者，不录。

明麻三衡《墨志》　见《美术丛书》初集四辑。
明万寿祺《古今墨表》　见《美术丛书》二集二辑。

明程寰《墨经》一卷

明宋曰寿《玄对》十六则

明邢侗《墨纪》　以上见《程氏墨苑》。

明汪道贯《墨书》

明方于鲁《墨表》

明莫云卿《题方氏墨杂言》八则　三种均见《方氏墨谱》

郭麓屏《知白斋墨谱》二册

耆寿民《墨守》一册（稿本）

寿石工《玄尚斋墨记》四册（稿本）

巢章甫《墨剩》一卷（稿本）

李大翀《双琥斋墨董》一卷

张子高《石顽墨艳斋墨说》

张子高、张纲伯、叶玉甫、尹润生《四家藏墨图录》

张亦湘《意园墨录》

《秋醒楼藏墨录》

颜崇椝《摩墨亭墨考》

盛伯希《郁华阁藏墨簿》

向仲坚（迪琮）《玄晏室知见墨录》

《萧山朱氏墨目》

《遐庵谈艺录》

墨籍汇刊详目

近年汇刊关于墨之专书者，以吴印臣（昌绶）之《十六家墨说》及陶兰泉（湘）之《涉园墨萃》为最。然其书已不易得。故将其书内容细目列下，以便研究。

《十六家墨说》（清吴昌绶编刊，印臣，又号松邻）

《春渚纪墨》（宋何薳春渚）

《墨谱》（宋张寿）

（选自《遐庵小品》，北京出版社，1998 年）

铜墨盒琐记

靳连生

我幼年习字即用铜墨盒，然终未能予重视。约在十几年前，偶至朝阳门委托商行，见一残破不全之铜墨盒，盒盖上刻花卉茶具，刻工精致，线条流畅。这使我颇为诧异，铜墨盒还能有如此精美者？我想买回细看，售货员以一斤半铜的价钱把墨盒卖给了我。这是把墨盒按废铜卖的。我悦其价廉之余，亦深深为之惋惜，难道说这样好的刻工就分文不值吗？我就是从此时开始注意、收藏铜墨盒的，至今已收藏墨盒数百矣。

收藏热兴，旧货市场日多，旧铜墨盒时有出现，我可谓亦喜亦忧。喜者，收藏要先多收而后藏精，我的藏品有绝大多数都是来自旧货市场。忧者，藏物即藏钱，收藏即储蓄的理论流行，众人皆存奇货可居之心，旧铜墨盒亦价格飞涨。我曾见有售民国初年刻铜墨盒而标价逾万元者，能不令人瞠目？我之收藏，其目的有二：一是兴趣所致，精美之铜墨盒深合自己之欣赏品味；二是希望进一步对铜墨盒有所了解，也是烛微抉幽的意思，不忍有较高艺术价值的墨盒沦入废铜之列。十余年间,我为收藏铜墨盒,行程万里,耗资数万,个中甘苦,亦惟自知。

墨盒之不为人所重视,还表现于有关资料的缺乏。笔者收藏墨盒同时亦搜集其资料,所得颇为有限。窃谓:墨盒从出现到发展,到衰退,不过二百余年历史。二百年中,除却始创与衰退阶段,墨盒在几十年间迅速发展成为文房中不可或缺的极富艺术品位的实用品,一度竟超过石砚而成为颇受文人雅士喜爱的案头实用玩物。钢墨盒之主人自乡间学童、市井百业至名士大儒、帝王将相,真可谓三教九流尽在其中。而今,斯人已逝,文物尤存。这中国特有的铜墨盒不仅值得收藏,而它作为一种文化现象,不是也颇值重视与研究吗?

铜墨盒之发端

大约在清乾隆年间,有个读书人离家赶考。他的妻子在为他收拾行装的时候,觉得丈夫要背着块分量不轻的石砚走路,实在是很辛苦的事。这位聪明伶俐的妻子出于对丈夫的体贴恩爱,忽发奇想,找出一个自己日常用的粉盒,装进丝棉;把墨研好以后,将墨汁倒入粉盒,浸在丝棉中。一种新的文具就这样诞生了。墨盒的历史是以这样一个动人的故事为发端。邓之诚先生持此说法,但也有人认为不确。1944 年出版的《古玩指南》书中即批评道:"其说特新艳,然无确据。"《光绪顺天府志》载,墨盒始创于道光而盛行于同光年间。另据文字记载,嘉庆年间,已有了墨盒的生产。综各家之说,墨盒创始约在嘉道之间。这个说法是比较能令大家接受的。总之,墨盒的历史并不很长。可是,墨盒刚一出现就受到读书人的普遍欢迎。它较石砚轻巧灵便,且能保持墨色的黑、亮和滑润。同时,赶考的书生也不用在考试过程中再费时费力地磨墨了,有着诸多好处。

在墨盒的早期推广使用中,为林语堂所佩服的学者,号称"三朝阁老、九省疆臣"的阮元,他对墨盒的提倡是值得一说的。

阮元,字伯元,号芸台,谥文达。江苏仪征人。乾隆二十九年(1764 年)生,卒于道光二十九年(1849 年)。乾隆进士。历任湖广、两广、云贵总督,体仁阁大学士。阮元素有爱才之名,曾在杭州创立诂经精舍,在广州创立学海堂,桃李满天下。又曾罗致学者从事编书刊印工作,自己著有《揅经室集》。他虽官居封疆大吏,但仍保持与读书界的广泛交往,因此,他才有可能注意到尚未被普及应用的墨盒。他在道光二十九年(1846 年)曾参加州县长官宴请得中举子的宴会——鹿鸣宴。他命人制作了圆形天盖地式的银制墨盒,作为他退休以后又赴鹿鸣宴的纪念。这对墨盒的推广不无倡导之意。嘉庆年间,专门为盛墨的墨盒开始生产,多为圆盖方底铜质。到了同治初年,又出现了刻铜墨盒。

刻铜墨盒

丰子恺先生于《工艺实用品与美感》文中指出:"人类自从发现了'美'的一种东西以来,就对于事物要求适于'实用',同时又必要

白铜双菱形墨盒

白铜双环形墨盒

白铜正方形墨盒

求有'趣味'了。讲究实质以外,又要讲究形式。""优良的工艺品,实用品,也是于实用以外伴着趣味,即伴着美感的。"

中国的文人确是在这方面十分地注意。林语堂说,"一个风雅的人必自然显出他的风雅风格"。又如李笠翁,他著书讨论房间的结构和布置,涉及窗、屏、灯、桌、床、橱等等。他极富创作思想,对每一件东西都有新颖的议论。张潮在他的《幽梦影》书中更有精妙议论,说,"人须求可入诗,物须求可入画"。又,"居城市中,当以画幅当山水,以盆景当苑囿,以书籍当朋友"。墨盒作为一种实用品,一种文人案头之物,文人不可避免地要将其美化,使之具有趣味。在这种心态下,刻铜墨盒的出现,满足了文人的这一要求。

刻铜工艺,以墨盒为主项。齐如山先生在《北京三百六十行》书中列出"刻铜作":"专刻铜墨盒、腕枕、镇纸、仿圈等物。按此有两种:一系文士所刻,兹不具论;一系工人所刻,亦颇精工,颇有美术的价值。按,刻墨盒始于陈寅生,至今墨盒刻字之款,多假用'寅生刻'字样。寅生,名炳麟,同治间人也。"

同治初年的秀才陈寅生创刻铜墨盒,为文人雅士们在墨盒这一方寸天地间具见情趣提供了必要的手段。齐如山提到,文士亦自刻铜墨盒,这是文人们的进一步参与。刻铜工艺提高了文人对墨盒的兴趣,铜墨盒作为一种伴着趣味、伴着美感的实用品,盛行一时。清末震钧在《天咫偶闻·卷七》:"墨合(盒)盛行,端砚日贱。宋代旧坑,不逾十金,贾人亦绝不识。士夫案头,墨合(盒)之外,砚石寥寥。"震钧生于咸丰七年(1857年),卒于民国九年(1920年)。《天咫偶闻》则是自光绪二十一年(1895年)开始写作,成书于光绪三十三年(1907年)。《光绪顺天府志》亦载,墨盒盛行于同、光年间。可知墨盒盛行是在刻铜工艺出现之后。墨盒盛行还带动制墨汁工艺的产生和发展。齐如山《北京三百六十行》有"墨汁工人"，说"此行自光绪年间始有，后颇发达。专随学差、考官赶考棚，每有考试之年，生意异常之多"。

墨盒与墨汁的广泛应用，可说是中国文具的一次革命，它们替代了砚和墨，这是值得重视的。

陈寅生

刻铜墨盒系同治初年的秀才陈寅生所创。

陈寅生，名麟炳，一说名炳麟，字寅生，北京人。通医学，工书画，能自书自刻。曾在琉璃厂开设专营刻铜墨盒的万礼斋，后改名为万丰号。邓之诚《骨董琐记》云，"京师厂肆专业墨盒者推万礼斋为最先，刻字则始于陈寅生秀才"。寅生能在盒盖上刻芝麻粒大小的楷书，二三寸见方的盒盖，能刻一篇《兰亭序》。

《天咫偶闻·卷七》亦云："光绪初，京师有陈寅生之刻铜，周乐元之画鼻烟壶，均称绝技。陈之刻铜，用刀如笔。入铜极深，而底如仰瓦。所刻墨盒、镇纸之属，每件需润资数金。"

更有甚者，有人把寅生刻铜与紫砂珍品曼生壶并论。可知时人对寅生之推重。

寅生稍后有南京濮又翎，擅刻画。时人以同一墨盒上兼具寅生字、又翎画，并称"铜书画两绝"。

寅生有弟子名白凤翔，字五楼，曾经营茹古斋古玩铺。

寅生创刻铜墨盒,然刻铜与墨盒实为两行。《北京繁昌记》云:"北京之墨盒儿,与江西南昌之象眼竹细工,及湖南之刺绣,为中国之三大名物。而最优之墨盒儿,其价值尚不过五元。及錾刻发达,名人刻者甚多,例如寅生所刻者。至今日之墨盒儿,遂为北京名物之一。琉璃厂、劝业场等处,墨盒儿店比比皆是。"北京俗称墨盒作墨盒子,齐如山亦举"墨盒作"为一行,说,"此虽系铜活,但……铜工多数皆不能做。百余年来,始有墨盒,白铜面,红铜里,颇见手艺。最初当然是由一极精巧工人所创,现在能做者虽已很多,但老年铜工多未学此,也不能以此教徒弟,所以可算是专门的行道。"因此,"刻铜作"与"墨盒作",应区别来看,不可混为一谈。

同古堂

自陈寅生之万礼斋后,经营刻铜墨盒及墨盒之店渐多。《琉璃厂小志》即举文宝斋、义成号、明远阁、同古堂等多家。

文宝斋墨盒铺于光绪二十年开设,经营二十余年歇。原名鸿文斋。店主刘英怀,字健卿,冀县人。

义成号墨盒铺于光绪二十年开设,经营数年歇。原名瑞铭斋。店主孙盛,原名三余,冀县人。

明远阁墨盒铺,于光绪十至二十年间开设,经营数年歇。原名文蔚堂,为荣禄堂分号。店主丁福毓,字蕴卿,束鹿县人。

万礼斋后,影响最大的墨盒铺当属民国初年开设的同古堂图章墨盒铺。同古堂由文德堂改易,经理人张福荫,又是陈寅生之后

金北楼画同古堂刻铜墨盒

冠绝一代、成就最高的刻铜艺术家。

张福荫,字樾丞,河北新河县人,寄居北京。他继承和发展了陈寅生的刻铜艺术,既刻铜墨盒,又刻制印章,曾为末代皇帝溥仪治过"宣统御览之宝"、"宣统御笔"、"宣统之宝"等玺。其曾刻梁启超书"龙飞虎卧"四个大字,尤得时人赞许,誉为铁画银钩,胡夔文在《困知斋诗存》中有诗云:"厂甸西头张樾臣,手拈铁笔仿周秦。满腔中有燕邯味,不似寻常市上人。"盖张能为仿古篆刻也。

张樾丞刻铜,较陈寅生又有不同。陈只刻阴文小楷,而张则变幻刀法,把刻竹的刀法,运用在刻铜上,仿刻竹中的"沙地留青"刀法,刻出阳文花卉,极为生动古雅。《鲁迅日记》中还曾提到,到琉璃厂同古堂为三弟买墨盒、铜尺。樾丞刻铜及篆刻,颇得一些人文士名家推重,姚茫父、陈师曾、王梦白、齐白石、陈半丁、王雪涛等,均有画稿交张,供其刻铜用。

樾丞篆刻,印有《士一居印存》,马衡题签,诸多名士写序。樾丞有子名少卫、幼丞,皆承继家学。《琉璃厂小志》作者孙殿起曾称他们父子技艺,有"钝刀浅刻轻轻拓,铁线文成细细拦"之句。幼丞有子国维,又名效丞,现在琉璃厂观复斋,亦工篆刻。

制作工艺

刻铜墨盒据其刻者而言,大抵可分成三类。一是文人自刻。如清末民初的书画大家姚华,号茫父,精于刻铜,自己写稿自己刻。一是匠人自写自刻,如陈寅生、张樾丞。樾丞创在墨盒上刻汉印,独具风格。一是文人稿匠人刻。这又分成两种情况：其一，把名家画稿，如花卉、翎毛、山水、人物，由匠人缩小后刻于盒盖；其二，书画家即兴在铜墨盒上书画，或是专为刻铜而作。同古堂就有相当多的这样的作品。同古堂所制墨盒，几乎没有相同的图案。这也大大提高了铜墨盒的收藏价值。

昔日刻铜无卡具，据张幼丞先生介绍，其办法是，把松香、白粉子和在一起加热后，把要刻的墨盒（或铜尺之类）安于其中。再把底面加热后粘在木板上，刻时只旋转木板，不会伤手。

刻铜墨盒发展迅速，刻铜业取得很大成就。墨盒业在工艺上也有诸多发展。从造型上看，以长方、正方、正圆、椭圆为主，亦有不少造型奇特的，如树叶形、六方形、八方形、菱形、古琴形、古钟形、书形、扇形、桃形、花瓶形、双环形、枣核形等等。从最初简单的天盖地式发展成多样形式。大小薄厚亦各不相同。大者有近半尺长，小者如一节手指大小。样式丰富。

墨盒的制造工艺及材料也复杂多样。制造多采用铸造、焊接相结合的手法，间有错金。所用材料则有黄铜、白铜，亦有掺少量红铜、白银者。还有白铜、红铜、黄铜共用，名"三镶"，是最为特殊的。至于镀金、镀银，也是常见。

光绪前后五十年中，是墨盒发展的鼎盛时期。至四十年代后期，硬笔流行，铜墨盒的发展遂呈衰势。此时铜墨盒由文人玩物、书写文具，又增添了新的用途，如作为礼物相互馈赠，亦多用作奖品、纪念品。这样，墨盒的图案也随之有了新的内容，如有刻孙中山头像及"总理遗嘱"的；有刻冯玉祥手书"吾辈当共习勤劳，先之以愧励，继之以痛惩"的。更有改用腐蚀办法作画，墨盒图案为北京名胜,如前门箭楼、万寿山杏桥亭,天坛祈年殿、北海小白塔等,人物景致,勾画了了。我所收藏的"北京前门"长方形铜墨盒,盒盖画面之街上行人眉眼俱见,巡警阁子、马车、洋车清楚了然,宛然一幅旧京风俗图。

观当今诸贤之收藏,真可谓异彩纷呈,各具千秋。铜墨盒侪身文房之中,集质地、作工、造型、刻工及诗文书画、印章、篆刻、装饰花纹之美于一身,曾伴百种过客风流一时,有着极深厚的文化内涵和极高雅的收藏品味。笔者偶与铜墨盒结缘,研究不深,今作此文,以为引玉之砖。祈大方之家教我,至盼。

(原载《收藏家》,1994 年第 5 期)

黄铜椭圆形墨盒

白铜长方形墨盒

白铜书卷形墨盒

砚田漫步

张中行

砚，以人为喻，是退隐的。可是，正如史书之不废隐逸传，常有好事者，道听途说，以为我在这方面颇有所知，于是或假邮递之便，或登门，要求写一些，以充什么栏之篇幅。这道听途说，也是事出有因，是我不只写过一些有关砚的消闲文，而且自我陶醉，曾自署"半百砚田老农"，于是接着就有善治印的友人送来这样一方闲章，又接着而有人持去印记公诸报端。物证俱在，就欲说不懂因而不能写就不可得了。且说这次是登门，而且随时风，也涨价，是希望多谈，最好是各方面。我衡量进退两条路，退，必留下后顾之忧，即不久仍来找；干脆进，乱说一阵，也许就可以一劳永逸了吧？但进也要有个限度。昔日不少人有砚癖，搜求，收藏，讲论，或并刊刻成书行世，单是砚史、砚谱之类，也不下几十种。这些还只是文字般若，至于实物，绝大多数是不可见而可想象的，少数，可见，或甚且有幸而得见，以数字计之，也大为可观。总之，如果面对这些，并想略加点染，就将一部二十四史，无从说起。只好避难就易。办法是，也各方面，但是一，限于自己经历并认为还无妨说说的一点点；二，想到哪里就信笔所之，兴尽而止。此之谓"漫步"。但砚田的面积不小，虽说是漫步，也不得不排个东西南北。想以浅尝到深入为序。

一、质　料

由理论方面说，凡是坚实、平而不滑、不怕水的质料，都可以磨墨，也就都可以充砚材。可是见到的实物，由战国到现在，两千多年，绝大多数是石，少数是石以外的质料。这少数，有金属。以铁为多，我见过宣和年款的铁砚，粗硬，推想是后来仿造。有锡制的，记得高南阜《砚史》收一方，说是官砚，为冬日用，下可用炭火温，不冻，我没见过实物。有玉制的，我见过，块不大，却相当润。人工质料，陶是一大宗。有特制为砚的，早期的陶砚，后来的澄泥砚都是。澄泥砚以山西绛州产的为最有名，上品，其坚实不减于石。陶有改制为砚的，秦汉瓦当，秦汉六朝砖，直到圆明园铺地金砖，都可以制砚。我的经验，这类砚，看看，可以发思古之幽情，不坚实，用就远不如端石。陶质砚以铜雀台瓦（有建安十三年款）为最有名，我没见过真的，推想不会赶上后代的澄泥。人工质料也有瓷制的，我见过的一方，相当润。还有漆砚，古的没见过；只见过清朝扬州卢葵生制的漆沙砚，也润，大优点是轻，出外，科举考试，携带方便。以上多种相加，与石相比，仍是小户，原因很简单，是石既取材容易又适于用。取材容易，因为凡是水成岩都可用。适于用，因为三个条件，坚实，平而不滑，不怕水，具备；而且不只此也，三个条件相加，就成为"润"，即"发墨"（省时而汁细）。石，几乎各地都有，旧时代，用砚的人也是各地都有，所有用为砚材的石，因产地不同而分类，就会多到数不清。又所以看旧砚，除少数有名的砚石，如端、歙、洮河、红丝等以外，断定产地应该安于不知为不知。石，就用作砚材说，也是天之生材不齐，有上上，有下下。有大不齐，如端石与易州石相比，易州石不坚实，柔而不发墨，只得甘居下游，是大不齐。就是端石与歙石比，我个人意见，歙石不如端石坚实，且细腻之下少暗藏的刚，比端石究竟略逊一筹，这也是大不齐。还有小不齐，以端石为例，产于朝天岩者远不如产于大西洞者，这是同为王谢子弟而良莠有别，也是不齐。还有更小的不齐，如同是出于大西洞，石质，花样，也会有上下床之别，这仍是不齐。至此，关于砚材，我们可以总括地说，各类之中，以石为上，各种石之中，以端为上。

二、高　下

高下，即好坏，有低要求和高要求二义：低要求是专就"用"说，高要求是兼就"赏玩"说。这两者常常纠缠在一起，如有幸买到黄莘田的十砚轩砚，必好用，更值得赏玩。但也未尝不可以分而治之，如买个新制的端石宋坑单打砚，圆形，边为一周围墙，好用，却没什么好看；反之，如买到出土的唐砚，像个小土簸箕，磨墨处隆起，不好用，却大可赏玩，因为可以遐想它也许是开天时物，那就与杨玉环同时，大可以发思古之幽情了。为了容易说清楚，讲高下，也要分而治之，即先只顾用的要求，赏玩留到后面说。又为了减少头绪，讲合用与否，都以石为例，说好坏是指石质好坏，其他质料可以类推。砚，昔人称为田，是因为在重农的时代，书生肩不能担，手不能提，甚至不辨菽麦，也要耕，就只能以砚为田。为田，要宜于耕稼。扔开比喻，就砚说砚，所谓好，实况是一，可以用不同的说法表示。最简单是一个字，"润"。还可以多用几个字，是"细而不滑，坚而不燥"。所求是上面说过的，"发墨"，即磨墨，如持蜡在温釜中移动，腻而无声，效果却既省时间又墨汁匀净。能这样的，石质是上上，其下可以排列若干等级。我们先取砚，当然最好是上品；不得已可以退一步，取中等以上的。中等以下，或大以下，表现为两种缺点：一种，石质柔而光，墨在砚面上打滑，费时间而墨汁未必能匀净；另一种，石质粗糙以致砚面不能细腻，磨墨有声，墨汁不匀净，时间也未必能省。至此，我们就遇见实用方面的一个大问题，如何分辨高下？总的说是"经验"。至于判定，通常是两条路。一条路，易而费力多，是用墨试，磨时有腻而涩之感，无声，省时，为上，反之为下。另一条路，难而费力少，是用手指（我习惯用食指）稍用力压砚面，然后转动，看是否有腻而涩的感觉，有为上，反之为下。当然，以手指代墨要靠更多的经验，要求能够在平柔的表面之下，探知有没有细小而刚硬的刺状物（有人称为"芒"），涩的感觉，发墨的效果，是由这埋伏在下面的刚硬物来。所以，也可以换用四个字形容润，曰"外柔内刚"。用手指鉴定石质高下，难不在能知柔，而在难知刚。有没有什么秘诀？曰有诀无秘，不过是多多历练而已。

　　分辨石质高下，还有些离开个体，由类方面推定的常识，能够知道也好。但这方面又是千头万绪，难得疏而不漏。不得已，只好举一点点例。如端、歙是老字号,名下无虚士;新进如贺兰石、玉山石,柔而无刚,就差得很远。砚石有绿色的,我见过的有端、洮河、松花、易州,都艳丽,宜于看,至于用,就如让飞燕、玉环去打仗,想奏凯是很难的。单说一种石,坑不同影响石质之外,时代先后像是也有些关系。据我的孤陋寡闻的经验,歙石,明代与清代尤其现代相比,还是明代的好;端石,单说老坑(大小西洞),乾隆年间的最细腻,看着更好,至于用,我以为就不如康熙年间的。甚至纹理花样与石质高下也有或大或小的关系。还是以老坑端石为例,青花、火捺、鱼脑、蕉白等花样,以蕉白最为好用。曾在陈保之老先生书斋中见一端砚,体积不大,康熙坑,砚堂遍体蕉白,把玩片时,至今仍不禁有"观止"之叹。

三、形　制

我没到过砚坑,看采石的情况;也没到过昔之琢砚作坊,今之砚厂,看制砚的情况。是前些年参观地质博物馆,第一次看见未雕琢的砚材,原来就是一块不像样的石头。这样的一块,竟能雕琢成既实用又美观的砚,全凭砚工的巧思和妙手。提到巧思和妙手,我不由得想到康熙年间的苏州砚工顾二娘,据说砚材石质的高下,她用脚趾(金莲,前端单一)一点就知道;至于雕琢,正如黄莘田的诗句所咏,"纤纤女手带干将"。所以先总说一句,我们今日用砚,爱砚,饮水不忘掘井人,应该先高喊一声:"砚工万岁!"但也要承认,正如十个手指不能一样齐,同是砚工,所做,表现为砚的形制,仍有高下之分。高下之分不得不表现在个体上，多到无限，又所谓高下，也终是见仁见智的事，其结果就成为难言也。勉强言，只好纵容一己的私见，说说大流。大流，先古后今，也如衣食住行的各种装备，"踵其事而增华，变其本而加厉"。细说砚的形制，可分为大小、形状、花样三个方面。大小，包括厚薄，可总称为体积，以适度为好，过大，笨重，过小，不能多容墨。如不能适度，偏小不如偏大，偏薄不如偏厚。适度还可以因人而异，如司马光要用它写《资治通鉴》，就无妨偏于大，李清照，用它写"帘卷西风，人比黄花瘦"，就无妨偏于小。再说形状，早期大多是方方正正的（米元章《砚史》等书所列，也有多种形式），后期则随形的大量增加。哪种为较好？仍是我的私见，以人为喻，方方正正是顾亭林一流，随形是张宗子一流，似难分高下。不过随形的随要有个限度，如近年见过的一些，或细长，或扭曲太甚，以致砚堂偏安，既失主位之重，又减磨墨之用，那就不如保守派，方方正正了。最后说雕琢的花样，据我所见，是清初还有明代偏于质朴的流风余韵，后来就争奇斗巧，愈演愈烈。花样，即在砚池和砚堂之外（包括背面）雕刻成各种图形。这各种，最多的是动植物，少数也有刻天象（如云）、风景（如山水）、图案（如夔龙文）、人像的。我的偏爱，长方形，砚面上方小部分为砚池，下方大部分为砚堂，四边略突起，各部分曲折相连，如自然生成，无花样，或只在四边刻浅的图案文（明末清初多有此种形式），朴而雅，适用，应视为上品。可是自清代顺治以后，时风是趋向华缛。举文献足证的一事为例，顾二娘的制砚技艺是她公公顾德林传授的，其时一名士黄中坚曾以佳石先后找他们翁媳制砚，皆制为索形，黄评论："（顾二娘所制）索纽过于工巧，似不若德林古朴。"见

《蓄斋二集》。顾德林小驰名于康熙早年,顾二娘大驰名于康熙晚年,先古朴而后工巧,可见在砚方面世风的变化。同是索形,由朴趋巧是小变。即以顾二娘而论,传世的制品(多见于拓片)真真假假,椭圆者,两旁多刻凤形,由工巧趋于繁复,是大变。其后还有更大的变,其极也就成为:一、花样为主,砚堂为附;二、追工巧太过,成为繁杂鄙俗。最突出是现在市面流行的,如砚上方的龙形占去砚面的绝大部分,而且隆起,镂空,于是看,用,就都只有龙而没有砚,成为觚不觚了。还见过一方歙砚,制为笋形,不得不窄而长,以致砚堂小如鸡卵,这就成为一件小工艺品,不成其为砚了。耕砚田,心慕龙飞凤舞,眼追华缛而忽略发墨之利,都是鄙俗。所以对于砚,不管是用还是赏玩,选取,花样有无与多少之间,我是宁可要无或少的;花样有甚且不少,要大巧若拙的。如何能断定是朴,是大巧若拙?曰,只能说个原则,是不停止于浅尝,多历练而已。

四、赏　玩

前面说,赏玩是高要求,即不只用着好,还要看着好,心里想着好。人是难于知足的动物,于是而有佛家厌憎的贪嗔痴。我们是常人,已经容忍大节的搞对象,小节的爱佳砚,算作贪也罢,痴也罢,总当任其出入可也。于是就可以不问当不当赏玩,只说想赏玩,要怎么赏,怎么玩。比喻为参观某名人故居,由外而内,有入大门、入中门、升堂、入室四个阶段。石质好是入大门,形制好是入中门,上面已经说过;如果这两方面的条件不能具备,赏玩的价值就成问题了。说成问题,不说没有,是因为升堂(年代远)、入室(有昔人款识)两个条件来头太大,如果具备这后两个或只是其中的一个,即使石质和形制方面差些,我们也只好取其重而忽略其轻。举例说,天与良机,买到二砚,其一时代为北宋,其二有蒲松龄款识(假定不假),北宋者为平民所用,蒲氏为穷读书人,石质皆平常,考虑到时代,考虑到人,我们也不得不珍而秘之。这是说,前两个条件和后两个条件有时不能都具备,就要行恕道,取其可取者。当然,最好是四美并,而如果天假良缘,这也并非不可能。以下讲后二美,时代早和有昔人款识。先说时代早。我的想法,如果意不在研究砚史,求全,纵使信而好古,也可以多注意元以后的,因为元代以上,少见,价必高,而石质却未必能赶上明清。发思古之幽情,幽到正德、嘉靖,甚至只幽到康熙、乾隆,也就够了。知足常乐之后,一个躲不开的问题是,如何断定出坑的年代? 最好是有款识可据,比如款是王虚舟,就可以断定是康熙坑。但这断定也并非十拿九稳,因为一,旧砚可以加新款;二,旧石可以新做;二,款识可能不真。所以,常常还是不能不由石质和形制的风格方面断定。石质,形制风格,各时代的面貌,要看得多才能辨别,功到自然成,着急求速不行。但也要记住,断定,要满足于差不多主义,斩钉截铁,说某砚必是何时出坑,就不免大言欺人。不过差不多也还是未全部丧失优越性,比如前些年友人从屯溪寄来一方旧歙砚,我断定年代,说明末清初,意思是早则万历,晚则顺康之间,时间够长的,可谓差不多,可是,如果这差不多竟不差,我一旦面对它,联想到秦淮河房情景,也就大可以飘飘然了。

由年代之移前而得飘飘然,还只是升堂,未入于室也。入室是赏玩昔人的款识。说昔人，不说名人，是因为一，砚上的款识并不都是名人的；二，传世之砚，名人的款识绝大多数是假的。暂且不打假，说真的，如果买到旧砚，不只石质佳，形制好，而且有钱牧斋款识，甚至柳如是款识，我们就可以睹砚思人，想到绛云楼，想到我闻室，并由静而动，想到东山酬和，正是岂不神飞天外也哉。就是出自无名之士，也可以使我们尚友古人，比之只是石质好，注视但见青花、鱼脑、鸲鹆眼等，真是不可同日而语了。可惜的是，旧砚，有款识的是少数；名人款识，真的更是少数。于是就碰到个有关赏玩砚的最难的问题，如何分辨款识的真假。款识是字，我的经验，比鉴定纸上字的真假困难得多，因为纸上是"直接"写，砚上是"间接"写。间接，中间人是砚工，用刀刻。试想，如果顾二娘也如现在的有些人，为发而急于造假，她为黄莘田制砚，刻了黄的款识以后，或留原字或留拓片，其后制另一砚，也依样葫芦，刻上黄的款识，如何能辨别是假的？不要说同一顾二娘，就是到乾嘉，熟练砚工依拓片刻上黄的款识，有谁能断定是假的？所以我的故友治印（也能刻砚铭）大家金禹民先生是彻底的怀疑主义者，说他买砚，把款识都看作假的。这太极端，说不通，比如十砚轩中物，黄自己买石，送苏州专诸巷交顾二娘制，取回，交金樱保管，其款识总不能说是假的吧？所以还不能用红卫兵之法，一举而尽除之。又所以就还要辨真假。辨，要看字（包括写的内容），但又不能单靠字。要多方面条件兼顾，最后能水乳交融，并且很难有另外的可能，才可以判断是真的。这诸多条件，其一，如果款识是名人（常常还是藏砚名家）的，石质必须上上（作伪不会用上品石）。其二，时代要对，比如款识是康熙年间人，石出坑时间不得在清初以后。其三，字的风格要对。其四，款识的内容最好与砚有联系，比如砚有石渠，款识说耕就更好。其五，所谓难有另外的可能，比如款识为元朝人，石质年代确是早于明，作伪，用这样的旧石是不可能的。条件多，凑齐不容易，所以名人款识难免使人疑神疑鬼。专就这一点说，非名人的款识也有优越性，是假的可能性不大，也就同样可以赏玩。但这非名人须不是女性，因为在男书呆子的心目中，女性都是大名人，所谓欲登龙门而不可得也。也举一例为证，昔年我见过一方小端砚，背面刻"素娘画眉砚"五个字，无其他说明，我疑惑这大概就是专为骗男书呆子钱的。所以说来说去，还是要慎重。为了避免空口无凭，举我过眼的三方砚为例。其一，端石，长椭圆形，小于掌，背刻叶小鸾款识，序，七绝"天宝繁华事已陈"二首，钤章，都对，字的风格和刻工也不坏，可是不用考就知道是假的，因为石质不佳，且年代在嘉道以后。考就更容易判定为伪品，因为此传世砚为眉子砚，当为歙石；又侧有疏香阁三字，此伪品没有。其二，歙石，长方形，大于掌，明末清初坑，龙尾，石质上上，左侧有梁山舟款识，文曰："一片石千馀年没字碑谁宝旃"，下有签名及印章，字风格对，刻工好，似可以定为真品了，我则说是半真半假，因为终有由他处移来的可能。其三，雨过天青石，长方形，更大于掌，两侧有谭光祜款识，说"庚戌（案为乾隆五十五年）秋闱后得于琉璃厂肆"，背面有张问陶款识，说乙卯（案为乾隆六十年）年秋天在谭光祜家喝酒，醉后写册页数十幅，兴犹未尽，看文具中有雨过天青砚，所以就题了，时间，琐事，砚石，都协调得天衣无缝，所以可以斩钉截铁地说，必真无疑。这样说，辨款识真伪真就难于上青天吗？曰，又不尽然，因为伪品有高级、低级的不同，高级的不多而低级的很多。高级的是有蓝本,照刻;低级的则闭门造车,甚至是无知识的拙工闭门造车。这样的低级伪品,我的闻见中不少。最早有虞世南的,等而下之,有苏东坡的,米元章的,直到十砚轩和阅微草堂,都是孤单单这几个字,砚石呢,低劣兼时代晚,远望就可以断定必是伪品。伪品,还有伪得出了圈的,我见过一方,端石,大如茶盘,晚清坑,石质至多是下中,背后竟是乾隆御题,乾隆字并不高明,可是有特点,笔画齐一而有转无折,这御题却没有丝毫相似之处。但就是这样的也还是有人买。也就还有人造。所以对于砚,用之外还想赏玩,尤其升堂、入室赏玩,就要先有些鉴定的知识,不然,很容易视鱼目为珍珠,将不免见笑于大方之家了。

五、取　舍

想只是为穷书生说法;至于本已在海中发了的,或下海以后发了的,有钱,有兴致,并且碰到机会,能买到什么样的,赏玩到什么程度,我们最好不闻不问。穷书生呢,恕我说句扫兴的话,如果还不能与砚绝交,就最好是不贪,或者说,行所无事,适可而止。原因很简单,是石质上好的砚,新的也不多,很贵,至于时代靠前,有真款识,值得登堂、入室赏玩的,就既很贵,又难得。难得,推想一个主要原因是前些年革文化之命时候革了;于是接着就来了一个次要原因,物以稀为贵,有不少人追,有不少人藏,而愿以之换钱的则很少。我年轻时候(甚至大革命以前),就不是这样,东西多,不值钱,有的人家,过年过节一时困难,就肯拿出祖传佳砚,换三五块钱,买个孩子们高兴。现在呢,据说旧货市场间或有旧砚,有人并且买来,价少则数百,多则过千,送给我看,问怎么样。意思是让我说好。我很难办,说好,犯了佛门妄语之戒;说不好,等于往热头上泼冷水。这里不对具体的人、具体的事,我可以说两句率直的话,是:严格一路,不要存侥幸心理,花冤枉钱;委婉一路,不追,万一有肥兔子触自己脚下的株,算捡个便宜,兔子不来触,淡然处之。那么,仍然爱砚,怎么办?我的意见,可用李笠翁的退一步法:有款识的真砚不能得,退一步,有旧的也好;旧的不能得,再退一步,石质好的也好;石质好的,端比歙贵,那就舍端而取歙也好;歙,金星比罗纹贵,如果阮囊羞涩,那就来个罗纹也好。只要石质润,形制雅,就既可用又可看,至少我以为,比之珍视假顾二娘,假阅微草堂,使识货者齿冷,总当好得多吧?漫步至此,成为阮籍途穷,不得不退,可叹;也就只好就此住笔。

(选自《张中行作品集·说梦楼谈屑》,中国社会科学出版社,1997 年)

蘼芜砚

张伯驹

高凤翰夜梦司马相如来拜，次日得司马相如印，以为奇珍，宝若头目（见《阅微草堂笔记》）。此亦事之偶然巧合者。丁亥岁余夜过溥雪斋君，彼适得柳如是砚。砚宽乾隆尺五寸、高三寸八分、厚一寸，质极细腻，镌云纹，有眼四，作星月状。砚背镌篆书铭文云："奉云望诸，取水方诸。斯乃青虹贯岩之美璞，以孕兹五色珥戴之蟾蜍。"下隶书"蘼芜"小字款，阳文"如是"长方印，右上镌"冻井山房珍藏"一印。砚下侧镌隶书"美人之贻"四字，左草书小字"汝奇作"三字。砚右侧镌隶书"何东君遗研"五字，左小字"水岩名品，罗振玉审定"。外花梨木原装盒。余见之爱不释手，请于雪斋加润以让。雪斋毅然见允。当夜携归。次晨有厂肆商来，携砚求售。视之，乃玉凤砆砚，钱谦益之砚也。砚宽乾隆尺三寸强，高二寸七分，白玉质，雕作凤形，刀工古拙，望而知为明制。外紫檀木原盒。上刻篆书铭文云："昆岗之精，璠玙之英。琢而成研，温润可亲。出自汉制，为天下珍。永宜秘藏，裕我后昆。"小字篆书款"牧斋老人"，下刻阴文"谦益"方印。余即留之，并示以蘼芜砚。肆商悔索价廉。

一夜之间夫妇砚合璧，其巧岂次于南阜之得司马相如印！然南阜有梦，余则无梦。盖南阜事收汉印，日思得汉名人印，故有梦。余向不蓄砚，无得砚意，故无梦耳。此皆事之偶然巧合，无足奇也。

（选自《春游琐谈》，中州古籍出版社，1984 年）

中国玺印的嬗变

钱君匋

一、古玺印及其来历

印章是我国的书法和雕刻相结合的工艺美术。由于书法重于雕刻，不同于一般的工艺美术，故别称为篆刻艺术。

唐代杜佑《通典》说："三代之制，人臣皆以玺玉为印，龙虎为钮，"所以一般认为印章起源于三代。但也有人认为起源于殷代，说与书契的刻制有关。因此，尚未有定论。

印章和其他工艺美术品一样，是由实用而产生的。《周礼·掌节职》记载说："货贿用玺节。"据汉代郑康成注："玺节者，即今之印章也。"这就说明，当时印章是为了商业上在交流货物时作为凭信的信物而产生的。

后来，印章又成了当权者表征权益的法物，加上了许多限制。秦始皇在少府设置"符节令丞"，专门掌管玺印。对君臣的印信，规定为天子称"玺",其材用玉;其余的人只能称"印",多为铜,不能用玉。这样,印式、称谓和印材都成为区分官阶的标准,不若在秦以前那样地"唯其所好",不受任何限制。

秦代"符节令丞"的设置,开了后世封建王朝的监印官制度;秦始皇所制的螭虎"六玺",开了后世帝王的玉玺制度。

汉代除"六玺"外,还规定了二千石以上的官吏称章,二百石至千石的称印,姓名印则都称"私印"。印章的格式、印体的大小和文字的体制,更趋统一。

当时的印章,官印在方寸之间,私印则较小。而所有官私印章,类多白文。因为钤在捆缚文简绳结的泥团上,印文呈现为突起的阳文,较为清晰。这样钤有印章的泥块,叫做"封泥",也称"泥封"。

汉代的印章,其繁盛可说达到了顶点。汉印在书法结体上力求美化,在印面处理上力求完整。它的成就,可以比之于唐代的诗、宋代的词和元代的曲,奇峰突起,是光辉的一页。

汉印一般都用翻砂和拨蜡的方法用铜来浇铸,这种印章后世称为"铸印"。如遇军中紧急应用,一时不及浇铸,就用刻刀直接在印材上凿成,后世称为"凿印",又称"急就章",将军印大抵如此。

汉印的字体大都方正浑穆,和隶书有相通之处。这种书体即所谓"缪篆",亦称"摹印篆"。

汉印的印式除普通习见的一面、二面印外,还有三面、六面的以及子母印等等。用以表示官阶的高下,印钮又分橐驼、龟、鼻等等。文字少者仅一、二字,多者竟有二十字。也有用殳篆、蜡封等入印的。

　　统观三代、秦汉玺印，无论朱文白文，都是在极小的方寸之间，用籀文或者缪篆等，通过分朱布白的手段，取得疏密参差、离合有伦的高度艺术效果，成为精湛瑰丽的典范，为后世的篆刻家所取法，并使篆刻成为中国特有的一种艺术。

　　印章由实用而产生，至秦又扩大为当权者表征权益的法物，至于再扩大到作为美的欣赏，用到书画作品上去，那是极其后来的事情了。

二、隋唐以后的印章

　　秦汉印章以白文为主。东晋以后，由于官府文书改用纸帛，印信不再打在泥团上，而用红色钤在纸帛上，于是官府的印信改用朱文，不再采用白文印章。究其原委，白文打在泥团上比较清楚醒目，有实用价值，改打在纸帛上，则朱文清楚醒目，白文反逊。

　　印章由文字所组成，因此印文也随着文字的演变而变化。从六朝开始，文字由过去通行篆书、隶书改变为楷书、行草书，印章上所用的印文也由周秦汉魏的大篆、缪篆渐渐变为隋唐的九叠文。有的兼用蒙古文，亦以工整平满的手法出之，使在印面求得统一。将军印则用柳叶文，王府之玺则用玉箸小篆，监察御史则用八叠文。清代的关防，则杂用各体，且多与满文并用。

　　印章的制度也从隋唐开始更趋复杂，以印的方长厚薄、分寸大小，区别官职的尊卑，品级的高低。官印有大至十三公分的，也有长方形的，但印章的边框大都与印文的粗细相等。到了宋代，渐有用宽边的,金元印宽边居多,明清官印则全为宽边,甚至有内细外宽的双重边框。

古玺印大多是佩带的,所以有穿孔之钮。到隋唐以后,官印体积庞大,不便佩带,且不易握手钤盖,故改钮为柄,植于印背正中。开始仅长寸许,明代以后,其柄渐长,有约当一握的,这无非是便于使用罢了。印材则大多用犀象铜木。隋唐以后的官印,往往在背上或印侧镌刻年月与掌铸官名,元明时代,则并刻字号,以杜伪造。

对于隋唐以来印章的发展,过去许多论者认为不合秦汉玺印的传统,与六书相悖,是堕入晦暗的时期。这种说法,违反历史,不能作为定论。但是有相当多的评论家站在保守的立场,说了不少错误的话,例如周亮工在《黄济叔印谱》前所写:"此道与声诗同。宋元无诗,至明而诗始可继唐。唐宋元无印章,至明而印章始可继汉。"又如桂馥所说:"摹印变于唐,晦于宋。"对这些论调,是不能表示苟同的。当然,由于隋唐时期的印章采用九叠文,故不可能兼有秦汉玺印的分朱布白,离合有伦的风格。

隋唐以来的印章所以发生巨变,实与文字由篆隶而行楷有密切关系。官印为政府对民众发布文告的法物,当时民间所通行的文字已非篆隶,如果仍用古籀入印,势必脱离民众,难期实用。为了使民众易于接受,采用比较普及的字体加以美化入印,这是极其自然的。正如太平天国的印章以及现代的印章,大都采用印刷体(宋体),一望而知是谁的印章,这也是随着时代的演变而产生的必然现象。

所谓九叠文,因古代以"九"为数的终极,并不一定有九叠,以曲叠匀称,填满印面为主。九叠文的出现,与古代盛行的吉祥图案,有极深的渊源。到了宋代,复有以隶入印的,如"右策宁州留后朱记",为后世以八分入印的开端。

印章在唐以前,主要是商业上用作凭信,当权者用作表征权益。至于发展到作为独立的艺术品,镌刻斋馆、收藏、词句、别号等内容,用之于书画作品,最早恐怕要算唐太宗自书"贞观"二字的联珠印了。此后,印章的用途分为二大系:有的作为征信的工具,有的作为欣赏的独立艺术品,即篆刻艺术。后者更与文人画的发展相结合,形成了东方特有的艺术形式,和绘画、书法相映成辉,大家辈出,影响远及东方其他国家。

文人画的出现和发展,是唐代中叶以后的事,至宋逐渐支配画坛,而全盛于元代。文人画主张"画中有诗",对于题跋、书法、印章都同等重视,印章在文人画中就成为不可或缺的了。

篆刻源于书法。在方寸印面上运用文字的结构、组合,通过分朱布白的手法,获得疏密参差、离合有伦的高度艺术效果,再施以雕刻上的种种刀法,而成印章。印章用朱色印泥钤于书画,能在大片黧黑的墨色中,产生对照的奇趣。这种美的欣赏,为士大夫所喜爱,为文人画家、收藏家所喜爱,因之成为风尚。

宋末元初的赵孟頫(1254—1322),首先对篆刻大加提倡,是一位伟大的书家、画家、篆刻家、诗人。在篆刻上,他竭力提倡复古,主张以玉箸小篆那种圆转之法来矫正当时官私印信流行已久的九叠文。他的作品,虽不免力薄风靡,无补纤弱,距离秦汉玺印的风骨还是很远,但这种圆转流丽的朱文,已足为后来的篆刻家所取法。

三、皖浙两派的篆刻

赵孟頫对篆刻大加提倡,接着吾丘衍又写出了第一部关于篆刻艺术的论著《学古篇》,用三十五举来阐述篆刻艺术的法度,被篆刻家奉为经典,使篆刻创作有了理论根据,澄清了隋唐以来以九叠文为尚的风气。

明初王冕(1287—1358)又发明用花乳石刻印,由于石质松软,篆刻家篆写以后可自己雕刻而不必假手于工匠。这一转变,使篆刻艺术大大跃进了一步。

明代文徵明(1470—1559)和他的儿子文彭(1498—1573),都是身兼文人画、书法、篆刻三家的人。尤以文彭是最先研究、师承汉印的人。他的作品典雅秀润,为后世的篆刻家指出了雅正的道路,在篆刻史上作出了继往开来的贡献。

文彭的学生何震,是皖派(亦称徽派)的先驱者,他一变乃师之风,而易以流利苍古的格调,其名望极高,世称"文何"。

明末的汪关、汪泓父子,一变何震之法,创立了工整流利的风格。白文宗汉印,篆法、结构和运刀,能得自然之致。印文的并笔及破边之法,也从他们创始。当时的画家、书法家和士大夫如董其昌、王时敏、文震孟、恽本初、归昌世、毛晋、钱谦益等人所用的印,大都出自他们之手。

何震虽说是皖派的先驱者,实际上至清初程邃、巴慰祖、胡唐、汪肇龙一出,皖派才真正形成。他们竭力矫正当时乖谬离奇的恶俗之风。尤其是程邃,是一位具有民族气节的文人画家,以《款识录》和大小篆合一为宗,且得力于秦汉玺印。所作疏密参差、离合有伦,朱文尤善。题识作草书,亦厚重有力。实际上,他的作品远远超过了甚嚣尘上的"文何"的声名。

继程邃之后的巴慰祖、胡唐,所作尤多汉印的神髓,精能异常。晚清赵之谦在"钜鹿魏氏"一印的题跋中有句云:"老辈风流忽衰歇,雕虫不为小技绝,浙皖两宗可数人,丁黄邓蒋巴胡陈(鸿寿)。"巴慰祖和胡唐之为后世所推重,可以概见。

皖派盛于清代康熙到嘉庆这一段时期。顾名思义,皖,当指黄山地区,但是这一派作者如林,超出了黄山一地的范围。例如山阴有董洵、王声,江阴有沈凤等。皖派的影响很大,就是浙派的创始人丁敬,在早期也受到皖派的一定影响。

篆刻艺术通过皖派接踵汉印。而皖派又能不拘于汉人成法,在汉印的基础上加以发展创新,不随俗趣,为后世作出了典范。

当皖派在印坛上称盛的时候,杭州的丁敬(1695—1765)以浙派的雄姿崛起于浙江,他的作品质朴浑厚,无时下之习。师承他的黄易、蒋仁、奚冈、陈豫钟、陈鸿寿、赵之琛、钱松等人,和他一起被称为西泠八家。他们在乾隆、嘉庆、道光、咸丰这一段时期,生气勃勃地支配了整个印坛。

皖浙二派,都是取法秦汉玺印的,但由于艺术观的不同,因此,表现为两种不同的面目。皖浙二派,可以比之为绘画上的南北二宗,也可以比之为书法上的碑学和帖学。

篆刻艺术发展到浙派阶段,文何的旧体已皮骨皆尽了。在浙派绵延的二百多年间,虽然出现了以邓石如为首的革命的异军,但是印坛势力仍属以朴老遒劲为其精髓的浙派。

浙派的黄易、蒋仁、奚冈诸家，虽然各有面目，但都是直接师承丁敬的。继起的陈豫钟最初师法何震，后来才学丁敬。陈鸿寿则师承黄易。赵之琛虽然是陈豫钟的学生，但早年都是师承陈鸿寿的。浙派以巧见胜的，要算赵之琛了，他在篆法和结构上，对分朱布白的虚实处理，有独到之处，在运刀上则惯用切刀和碎刀，在每一笔上都表现出凿痕来，因此产生了流弊，所谓燕尾鹤膝，时有流露，失却了古朴堂皇的意趣。后来模仿他的，每况愈下，竟至尘容俗状，一无可取。赵之谦在《书扬州吴让之印谱》中说："浙宗见巧，莫如次闲，曼生巧七而拙三，龙泓忘拙忘巧，秋庵巧拙匀，山堂则九拙而孕一巧，"可谓至言。浙派最后一位大师钱松的作品，则以浑厚古朴、苍劲茂秀之风横扫时下恶习。惜其早逝，未能挽浙派的颓风。

浙派诸子的作品，自有其至高的艺术价值。但师法浙派的人往往肖其貌而不知摄其神，于是流于形式，继起无人，渐见衰落。鉴家魏锡曾在《吴让之印谱跋》中说得很对："流及次闲，俪越规矩，直自郐尔。而习次闲者未见丁谱，自谓浙宗，且以皖为诟病，无怪皖人知有陈（鸿寿）赵（之琛），不知其他。余常谓浙宗后起而先亡者，此也！"

在浙派之外自树一帜的邓石如（1743—1805），是清代中叶杰出的篆刻家。他虽与黄易、陈鸿寿为同时代人，但是他的篆刻宗何震、程邃，且以《汉祀三公山碑》及三国吴《禅国山碑》等的体势笔意，朱文则发展赵孟頫的元朱文。他以隶书作篆，一变唐以来篆书的拘谨面貌。由于他卓越的书法造诣，使他的篆刻增强了艺术生命。所作苍劲雍容，流转多姿，成就辉煌。

自文、何至皖浙二派所有的篆刻家，因被复古主义思想所束缚，均谨守汉印法度，以缪篆（摹印篆）一体为宗。邓石如一出，将小篆和碑额等体势及笔意注入印章，冲破了藩篱，赋篆刻艺术以新的生命，为后来的篆刻家拓宽了篆刻艺术的参考范围和知识领域。

四、晚清以来的篆刻

邓石如开辟了新路以后，他的再传弟子吴熙载（1799—1870），由于篆隶书法的功力极深，碑碣之学又极渊博，在刻印上能参以碑碣的刀法，把邓石如这一派的篆刻艺术提高到了顶峰。

邓石如和吴熙载的成就，不仅在于他们的印作精湛，更重要的在于他们的革新对篆刻史的发展作出了极为重大的贡献。

吴咨和徐三庚也是属于邓石如派的重要篆刻家，但是吴咨的作品气韵较弱，远逊于吴熙载；徐三庚则流于纤巧，在篆法上对让头舒足以及密不容针、宽能走马的处理，略嫌过分，所以作品比较单薄。

在浙派和邓石如派同时称雄的情况下，具有多方面修养的有先行意义的大艺术家赵之谦（1829—1884），亦崛起于印坛。

赵之谦继承了扬州八怪在艺术上的创新精神，是晚清推动我国篆刻艺术向新方向发展的骁将。他在写意画法上、北碑书法上和文字学的研究上，都作出了很大的贡献，尤其在篆刻上作出的贡献，更见卓绝。赵之谦和吴熙载是同时代人，而且是朋友，但是他们所走的道路，并不一致。吴熙载谨守师法，虽采用了碑碣的刀法，却始终没有越出邓石如的范围。而赵之谦则在邓石如以小篆和碑额入印的启发下，把篆刻艺术所取资的领域扩而广之，甚至连权量诏版、钱布镜铭、瓦当石碣等凡有文字可取法的，无不采入印中。

赵之谦早年曾致力于浙派，中年以后才逐渐进入皖派，最后融合浙皖二派而创为新浙派。他的作品，无论篆法、结构和运刀，都超越过去的大家丁敬、邓石如等人，成就很高。他在朱文"赵之谦印"一钮的款识上刻道："龙泓无此安详，完白无此精悍"，所言并不为过。

赵之谦在篆刻上提倡有笔有墨，因而他的作品更见生动活泼，风韵婀娜。他也曾试以单刀直切，这对后来的齐白石有影响。他的印作固然成就极高，而款识的成就，恐怕更高。他用北碑书体刻制款识，雄伟奇宕；也把汉画像刻入款识，妙趣横生；还用《始平公》的方法刻制阳文的款识，前无古人，就是到现在，也还没有发现超过他的人。

篆刻在晚清，由于从泥古保守思想中解放出来，呈现着欣欣向荣的局面，所以在赵之谦以后，又接连不断地出现了很多杰出的篆刻家。

吴昌硕（1844—1927），是清代最后一位大艺术家，诗书画印，无不卓绝。他善于创造性地把诗书画印冶于一炉，作品古拙浑厚，苍劲郁勃。他的篆刻，得力于石鼓瓦甓以及封泥和将军印。由于他以三代吉金乐石的线条和结体书写石鼓文，发展了篆法，因此，他的刻印在书写上就有别于以前的大家。

　　吴昌硕在篆刻上初学徐三庚、钱松、吴熙载诸家,继则师事秦汉玺印、封泥瓦甓等,其作品在印文分布排列上,能冥会前人法度,又不为陈规所限,加上用钝刀切石,淳朴古拙之趣更显。他不主张死摹古人,而提倡在传统上发展创新,形成了写意刻法的一派。这一派可名之为海派。

　　吴昌硕在篆刻史上的贡献很大,对后世的赵石、陈衡恪、齐白石等人均有影响。

　　与吴昌硕同时的黄士陵(1849—1908),虽是安徽黟县人,但因为久居广州,因此,由他开创的一派可称之为粤派。

　　黄士陵能画,篆法则闳肆精融,渊懿茂朴,继承了邓石如、吴熙载的衣钵。他的印作锋锐挺劲,光洁妍美,看似呆板,实不呆板,具有很多的变化,正好与吴昌硕所刻的具有乱头粗服的风格相对照。他最初学丁敬,继学邓石如、吴熙载,并及赵之谦。自秦汉玺印之外,复取材于两汉金文。他的学生李尹桑曾经说:"悲庵之学在贞石,黟山之学在吉金,悲庵之功在秦汉之下,黟山之功在三代以上。"此说完全搔着痒处。

　　受黄士陵影响的,齐白石固然是其中之一,其他如李尹桑、邓万岁、易憙等人,也无不受他的影响。

　　现代的齐白石(1863—1957),是杰出的大艺术家,在诗书画印方面,和赵之谦、吴昌硕一样,有极高的成就。

　　齐白石学印初期,师法浙派以及赵之谦、黄士陵、吴昌硕等人,尤其得吴昌硕的影响最大。他那纵横排奡的风格同样反映在刻印上,处处流露其天才和魄力。

　　齐白石从赵之谦的单刀直切中得到启示,又从汉代将军印和魏晋时期少数民族多字官印的椎凿法和风格中汲取营养，不拘绳墨，随刀而成，往往不加修饰，任其欹斜剥落，自有一种奇趣。

齐白石在刻印理论上不以"摹、做、削"为然，认为这是刻印的绝症。他的作品痛快淋漓，能在古来不少大家之后，开辟一个新的天地。

因为齐白石久居北京，所以他这一派似应称之为京派。他的刻印，不但对北京印坛和国内各地篆刻界影响深广，而且还影响到日本的不少篆刻家。

晚清的印坛由于从泥古的泥坑中被拯救出来，所以欣欣向荣，呈现兴旺景象。解放以来，在党的"双百"方针指引下，流派纷呈，名家辈出，更把篆刻艺术推向了前所未有的空前的高度。

（选自《印学论丛》，西泠印社，1987 年）

安持精舍印话

陈巨来

客有就余而问曰："君于篆刻历有岁月矣，于刀法必究之有素，何谓冲刀？何谓涩刀？何谓切刀？何谓留刀？此中微妙可得闻欤？"余曰："否！夫治印之道，要在能合于古而已，章法最要，刀法其次者也。"旧传一十四种刀法之说，是古人故为高谈炫世之语，未足信也。余沉酣梦寐于弧文小石之间者，三十余年矣，向者尝闻诸前辈谈艺，与夫涉猎昔贤著作，有合于正则者，辄书而记之，间或参以所得，凡若干则，非敢示范，聊复自勖。

"关于篆刻，昔人之著书立说者亦云夥矣，其间名言固多，然讹舛之处亦复不鲜，若甘旭夫旸著《印章集说》谓朱文印上古原无，始于六朝唐宋之间。又言汉印用名，唐宋始用表字。按三代古玺已有朱文，汉魏子母印大都朱文，而汉穿带印，一面类皆表字，学者苟一检陈簠斋《十钟山房印举》即可参证。然甘氏所论篆法、章法、刀法、挪移增减诸理，靡不洞中肯要，非若当时诸人之故为高论者可比，岂明于此而昧于彼耶。尔时秦汉出土之印未盛，甘氏所见较寡,其说固可谅焉。褚丈礼堂德彝尝语余曰:'无论读书、习字,总觉后不于前,惟独治印,愈后愈佳,因近代时有古玺印出土,后人见识既广,借镜益多,艺之猛进亦当然耳。'

"治印虽与书法不同,然当得其神气,则巨细总无二致。窃谓三代古玺似大篆,六国小玺似晋人小楷,两汉则官印似鲁公,私印似率更,魏晋之间子母印似东坡,蛮夷印似小欧,宋、元圆朱文则虞、褚也。

"摹抚古玺,其事非易,盖三代巨玺之章法神明独运,蹊径多化,察其起止,有伦无理,未许以常法律之也。

"仿汉铸印不在奇崛,当方圆适宜,屈伸维则,增减合法,疏密得神,正使眉目,一似恒人而穆然恬静、浑然湛凝,无忒无挑,庶几独到。

"汉人凿印,或萧疏数笔,意思横阔,或笔划茂密,苍劲淋滴。官印中有'太医丞印','太医'两字稀密悬殊,学者当以此等处树基,旁参将军印,先悟章法,然后鼓刀,庶几有笔未到而势已吞,意方定而神已动之妙。何雪渔曰:'小心落笔,大胆落刀'(今人多误为黄小松语),即斯旨也。

"宋、元圆朱文,创自吾、赵(吾丘衍、赵子昂),其篆法章法,上与古玺汉印,下及浙皖等派相较,当另是一番境界,学之亦最为不易,要之圆朱文篆法纯宗《说文》,笔划不尚增减,宜细宜工,细则易弱,致柔软无力,气魄毫无,工则易板,犹如剞劂中之宋体书,生梗无韵。必也使布置匀整,雅静秀润,人所有,不必有,人所无,不必无,则一印既成,自然神情轩朗。

"摹印一道,初学时固当依傍古人,以秦汉为宗,倘学成之后,仍以翻阅印谱，刻意临摹，左拉右扯，从故纸堆中得来，毫无自己面目，斯下乘矣。余意初学者宜得人之得，然后进而能自得其得斯得已。

"今之谈印者盛称浙派、皖派，而于徽中诸印人，若程穆倩邃、巴予藉慰祖、汪尹子关、胡长庚唐等，其名反不如丁敬身、蒋山堂、邓顽伯、吴让之之隆，是可异焉。徽派诸家所作一以汉印为法，以余所见，穆倩、予藉之浑穆，长庚之遒劲，而尹子所作最多（吴县吴氏四欧堂藏有《尹子宝印斋印谱》，都千余方，海内第一本也），亦最为工稳，之数子者试以其所作并列汉印中，殆亦可乱真，非前之文三桥、何雪渔、后之浙、皖二派诸家名曰仿汉而实非汉所得比拟也。

"钝丁、完白之作，精美无疵者甚少，而其声名之盛一时无两。余尝推而考之，清初治印者大都犹存文、何遗风，自钝丁出，一洗其法，独创一格，完白所作虽异其理，正同推陈出新，风气一变，于此可以知丁、邓得名所在矣。

"更有论者，每持治印必准《说文》之说，余谓此可专指圆朱文言，苟仿秦汉，则此说似是而实非矣。夫秦书八体，摹印居五，洎乎汉代，更有缪篆，曰摹印、曰缪篆，皆所以施诸印章之文字也，例如《说文》无'亮'字、'斌'字，而汉印中数见不鲜，篆刻时如检《说文》代替之字，是无异舍正路而不由。钝丁有诗曰：'说文、篆刻自分驰，嵬琐纷论衒所知，解得汉人成印处，当明吾语了非私。'盖谓此也。

"钝丁又有诗曰：'古印天然历落工，阿谁双眼辨真龙，徐宫、周愿成书在，议论何殊梦呓中。'盖有感于印史、印说之所论贻误来者，故特举出以斥之云。

"近百年来印人辈出，舍丁、邓外，其著称者若蒋山堂仁、奚铁生冈、黄小松易、陈曼生鸿寿，要皆谨守一派，未能脱去藩篱，洎会稽赵㧑叔之谦出，集取徽、浙、皖三派而更参以新室镜铭、六国币等，上师秦汉，内辟心源，错综变化莫可端倪，二百年来一人而已。李阳冰有云：'功侔造化，冥受鬼神，㧑叔当之允无愧色。'

"㧑叔寻常朱文每参以完白之法，然其挺拔处非完白所能到。其后徐辛谷三庚更仿㧑叔，变本加厉，遂致转运紧苦，天趣不流，有效颦之诮，盖㧑叔之作不同于俗，而亦宜于俗，不泥乎古，而实合乎古，神妙通变，未易企及也。

"与㧑叔同时，当有扬州吴让之熙载，所作宛转刚健，亦自不凡，惟墨守皖派成法，未多变化，故其名终为㧑叔所掩。然吴昌硕俊卿丈私淑让之，取精用宏，卒继㧑叔以成名者也。

"近人作朱文印每喜粘边，甚有即以近边一笔作为边者。夫粘边者，乃古铜印之历时久远，其边损折向内，致成粘边之状，非古有此法也，此犹学书者摹临碑版，刻划其剥蚀之形，与字体初不相涉，不足为训也。

"昔于我友陈蒙安斋中获读郑叔问文焯手写笔记二册，内有一则述及昌硕丈刻印事，移录如下：'往见老铁刻一石罢，辄持向败革上着意磨擦，以取古致，或故琢破之，终乏天趣，亦石一厄。'语虽近贬，其意甚是，叔问系词人，亦能刻印，研究金石，深得三昧，所作之印亦饶古趣，其言非浅涉者可比也（叔问此说余初未尽信，嗣朱中起先生亦云然，盖昌老尝客中起尊人子涵先生大通榷局，中起侍宦时目击之）。

"同光以后之印人，余所服膺者，厥为嘉禾胡菊邻镬、黟山县黄牧甫士陵，匊邻之印。余最赏其白文，若有意无意，在在现其天趣，苟天假以年，或可与昌老抗手；牧甫早岁亦学让之，晚年所作，佳者方劲古折，为斩钉截铁，气魄神韵于㧑叔得不似之似。

"迩来印人能臻化境者，当推安吉吴昌硕丈及先师鄞县赵叔孺时棡先生，可谓一时瑜、亮。然崇昌老者每不喜叔孺先生之工稳，尊叔孺先生者辄病昌老之破碎，吴赵之争迄今未已。余意观二公所作，当先究其源，昌老之印乃由让之上溯汉将军印，朱文常参诏文，故所作多为雄厚一路；叔孺先生则自㧑叔上窥汉铸印，朱文则参以周秦小玺，旁及币文、镜铭，故其成就开整饬一派。取法既异，岂能强同。第二公法度精严，卓然自振，不屑屑随人脚后则一也。

"近代印人，南有李钤斋尹桑、邓尔疋万岁、易大庵熹之三君者，渊源所自，佥出牧甫，各有所拡，朱可轩轾。钤斋晚年专抚古钤，厥艺甚精，余所心折。在北则陈师曾衡恪、齐白石璜、寿石公钤、陈半丁年，皆学昌老以成名者也。

"吴君湖帆，世人仅知为当今名画家，殊不知其亦善治印，君为窬斋先生后人，藏古玺印至富，涉历既广，目力不摇，偶为篆刻，章法娴雅，刀法圆劲，求诸当世，实难多觏，能者固无所不能，惜不肯轻为人鼓刀耳。

"女子天赋每不逊于男子，拡诗词书画者古今不乏其人，顾独于篆刻一门寂焉无闻，印人传中只一韩约素，余不经见，求之当世亦罕，若麟凤腕力薄弱耶？性非所习耶？抑有佳者而吾未尝见之耶？附识于此，用觇其后。"

（选自《印学论丛》，西泠印社，1987 年）

辛笛的印章癖

王圣思

　　父亲辛笛酷爱印章，尤其喜欢集闲章。家里积有一木盒的印章，质地、色泽、文辞、字体各不相同。每当他给人写字、题诗、赠书之际，总不忘钤上自己的笔名章。兴致好时还会捧出盒子，挑选一二方，如"馀事作诗人"、"晚晴廊语"等等，蘸上红印泥，稍稍用力，钤在墨迹未干的宣纸上或书页上，立时朱墨斑斓，相映成趣。每每此刻他会眯着眼睛，面带微笑，观赏一番，满意的神情溢于言表。

　　他的印章癖自年幼始，当时随我祖父课读之余，帮着老人家展布画卷或翻检旧书，每一见到上面盖有大小不一、篆隶各异的朱白印文的钤记时，好奇心油然而生。在祖父的讲解指点下，他对印章的材料、刀法、字体、文辞有所知晓，逐渐养成一种莫名的好感。及至年长在清华大学读书，周末进城除逛书店外，也常去琉璃厂蹓跶，学着选购石章，并求当时已藉藉有名的同古堂主人张樾丞刻了几方藏书章，如"辛笛读书"、"樱舍漫藏"、"燕来堂"等，这是他最早的藏书章，买到好书总不忘展卷钤印，真是乐在其中也。

馀事做诗人

惯迟作答爱书来

抗战胜利后,父亲曾在荣宝斋偶然见到陈列案橱中有一紫色织锦方形小盒,内并列两小方鸡血图章,藕粉质地,血色不恶,而边款识明奏刀者为名家王福庵,实为难得,一刻为"文心共赏",一刻为"文心经眼",显然系书画家的鉴赏用章。两方印文尤令他怦然心喜,因他曾用笔名心笛,我母亲文绮,他俩名字中各取一字正巧缀为"文心",何况北齐末年刘勰署书名《文心雕龙》,现代人夏丏尊、叶圣陶也以"文心"二字题作书名,真是天然淡泊,顺理成章。在父亲看来此乃萍水相逢,着实有缘。因此就买了回来,常常钤在心爱的书上,颇为惬意。可惜十年浩劫,满屋藏书大都掠散殆尽,所置印章也多杳如黄鹤,一去不返。

近二十年来父亲不再刻意搜集闲章,只是随缘而得之。他一度与钱君匋时相过从,钱老早年写过新诗,工美术音乐,而于我国传统的金石书画,无所不精,卓然成家。父亲特烦他用"文心共赏"再治一印,聊补失落。钱老欣然操刀,还将父亲的一首七绝旧吟刻作边款:"已恨语言多凿枘,且欣诗句与推排,惊鸿掠影难为水,幸得相从是布钗。"

曹辛之是父亲的"九叶"诗友,写诗用笔名杭约赫,他又是装帧艺术家,《九叶集》的封面就是他自行设计的,他也擅长治印。七十年代末父亲北上开会,在他家小聚,笼火取暖,灯下检视他年来所治丛刻,见得一方文曰"闲愁最苦",边款注明系仿名家乔大壮体,古拙可喜,因此向他请求割爱携归。以后辛之叔又为其专刻一方"九叶",以纪念他们四十年代创办《中国新诗》、八十年代出版《九叶集》的诗情厚谊。

篆刻高手陈巨来解放后与父亲也有往来,他为父亲所刻"辛笛藏书"、"人间过客"都是父亲爱不释手的精品。他的关门弟子蔡幼石是父亲晚年结交的忘年小友,聪颖好学,颇得先师刻印之神韵。他因酷爱父亲的新诗,遂选《航》一诗末句"脱卸与茫茫的烟水"为文镌印相赠。以白话诗句作印文者似不多见,可谓别出心裁,独具一格。不想他所选诗句后来竟成他命运之谶语。八十年代中期蔡氏东渡日本,他的镌刻才能渐为日人所知。谁料一个烟雨濛濛的夜晚,一日本女摩托手开车不慎,将他撞入黄泉。父亲听说后不胜痛惋,真是应了他的诗句:"将生命的茫茫,脱卸与茫茫的烟水。"

友人相赠的印章父亲至今摩挲把玩,睹物生情,如见故人。精神尚好时,还用小刷子将阴阳印字剔刷干净,又拿象牙小刮子搅拌印泥,兴趣盎然。如今君匋、辛之两位老人也已作古远行,所幸他们的精刻印章代表了中国文化精粹之一而永留人间了。

(选自《雅玩:文人与收藏》,上海书店出版社,2001年)

得壶记趣

陆文夫

　　我年轻时信奉一句格言,叫作玩物丧志。世界上的格言多如过江之鲫,有人信,有人不信;有人此时信,彼时非;有人专门制造格言叫别人遵守,自己根本就做不到等等,都是有原因的。

　　我所以信奉"玩物丧志",是因为那时确实有点志,虽然称不起什么胸怀大志,却也有些意气风发的劲头,想以志降物,遏制着对物的欲念。另一个很实际的原因是想玩物也没有可能,一是没有时间,二是没有金钱,玩不起。换句话说,玩是也想玩的,只是怕分散精力和阮囊羞涩而已。事实也是如此,我对字画、古玩、盆景、古典家什、玲珑湖石等等都有兴趣,也有一定的欣赏能力,只是不敢妄想据为己有而已。

　　想玩而又玩不起,唯一的办法只有看了,即去欣赏别人的,公有的。此种办法很好,既不花钱,又不至于沦为物的奴隶。苏州是个文化古城,历代玩家云集,想看看总是有可能的。

　　上一世纪五十年代,苏州的人民路、景德路、临顿路上有许多旧书店和旧货店。所谓旧货店是个广义词,即不卖新货的店都叫旧货店。旧货店也分门别类,有卖衣着,有卖家什,更多的是卖旧艺术品的小古董店。有些不能称之为店,只是在大门堂里摆个摊头,是破落的大户人家卖掉那些既不能吃,又不能穿的非生活必需品——玩艺。此种去处是"淘金"者的乐园,只要你有鉴赏的能力,偶尔可以得宝,捡便宜。

那时我已经写小说了,没命地干,每天都是从清晨写到晚上一两点,往往在收笔之际已闻远处鸡啼,可在午餐之后总得休息一下,饭后捉笔头脑总是昏昏沉沉的。休息也不睡,到街上去逛古董店。每日有一条规定的路线,一家家地逛过去,逛得哪家有点什么东西都很熟悉,甚至看得出哪件东西已被人买去了,哪件东西又是新收购进来的。好东西是不能多看的,眼不见心不动,看着看着就买一点。但我信奉"玩物丧志",自有约法三章,如果要买的话,一是偶尔为之,二是要有实用价值,三是不能超过一元钱。

小古董店里的东西五花八门,有字画、瓷器、陶器、铜器、锡器、红木小件和古钱币,还有打簧表和破旧的照相机。我的兴趣广泛,样样都看,但对紫砂盆和紫砂茶壶特有兴趣。此种兴趣的养成和已故的作家周瘦鹃先生有关系。很多人都知道,周瘦鹃先生的盆景是海内一绝,举世无双。文人墨客、元帅、总理,到苏州来时都要到周家花园去一次。我也常到周先生家去,多是陪客人去欣赏他的盆景,偶尔也叩门而入,小坐片刻,看看盆景,谈谈文艺。周先生乘身边无人时,便送我一盆小品(人多时送不起),叫我拿回去放在案头,写累了看看绿叶,让眼睛得到调剂。我不敢收,因为周先生的盆景都是珍品,放在我的案头不出一月便会死掉的。周先生说不碍,死掉就死掉,你也不必去多费精力,只是有一点,当盆景死掉以后,可别忘把紫砂盆还给我。盆景有三要素,即盆、盆架、盆栽,三者之中以好的紫砂盆、古盆最为难求。周先生谈起紫砂盆来滔滔不绝,除掉盆的造型、质地、年代、制作高手之外,还谈到他当年如何在苏州的古董市场上与日本人竞相收购古盆的故事,谈到得意时,便从屏门后面的夹弄里(那儿是存放紫砂盆的小仓库)取出一二精品来让我观摩。谈到紫砂盆,必然语及紫砂壶,我们还曾经到宜兴的丁蜀去过一次,去的目的是想发现古盆,订购新盆,可那时宜兴的紫砂工艺已经凋敝,除掉拎回几只砂锅以外,一无所获。

由于受到周瘦鹃先生的感染,我在逛小古董店的时候,便对紫砂盆和紫砂壶特别注意,似乎也有了一点鉴赏能力。但也只看看罢了,并无收藏的念头。

有一天,我也记不清是春是夏了,总之是三十三年前的一个中午。饭后,我照例到那小古董店里去巡视,忽然在一家大门堂内的小摊上,见到一把鱼化龙紫砂茶壶。龙壶是紫砂壶中常见的款式,民间很多,我少年时也在大户人家见过。可这把龙壶十分别致,紫黑而有光泽,造型的线条浑厚有力,精致而不繁琐。壶盖的捏手是祥云一朵,龙头可以伸缩,倒茶时龙嘴里便吐出舌头,有传统的民间乐趣。我忍不住要买了,但仍需按约法三章行事。一是偶尔为之,确实,那一段时间内除掉花两毛钱买一朵木灵芝以外,其他什么也没有买过。二是有实用价值,平日写作时,总有清茶一杯放在案头,写一气,喝一口,写得入神时往往忘记喝,人不走茶就凉了,如果有一把紫砂茶壶,保温的时间可以长点,冬天捧着茶壶喝,还可以暖暖手。剩下的第三条便是价钱了,一问,果然不超过一元钱,我大概是花八毛钱买下来的。

卖壶的人可能也使用了多年,壶内布满了茶垢,我拿回家擦洗一番,泡一壶浓茶放在案头。

这把龙壶随着我度过了漫长的岁月,度过了很多寒冷的冬天,我没有把它当作古董,虽然我也估摸得出它的年龄要比我的祖父还大些。我只是把这龙壶当作忠实的侍者,因为我想喝上几口茶时它总是十分热心的。当我能写的时候,它总是满腹经纶,煞有介事地蹲在我的案头;当我不能写而去劳动时,它便浑身冰凉,蹲在一口玻璃柜内,成了我女儿的玩具,女儿常要对她的同学献宝,因为那龙头内可以伸出舌头。

"文化大革命"的初期要破四旧,我便让龙壶躲藏到堆破烂的角落里。全家下放到农村去,我便把它用破棉袄包好,和一些小盆、红木小件等装在一个柳条筐内。这柳条筐随着我来回大江南北,几度搬迁,足足有十二年没有开启,因为筐内都是些过苦日子用不着的东西,农民喝水都是用大碗,哪有用龙壶的?

直到我重新回到苏州,而且等到有了住房的时候,才把柳条筐打开,把我那少得可怜的玩艺拿了出来。红木盆架已经受潮散架了,龙壶却是完好无损,只是有股霉味。我把它擦一番,重新注入茶水,冬用夏藏,一如既往。

近十年间,宜兴的紫砂工艺突然蓬勃发展,精品层出,高手林立,许多著名的画家、艺术家都卷了进去。祖国大陆和港、台地区兴起了一股紫砂热,数千元、数万元的名壶时有所闻,时有所见。我因对紫砂有特殊爱好,也便跟着凑凑热闹,特地做了一只什景橱,把友人赠给和自己买来的紫砂壶放在上面,因为现在没有什么小古董店可逛了,休息时向什景架上看一眼,过过瘾头。

我买壶还是老规律,前两年不超过十块钱,取其造型而已。收藏紫砂壶的行家见到我那什景架上的茶壶,都有点不屑一顾,实在是没有什么值得称道的。我说有一把龙壶,可能是清代的,听者也不以为然,因为他们知道我没有什么收藏,连藏书也是寥寥无几。

1990 年 5 月 13 日,不知道是刮的什么风,宜兴紫砂工艺二厂的厂长史俊棠,制壶名家许秀棠,以及冯祖东等几位紫砂工艺家到我家来做客,我也曾到他们家里拜访过,相互之间熟悉,所以待他们坐定之后便把龙壶拿出来,请他们看看,这把壶到底出自何年何月何人之手,因为壶盖内有印记。他们几位轮流看过后大为惊异,这是清代制壶名家俞国良的作品。《宜兴陶器图谱》中有记载:"俞国良,同治、道光间人,锡山人,曾为吴大澂造壶,制作精而气格混成,每见大澂壶内有'国良'二字,篆书阳文印,传器有朱泥大壶,色泽鲜妍,造工精雅。"

我的这把壶当然不是朱泥大壶,而是紫黑龙壶。许秀棠解释说,此壶叫作坞灰鱼化龙,烧制时壶内填满砻糠灰,放在烟道口烧制,成功率很低,保存得如此完整,实乃紫砂传器中之上品。史俊棠将壶左看右看,爱不释手,拿出照相机来连连拍下几张照片。

客人们走了以后,我确实高兴了一阵,想不到花了八毛钱竟买下了一件传世珍品,穷书生也有好运气,可入聊斋志异。高兴了一阵之后又有点犯愁了,我今后还用不用这把龙壶来饮茶呢,万一在沏茶、倒水、擦洗之际失手打碎这传世的珍品,岂不可惜!忠实的侍者突然成了碰拿不得的千金贵体。这事儿倒是十分尴尬的。

世间事总是有得有失,玩物虽然不一定丧志,可是你想玩它,它也要玩你;物是人的奴仆,人也是物的奴隶。

(选自《雅玩:文人与收藏》,上海书店出版社,2001 年)

鼻　烟

周　劭

德国电视连续剧《德里克》中有一集出现了鼻烟,这在老一代人是久违了的名物;年纪轻的观众却很多不知鼻烟为何事,有的连"鼻烟"两个字都不曾听到过。多谢《德里克》,使我知道德国的慕尼黑(明兴)至今用鼻烟的还很普遍;而曾在我国一度非常流行过的名物,现则濒于绝迹了。

烟的种类很多,我不说属于毒品包括鸦片在内的一些烟,只说极普通的纸烟、雪茄烟、板烟、水烟、旱烟等等。大家都知道它们有一个共同点,便是须用火点燃之后方可用嘴来吸。但也有两种烟是例外:其一是属于板烟类的,深黑色方方一块,坚硬异常,要用嘴来咀嚼,嚼后把渣吐掉。这种吃烟的方法很是骇人,不是一般人受得了的。它是为在海洋中驾驶船只的水手们特制的,因为海上碰到不良气候,需要和风浪搏斗很长时间,有烟瘾的水手,无法点火吸烟,只有出于用嘴咀嚼之一途。这只是听说,因为我从未在风浪袭击中和水手们一起在船上待过;而水手们也绝不会在岸上表演他们的绝技。

其二便是鼻烟,鼻烟既不用火,也不用嘴,而是只用鼻腔,便是所谓"鼻功德",好像我们常见到的某种防暑药品一样,把鼻烟放在人中部位,用鼻一吸,便算完成程序。过了一些时,即会大打喷嚏。由于鼻粘膜神经被鼻烟的辛辣气味所刺激,而进行一次乃至数次痉挛的吸息,急激的呼气,从鼻孔射出,使人顿觉耳聪目明,浑身舒泰。当此世界共起呼吁戒烟之时,我不知道鼻烟是否也属于有害于人身的应戒范围。

鼻烟并非国粹,当来自波斯等地,也不曾研究过它的历史,大概总是在明代万历年代吧;只知十九世纪中叶,是它在中国最盛行时期,恐怕和欧洲的盛行时期步调是一致的。

鼻烟的吸者只限于上层阶级社会。它还不光是烟,且是烟的包装容器的鼻烟壶,后者的贵重尚在前者之上。鼻烟壶是烧料制品,大小仅比一只火柴盒子稍大,开始当然伴随着烟来自外国,后来国内也能制造。在北京琉璃厂或各寺庙会,是最热门的畅销品。上好的流入古玩肆,便成为骨董。最知名的,是在瓶壶上可以现出虫豸和花卉,能够随着时辰变换而活动,谁也不知道是怎样制成的。但不知怎的,这些古玩在上海古玩肆中却不易见到,它也随着鼻烟而销声匿迹。解放初期,在豫园商场,烟和壶尚可买到,可都不是上品。

清代有一位"绵"字辈的皇族,是道光皇帝的近支堂兄弟,爱鼻烟如命,他的下一代是"奕"字排行,和慈禧太后的丈夫同辈,竟命名他两个儿子为"奕鼻"和"奕壶"。这两个怪名,居然也被载入"玉牒"中去。"玉牒"是皇族的宗谱,可见鼻烟和鼻烟壶在那时的声势。在那个时代,朝廷的最高临时组成的司法审判机构,如"三法司会审"、"王公大臣六部九卿会审",其实那批高官们只坐在大堂后部,一任设在前部案上的司员们审问犯官,而他们只是各拿出名贵的鼻烟壶互相观赏而已。到今天,鼻烟这一名物则只有在外国的电视剧中可以看到了。

（选自《黄昏小品》,上海古籍出版社,1995 年）

辑二　书山书海

失书记

郑振铎

　　二十多年来，因为研究的需要和个人的偏嗜，收购了不少古书。一部部的从书店里挟在腋下带回来，都觉得是有用的。但一到了家，翻阅了一下，因为不是立即用到的，便往往将它向书箱里或书橱顶上一塞。有时，简直是好几年不曾再翻阅过。书一天天地堆积得多了。书箱由十二只而二十余只，而五十余只，而至一百余只，不放在箱子里的书还有不少。因为研究的复杂，搜罗材料的求全求备，差不多不弃瓦石和沙砾。其实在瓦石和沙砾里，往往可以发现些珠玉和黄金出来。十年前，得到不少的弹词、宝卷、鼓词和平津到潮汕的小唱本。那些小唱本一批批地购入，或由友人们的赠贻，竟积至二万余册之多。"一·二八"之役，我在东宝兴路的寓所沦入日人之手，一切书籍都不曾取出。书箱被用刀斧斫开的不少。全部的弹词、鼓词、宝卷及小唱本均丧失无遗，惟古书还保存得很多。三月间，将各余存的书全部迁出。那时，我不在上海。高梦旦先生和家叔莲蕃先生曾费了许多的力量去设法搬运。许多的书箱都杂乱地堆在高宅大厅上。过了半年,方托人清钞一份目录。除仍留一部分存于高宅外,大多数都转送到开明书店图书馆寄存。四五年来,我因为自己在北平,除了应用的书随身带去者外,全都没有移动。在北平,又陆续地购到几十箱的古书,其中尤以明版的小说及戏曲为多。前年夏天南旋时,又全都随身带了下来,幸免于和那个古城同陷沦亡。但有一部分借给友人们的书,却一时顾不及取回了。二年以来因为寓所湫狭,竟不能将寄存之书取储家中。"八一三"战事起后,虹口又沦为战区。开明书店图书馆全部被毁于火。我的大多数的古书,未被毁于"一·二八"之役者,竟同时尽毁于此役。所失者凡八十余箱,近两千种,一万数千册的书。其中有元版的书数部,明版的书二三百部;应用的书,像许多近代的丛书所失尤多。最可惜的是,积二十年之力所收集的关于《诗经》及《文选》的书十余箱竟全部烬于一旦。在欧洲收集到的许多书(多半是关于艺术的及考古学的),也全都失去了。尚有清人的手稿数部,不曾刊行者也同归于尽!不能无介介于心;总觉得有些对不起古人!连日闸北被敌机大肆轰炸,纸灰竟时时飘飞到小园中来。纸灰上的字迹还明显的可辨。这又是什么人家的文库被毁失了!在今日抗战开始之后,像这样的文化上的损失,除了万分惋惜之外,是不会比无数人民的性命财产的牺牲更令人沉痛和切齿的。而无数前敌将士们正在喋血杀敌,为国作战,我们这些损失又算得了什么!北平图书馆的所藏,乃至北京大学图书馆,清华大学图书馆,乃至无数私家的宝藏之图籍还不是全都沦亡了么?我们这些损失又算得了什么?但我所深有感者,乃在没有国防的国家根本上谈不上"文化"的建设。没有武力的保卫,文化的建设是最容易受摧残的。阿速帝国的文库还不是被深埋在地下么？宋之内府所藏图籍，还不是被捆载而北么？希腊、罗马的艺术还不是被野蛮民族所摧毁而十不存一么？无数文人学士们的呕尽心血的著作曾不足当野蛮的侵略者的一焚！这是古今一致，万方同慨的事！要保全"文化"，必须要建立最巩固的国防！失者已矣！"文化"人将怎么保卫文化呢？当必知所以自处矣！无国防，即无文化！炮火大作，屋基为之震动。偷闲重写"失书"的目录为一卷。作《失书记》，附于后。以自警，亦以警来者！

民国二十六年十月二十六日记

（原载《烽火》第 9 期，1937 年 10 月 31 日）

我的金石美术图画书

孙 犁

初进城时，我住在这个大院后面一排小房里，原是旧房主杂佣所居。旁边是打字室，女打字员昼夜不停地工作，不得安静。我在附近小摊上，买了几本旧书，其中有一部叶昌炽著的《语石》，商务国学基本丛书版，共两册。

我对这种学问，原来毫无所知，却一字一句地读下去，兴趣很浓。现在想来：一是专家著作，确实有根柢。而作者一生，酷爱此道，文字于客观叙述之中，颇带主观情趣，所以引人入胜。二是我当时处境，已近于身心交瘁，有些病态。远离尘世，既不可能，把心沉到渺不可寻的残碑断碣之中，如同徜徉在荒山野寺，求得一时的解脱与安静。此好古者之通病欤？

叶昌炽是清末的一名翰林，放过一任学政，后为别人校书印书。不久，我又买了他著的《藏书纪事诗》和《缘督庐日记摘抄》，都认真地读了。

我有一部用小木匣装着的《金石索》，是石印本，共二十册，金索石索各半。我最初不大喜欢这部书，原因是鲁迅先生的书账上，没有它。那时我死死认为：鲁迅既然不买《金石索》，而买了《金石苑》，一定是因为它的价值不高。这是很可笑的。后来知道，鲁迅提到过这部书，对它又有些好感，一一给它们包装了书皮。"文革"结束，我曾提着它送给一位老朋友，请他看着解闷。这是我以己度人，老朋友也许无闷可解，过了不久，就叫小孩，又给我提回来，说是"看完了"。我只好收起。那时，害怕"四旧"的观念，尚未消除，人们是不愿收受这种礼物的。

也好，目前，它顶着一个花瓶，屹立在四匣《三希堂法帖》之上，三个彩绿隶体字，熠熠生辉，成为我书房的壮观一景。还有人叫我站在它的旁边，照过相。可以说，它又赶上好时光、好运气了，当然，这种好景，也不一定会很长。

大型的书，我买了一部《金石粹编》。这是一部权威性著作，很有名。鲁迅书账有之，是原刻本。我买的是扫叶山房石印本，附有《续编》《补编》，四函共三十二册。正编系据原刻缩小，字体不大清楚，通读不便，只能像用工具书，偶尔查阅。续编以下是写印，字比较清楚，读了一遍。

有一部小书，叫《石墨镌华》，是知不足斋丛书的零种。书小而名大，常常有人称引。读起来很有兴趣，文字的确好。同样有兴趣的，是一本叫《金石三例》的书，商务万有文库本，也通读过了。因为对这种学问，实在没有根基，见过的实物又少，虽然用心读过，内容也记不清楚。

原刻的书，有一部《金石文编》，书很新，字大悦目，所收碑版文字，据说校写精确，鲁迅先生也买了一部。我没有很好地读，因为内容和孙星衍校印的《古文苑》差不多，后者我曾经读过了。

读这些书，最好配备一些碑版，我购置了一些珂罗版复制品，聊胜于无而已。知识终于也没有得到长进，所收碑名从略。

钱币也属于金石之学。这方面的书，我买过《古泉拓本》、《古泉杂记》、《古泉丛话》、《续泉说》等，都是刻本线装，印刷精致。还有一本丁福保编的《古钱学纲要》，附有历代古钱图样，并标明当时市价，可知其是否珍异。

我虽然置备了这些关于古钱的书，但我并没有一枚古钱。进城后，我曾在附近夜市，花三角钱，买了一枚大钱，"文革"中遗失了，也忘了是什么名号。我只是从书中，看收藏家的趣味和癖好。

大概是前年，一青年友人，用一本旧杂志，卷着四十枚古钱，寄给我，叫我消遣。都是出土宋钱，斑绿可爱。为了欣赏，我不只打开《历代纪元编》认清钱的年代，还打开《古钱学纲要》，一一辨认了它们的行情，都是属于五分、一角之例，并非稀有。但我心里还是有些不安，小大属于文物的东西，我没有欲望去占有。我对古董没有兴趣。它们的复制品、模仿品，或是照片，对我来说，就足够了。我只是想从中得到一点常识，并没有条件和精力，去进行认真的研究。我决定把这几十枚古钱，交还给那位青年友人。并说明：我已经欣赏过了。我的时光有限，自己的长物，还要处理。别人的东西，交还本人。你们来日方长，去放着玩吧。

我还买了一些印谱，其中有陈蒩斋所藏《玉印》，《手拓古印》；丁、黄、赵名家印谱，《陈石曾印谱》，《汉铜印丛》等，大都先后送给了画家和给我刻过印章的人。

关于铜镜的书，则有《蒩斋藏镜》，以及各地近年出土的铜镜选集。

关于汉画石刻，则有《汉代绘画选集》、《陕北东汉画像石刻选集》；还有较早出版的线装《汉画》二册一函，《南阳汉画像汇存》一册、《南阳汉画像集》一册。都是精印本。

《摹印砖画》、《专门名家》，则是古砖的拓本。

我不会画，却买了不少论画的书。余绍宋辑的《画论丛刊》、《画法要录》，都买了。记载历代名画的《历代名画记》、《图画见闻志》、《宣和画谱》，以及大型的《佩文斋书画谱》，也都买了。《佩文斋书画谱》，坊间石印本很多，阅读也方便。我却从外地邮购了一部木刻本，洋洋六十四册，古色古香。实际到我这里，一直尘封未动，没有看过。此又好古之过也。

古人鉴定书画的书，我买了《江村消夏录》、《庚子消夏记》。后者是写刻本，字体极佳。我还在早市，买了一部《清河书画舫》，有竹人家藏版，木刻本十二册，通读一过。因为未见真迹，只是像读故事一样。另有《平生壮观》一部，近年影印，未读。

文章书画，虽都称作艺术，其性质实有很大不同。书法绘画，就其本质来说，属于工艺。即有工才有艺，要点在于习练。当然也要有理论，然其理论，只有内行人，才能领会，外行人常常不易通晓，难得要领。我读有关书画之论，只能就其文字，领会其意，不能从实践之中，证其当否。陆机《文赋》虽玄妙，我细读尚能理解，此因多少有些写作经验。至于孙过庭的《书谱》，我虽于几种拓本之外，备有排印注疏本，仍只能顺绎其文字，不能通书法之妙诀。画论"成竹在胸"，"意在笔先"之说，一听颇有道理，自无异议，但执笔为画，则又常常顾此失彼，忘其所以。书法之论亦然："永字八法"，

"如锥画沙"之论,确认为经验之谈,然当提笔拂笺,反增慌乱。因知艺术一事,必从习练,悟出道理,以为己用。不能以他人道理,代替自身苦工。更不能为那些"纯理论家"的皇皇言论所迷惑。

我还买了一些画册,珂罗版的居多。如:《离骚图》、《无双谱》、《水浒全传插图》、《梅花喜神谱》、《陈老莲水浒叶子》、《宋人画册》等。

《水浒叶子》系病中,老伴于某日黄昏之时,陪我到劝业场对过古旧书店购得。此外还有《石涛画册》,《华新罗画册》,《仇文合制西厢图册》等,都是三十年代出版物,纸墨印刷较精。

木刻水印者,有《十竹斋画谱》,已为张的女孩拿去,同时拿去的,还有一部《芥子园画传》(近年印本)。另有一部木刻山水画册,忘记作者名字,系刘姓军阀藏书,已送画家彦涵。现存手下的,还有一部《芥子园画传》,共四集,均系旧本,陆续购得。其中梅菊部分,系乾隆年间印刷,价值尤昂。今年春节,大女儿来家,谈起她退休后,偶画小鸟,并带来一张叫我看。我说,画画没有画谱不行,遂把芥子园花鸟之部取出给她,画册系蝴蝶装,亦多年旧物也。大女儿幼年受苦,十六岁入纱厂上班,未得上学读书。她晚年有所爱好,我心中十分高兴。

一九八七年九月十六日写讫

附记:

一九四八年秋季,找到深县,任宣传部副部长,算是下乡。时父亲已去世,老区土改尚未结束,一家老小的生活前途,萦系我心。在深县结识了一位中学老师,叫康迈千。他住在一座小楼上。有一天我去看他,登完楼梯,在迎面挂着的大镜子里,看到我的头部,不断颤动。这是我第一次发见自己的病症,当时并未在意,以为是上楼梯走得太急了,遂即忘去。

本文开头,说我进城初期,已近于身心交瘁状态,殆非夸大之辞。

一九五六年,大病之后,结发之妻,虽常常独自饮泣,但她终不知我何以得病。还是老母知子,她曾对妻子说:"你别看他不说不道,这些年,什么事情,不打他心里过?"

那些年,我买了那么多破旧书,终日孜孜,又缝又补。有一天,我问妻子:"你看我买的这些书好吗?"

她停了一下才说:

"喜欢什么,什么就好。"

她不识字,即使识字,也不会喜欢这些破旧东西的。

有时,她还陪我到旧书店买书。有一次,买回一本宣纸印刷的《陈老莲水浒叶子》,我翻着对她说:

"这就是我们老家,玩的纸牌上的老千、老万。不过。画法有些不一样。"

她笑着,站在我身边,看了一会儿。这是她第一次,也是仅有的一次,同我一起,欣赏书籍。平时,她知道我的毛病,从来也不动我的书。

我买旧书,多系照书店寄给我的目录邮购,所谓布袋里买猫,难得善本。版本知识又差,遇见好书,也难免失之交臂。人弃我取,为书店清理货底,是我买书的一个特色。

但这些书,在这些年,确给了我难以言传的精神慰藉。母亲、妻子的亲情，也难以代替。因此，我曾想把我的室名，改称娱老书屋。

看过了不少人的传记材料，使我感到，中国人的行为和心理，也只能借助中国的书来解释和解决。至于作家，一般的规律为：青年时期是浪漫主义；老年时期是现实主义。中年时期，是浪漫和现实的矛盾冲突阶段，弄不好就会出事，或者得病。书无论如何，是一种医治心灵的方剂。

九月十七日

（选自《无为集》，人民文学出版社，1989 年）

卖书记

姜德明

买书是件雅事,古人向来爱写藏书题跋,常常是在得书之后随手而记,讲起来多少有点得意。卖书似乎欠雅,确实不怎么好听。先不说古人,黄裳兄跟我说过,他卖过几次书,传到一个"大人物"康生的耳朵里,那人就诬他为"书贩子",果然在"文革"开始后,有人便盯上了他的藏书,来了个彻底、干净地席卷而去,还要以此来定罪名。贤如邓拓同志,因为需用巨款为国家保存珍品而割爱过个人的藏画,亦被诬为"倒卖字画"。

我也卖过书,一共卖了三次。

头一次可以说是半卖半送,完全出于自觉自愿,并无痛苦可言。那是天津解放后不久,我要到北京投奔革命了。风气所关,当时我的思想很幼稚,衣着如西装、大衣之类与我已无缘,我就要穿上解放区的粗布衣、布底鞋了。旧物扔给了家人。最累赘的是多年积存的那些旧书刊,五花八门,什么都有。为了表示同旧我告别,我把敌伪时期的出版物一股脑儿都看成汉奸文化当废纸卖掉了。这里面有北京出版的《中国文学》，上海出版的《新影坛》、《上海影谭》，还搭上抗战胜利后上海出版的《青青电影》、《电影杂志》、《联合画报》（曹聚仁、舒宗侨编），等等。有的觉得当废纸卖可惜，如北京新民印书馆印的一套"华北新进作家集"等，其中有袁犀（即李克异）的《贝壳》、《面纱》、《时间》、《森林的寂寞》，山丁的《丰年》，梅娘的《鱼》、《蟹》，关永吉的《风网船》、《牛》，雷妍的《白马的骑者》、《良田》等。再加上徐訏的《风萧萧》和曾孟朴的《鲁男子》（这是我少年时代最喜欢读的一部小说），等等，凑成两捆送给我的一位堂兄，让他卖给专收旧书的，好多得几个钱。这也是尽一点兄弟间的情谊，因为那时他孩子多，生活不富裕。我匆匆地走了，到底也不知道是否对他略有小补，也许根本卖不了几个钱。

留下的很多是三十年代的文艺书刊和翻译作品，还有木刻集，包括《苏联版画集》、《中国版画集》、《英国版画集》、《北方木刻》、《法国版画集》、《抗战八年木刻选》，等等。临行时，几位同学和邻居小友来送别，我又从书堆中捡出一些书，任朋友们随便挑选自己喜爱的拿走，作个纪念。我感到一别之后，不知我将分配到天南海北，更不知何时才能再聚。可是风气已变，记得几位小友只挑去几本苏联小说，如《虹》、《日日夜夜》、《面包》之类，别的都未动。

这就是我第一次卖书、送书的情况。

到了北京学习紧张，享受供给制待遇，也无钱买书。后来，我已做好了去大西北的准备，可分配名单却把我留在北京。几年之后，社会风气有变，人们又讲究穿料子服了，我也随风就俗，把丢在天津家中的西装、大衣捡了回来。参加"五一"游行的时候，上面号召大家要穿得花哨些，我穿上西装，打了领带，手里还举了一束鲜花,惹得同伴们着实赞美了一番。当然,也有个别开玩笑的,说我这身打扮像是工商联的。

我把存在家中的藏书全部运到了北京。

生活安定了,办公的地方距离东安市场近,我又开始逛旧书摊,甚至后悔当初在天津卖掉那批书。

第二次卖书是在一九五八年大炼钢铁的时候。

那时既讲炼钢,又讲炼人。人们的神经非常紧张,很多地方都嚷嚷着要插红旗,拔白旗,而批判的对象恰恰是我平时所敬重的一些作家和学者。整风会上,也有人很严肃地指出我年纪轻,思想旧,受了三十年代文艺的影响。我一边听批评,一边心里想:"可也是,人家不看三十年代文艺书的人,不是思想单纯得多,日子过得挺快活吗? 我何苦呢!"有了这点怨气和委屈,又赶上调整宿舍搬家(那时我同李希凡、蓝翎、苗地诸兄都要离开城外的北蜂窝宿舍,搬到城内来)。妻子一边帮我收拾书,一边嫌我的书累人。我灵机一动,也因早有此心,马上给旧书店挂了个电话,让他们来一趟。

第二天下班回到家里,老保姆罗大娘高兴地抢着说:"书店来人了,您的书原来值这么多钱呀。瞧,留下一百元呢!"望着原来堆着书的空空的水泥地,我苦笑了一下,心里说:"老太太,您可知道我买来时花了多少钱吗?"他拉走的哪里是书? 那是我的梦,我的故事,我的感情,我的汗水和泪水……罗大娘还告诉我,那旧书整整装了一平板三轮车。不过,当时搬家正需要用钱,妻子和孩子们还真的高兴了一场。我心里也在嘀咕:就这样可以把我的旧情调、旧思想一股脑儿卖掉了? 我这行动是不是在拔自己的白旗!

这一次,我失去了解放前节衣缩食所收藏的大批新文学版本书。其中有良友出版公司和晨光出版公司出版的"文学丛书",包括有《四世同堂》在内的老舍先生的全集(记得当时只留下其中的两本,一是老舍先生谈创作经验的《老牛破车》,一是钱锺书先生的小说《围城》。现在这两本书还留在我的身边)。失去的还有几十本《良友画报》,整套的林语堂编的《论语》和《宇宙风》。还有陈学昭的《寸草心》,林庚的《北平情歌》等一批毛边书,都是我几十年后再也没有碰上过的绝版书。

那时我并不相信今后的文学只是唱民歌了,但是我确也想到读那么多旧书没有什么好处。我顶不住四面袭来的压力,为什么我就不能像别人一样地轻松自如? 有那么多旧知识,不是白白让人当话柄或作为批判的口实吗? 趁早下决心甩掉身上的沉重包袱吧。

第三次卖书是在"文革"前夕的一九六五年。那时的风声可紧了!《林家铺子》、《北国江南》、《李慧娘》都成了大毒草,连"左联"五烈士的作品也不能随便提了。我的藏书中有不少已变成了毒草和违碍品,连妻子也为我担心。那时人人自危,我也不知道怎么就爱上了文艺这一行,真是阶级斗争不以人的意志为转移,我这是自投罗网,专爱"毒草"! 深夜守着枯灯,面对书橱发呆,为了妻子和孩子的幸福,也为了自己的平安,我又生了卖书的念头。这一次又让旧书店拉走了一平板三轮车书,连《列宁全集》、《斯大林全集》也一起拉走了。我想有两套选集足够了。第三次卖掉的书很多是前两次舍不得卖的,几乎每本书都能勾起我的一段回忆,那上面保存了我少年时代的幻想。我不忍心书店的人同我讲价钱,请妻做主,躲在五楼小屋的窗口,望着被拉走的书,心如刀割,几乎是洒泪相别。妻子推开了门,把钱放在桌上怆然相告:"比想象的要好一点,给的钱还算公道。可是,这都是你最心爱的书呢……"我什么也没有说。我第一次感到自己是一个不幸的人,懦弱的人。我在一股强风面前再一次屈服了。

不久,"文革"来了,我们全家都为第三次卖书而感到庆幸,因为拖到这时候连卖书也无门了。

风声愈来愈紧,到处在抄家烧书,而我仍然有不少存书。这真是劣根难除啊,足以证明我这个人改造不彻底。若在第三次卖书时来个一扫而光该多干脆,不就彻底舒服了吗!书啊书,几十年来,你有形无形地给我添了多少麻烦,带来多少痛苦,怎么就不能跟你一刀两断?我应该爱你呢,还是恨你!

大概人到了绝望的程度,也就什么都不怕了。这一次,我也不知道何以变得如此冷静和勇敢。我准备迎受书所带给我的任何灾难,是烧是抄,悉听尊便,一动也未动。相反地,静夜无人时,我还抽出几本心爱的旧书来随便翻翻,心凉如水,似乎忘记了外面正是一个火光冲天的疯狂世界。

然而,居然什么事都没有发生,我的残书保留下来了。二十年来,我再也没有卖过一本书。

今后,我还会卖书吗?不知道。

一九八六年七月

(选自《书边梦忆》,中华书局,2009 年)

断简零篇室撦忆

黄　裳

　　我的买旧书,是从收残本开始的。一直乐此不疲,至今架上所存,残本多于全本。这恐怕不是正统藏书家所能理解的。那原因说起来也平常,一是限于力,再就是缺乏鉴定的眼光。而又书癖日深,凡有所见,只要力所能及,总想弄到手才舒服。因此上当受骗总是免不了的。这就是买旧书付学费的阶段,是难于跨越的必经之路。

　　我入手的第一种旧书,是七册《四印斋所刻词》。那是在天津南开中学读书时,从劝业场的书摊上买得的。劝业场里有几家北京琉璃厂书店的分号,如藻玉堂等,明窗净几,满壁琳琅。我曾大胆地走进去过,看到吴伯宛所刻的《双照楼所刻词》,还是罗纹纸的初印本,漂亮极了。不敢问价,不好意思地退出来。就在转角的书摊上看见了这部《四印斋所刻词》,虽然不过是光绪刻本,可是初印精善,立即付了三块银元买下了。这在一个中学生说来,也可以算得"豪举"。回到宿舍细看,才知道这并非全书,《稼轩词》只存其半,五十年后才得补全。其实这也不好说是残书,是王鹏运随刻随印的初印本,册首还有小珠玉词人"辛卯杪秋得于凤城,幼遐侍御持赠"的题记。

移居上海以后,在我家左近的徐家汇街上,有一家旧纸铺,主人姓唐,南汇人。他是经营旧纸的,店里铺天盖地都是旧报纸杂志,还有零碎的法文英文书。时在"八一三"抗战之初,街口就是封锁线,每天有多少逃难者进入,身边杂物就随手处理掉了,书报杂志都归了这家旧纸铺。当时想配齐一套《文学》、《中流》、《作家》……绝不是难事。我就配齐过全部沈雁冰接编后的《小说月报》。这家店里很少线装书,不过我也在这里买到过不全本汲古阁刻的《剑南诗稿》和万历白棉纸本的《六代小舞谱》,这是我收藏旧本的开始。当时曾取过一个斋名,"断简零篇室",就是说明自己每天以戋戋的点心钱只能买些残本的意思。

在徐汇唐氏肆中所得的残本好书还有元刻残本《文章正宗》,皮纸精印。其中选有杜诗不少,后来捐赠成都杜甫草堂了。又买得崇祯刻《梦林玄解》一叠,从衬纸中抽得康熙精刻本《半园倡和诗》一册,都是很有意思的。

一九四九年冬,去香港转赴北京,一路上也到书肆看看,记得在南昌市上,曾见康熙刻《楝亭集》和抄本《许鸿磐集》,未能谐价。香港没有书。转道天津,曾在东门里的铺子里买得阮元的《积古斋钟鼎彝器款识》,是琉球纸精印本,前有阮元手题;又刘喜海抄本《河东集》。到北京后,一头扎进琉璃厂和隆福寺就出不来了。其间所买也以残本为多。

最有趣的是在琉璃厂得到一册抄本《痴婆子传》,是书铺徒弟用旧本影抄的假古董。到清华园去看钱锺书，闲谈中提到，锺书听了大笑。几天后他进城回访，出一笺相示，录一联断句云："遍求善本痴婆子，难得佳人甜姐儿"，说"幸恕其唐突而赏其混成"，真是语妙天下。

来薰阁铺子里架上摆满了各种本子的《金瓶梅》，这我不感兴趣，问陈济川可有残书可看。他就引我到后进去，这里真是满坑满谷的残书，都是奇零小册和待配的残卷。我选得嘉靖刻《宋文鉴》一叠，棉纸大册精印，有会稽钮氏世学楼藏书大印。每册有莫友芝题名，是见于所著《经眼录》的得于皖口行营的本子，本来就是残书。原来想配全旧有李南涧旧藏的一本，不料还是配不成。

又抽得正统刻《诗林广记》一厚册，黑口，用纸系极薄但坚韧异常的皮纸，是明初宁夏刻本。广记有元刊明刊本不少，俱常见，只此罕传，疑是天一阁故物。存后集卷六之十。又嘉靖重庆府刻《蓝关记》，系记韩湘子事者。

最有意思的是一册《平海图》，崇祯刻本。书已被鼠啮去下半，附图精绝。这是一册剿平海盗的纪功之作，大似连环画，凡海战、阅兵、商略机宜、枭斩盗犯、收船散众等俱一一写出，有人物多至数十百人者，而纤细精微，刻工又足以副之，是晚明版画极精之作。后见王重民记美国国会图书馆有木活字本《壬午平海记》二卷，程峋撰，即是此书。首册因残蚀过半，遂为估人截留，未随全书俱去。后于吴下文学山房以重直得《平海图》残叶十二番，乃得见其中全貌，遂损旧装重订之，也算得是巧遇了。

隆福寺修绠堂孙氏，颇有旧书。此次所得有残本弘治刻《梦溪笔谈》一册，黑口精印，传本极稀。只见群碧楼旧藏一全本，今归上海图书馆。修绠堂得到李木斋木犀轩藏书原印数方,随意钤于所得旧本之上。印虽真但书非李氏旧物。又有季振宜伪印,亦随手钤之。这是一种恶作剧,书册有此,有如美人黔面,也算得书卷一劫。同时所收还有旧抄《九灵山房集》,存三册,是鲍以文校本。买回后重装,见每卷卷尾都有以文校书纪事,精妙可爱。后来曾见乾隆知不足斋刻大册《九灵山房集》,即以此为底本。

在修绠堂还得到过一册鲍校《东山词》,是张葱玉故物。此书宋刻残卷今在北京图书馆,取校鲍以文本,知即从残宋本出。古书流传端绪,历历可见,最是妙事。

隆福寺三槐堂,是一家老店。我在此店得《诗人玉屑》,是明翻宋刻本,只存一至十六卷,明人包背原装,题元亨利贞字样,可知前人亦不弃丛残,珍重收储,仿佛找到几百年前收藏残本的同志,格外觉得可喜。

五十年代初,宝礼堂藏书从香港归来,徐伯郊在自宅中布置了一个小型展览会,邀友人参观。给我留下深刻印象的是,宋建刻周美成集竟有两本,纸墨晶莹,夺人目睛。赵斐云(万里)正在身边,用臂肘推推我去看另一部宋版书。这是绍定严陵郡斋刻的《巨鹿东观集》十卷,却是残书,其卷四之六配的是元人补抄,写手精极,雅韵欲流。斐云小声对我说:"这种抄配岂不比全本更妙。"彼此相视而笑。这是狂论也是怪话,我懂得他的意思,是真正爱书人的心里话,也是对残卷大胆的肯定。

斐云是当代著名版本学者,眼力、见闻都是第一流的。过沪时每过我家观书,遇未见之书,必取怀中小册,笔录行款序跋以去,其好学如此。我曾无意中于萃古斋检得残本一册,是海盐姚叔祥旧物。大字写刻,薄绵纸精印,前失序目,不知书名,只知为明初藩府刻本而已。斐云一见即曰,此洪武原刊《太和正音谱》也。此书久佚,汪阆源曾有影抄本,后归八千卷楼,曾影入《涵芬楼秘笈》。取视果然。斐云这种眼力学养,是不能不使人佩服的。

上海四马路有传薪书店,主人徐绍樵。我从这家店里买残本至多。绍樵对手中的残书总是说头本在郑先生(西谛)那里或书主家还有旧书一屋,残本必尚在,不难配全。可是开出的支票到底也不能兑现。我也不以为意,残卷又有什么不好。从绍樵手中所得残本有两种值得一说。其一是淮阴张致中的《符山堂诗》,存二册。绍樵说馀卷在郑公处,不知信否。书是致中子张弨手书上版的,极工整的颜体楷书,世人只知他所刻的顾炎武《音学五书》,而不知有此。卷中遇钟陵、皇祖处都空一格,可知是明清之交墨版。撰《茶馀客话》的阮葵生是张氏乡人,也未能见,甚可珍重。

另一种是王符的《潜夫论》,大册,刊印极精。卷端书名下但标王符二字,与传说冯研祥所藏金刻正同。传世只有述古堂钱氏影宋抄本,取校此书,一一俱合。曾给徐森玉先生看过,他极赞此本之佳,定为元刻。卷前护叶用红筋罗纹旧笺,有金氏凝香室和焦里堂藏印。书出淮上是可信的,但藏书人尚有书一屋未出,馀卷尚在,则多半是绍樵信口宣传而已。

解放初期,上海、杭州、苏州市上出现残本极多,大部头的明抄本如《册府元龟》、《太平御览》、《说郛》等,多半是棉纸蓝格黑格写本,亦有出于天一阁、世学楼的。但卷帙浩繁,藏书无地,没有法子多收。而且其中多有明人恶抄,写手粗劣,不堪藏弄。我只留下了半部《通典》,却是精写本,工楷细如毛发,宛如佳帖。有大德王虎跋。知从元本出,世无著录,可为《通典》异本之一。

明刻版画,则得于吴下者为多,虽多残卷,价殊不廉。如《人镜阳秋》初印本,估人从洞庭东山收得,凡三次,俱以见售,仍缺数卷。这是可遇不可求的东西,不能以完缺定取舍的。

《广川画跋》,嘉靖刻,也只存一二两卷,得于苏州。可珍重的是曾为冯梦祯快雪堂所藏,钤有四印,俱绝精。不见此不能知明人治印本领,绝非《学山堂印谱》之类所可范围。

我的广收明刻残本,曾为故友汪曾祺所笑。不过将沦于还魂纸炉的残零故籍,于千百中救其一二,也不是没有意义的事。还有一种副产品,就是于残本中各取一叶,集成书影,自宋元起都数百叶,俨然一部名实相符的《留真谱》,暇日展观,也是极有益有趣的。

这样无休止无限制地买书,远远超越了我的经济能力,不能不时时陷于困窘之中。徐森玉丈曾给我写过一纸条幅,写的是吕岩诗,记得末两句是,"白酒酿成因好客,黄金散尽为收书"。借仙人的话相劝,老人的拳拳的心使我铭感。

一九五七年冬,来青阁收得余姚谢光甫遗书一批。我昏夜往观,在二百余种旧本书中,只选得一部残本。这是崇祯中茅元仪辑刻的《江村笺寄》四卷,佚去卷二。鹿善继世居定兴江村,他是东林中人,与左光斗、周顺昌、魏大中交往密切,三人死珰祸,三氏子弟皆主善继家,一时义声动天下。崇祯九年清兵攻定兴,善继殉国。茅元仪取善继所藏友朋书札,辑而刻之。是为《江村笺寄》。三卷中存四十六人札,世所习知者不过二十人。诸札皆及时政边事,是晚明史的绝佳素材。前有范景文、孙奇逢、茅元仪三序。书当刻于甲申前五六年。一望可知是汲古阁刻本。卷前有朱文小长印,文曰"三年北上东西岳,独马全游内外边",止生印也。此后我就基本不再买书。阅肆十年,最后所得仍是残卷,看来我对断简零篇的缘分,是始终如一、始终不替的了。

一九九九年十二月十八日

（选自《书之归去来》,中华书局,2008 年）

语文课外的书

洪子诚

　　上初小的时候，我并不爱学习，经常逃学。虽然也翻了一点杂书，但语文课（那时应该叫国文）没有留给我什么印象。用的是什么教材，有哪些课文，是哪位老师讲课，现在一点都记不起来。只记得那时经常和同学到河里游泳，河很深，我游泳的本领很不行，却居然敢往远处去冒险。再就是偷烟摊上的香烟。我不敢去偷，但偷到了我会跟着抽。还有是跑到断壁残垣间找蜗牛壳，然后比赛谁的坚硬。这样，我上课常背不出书来，经常挨老师打掌心。期末考试，好几门不及格。家长对我这样胡作非为十分恼怒。终于把我转到另一所学校。这所学校是教会办的，冠以"真理"的校名（解放后，这个校名被取消了，但在二十世纪八十年代后期却又恢复）。听说，我从此变了一个人，变得"老实"了，循规蹈矩了，一副"好学生"的模样，成绩也"突飞猛进"起来。对这些"改邪归正"的转变，我倒是没有一点记忆；这些，都是家里人后来告诉我的。他们说起这件事，总说是神听了他们的祷告，才有这样的"奇迹"

发生。

不过,事情总是有利也有弊。从此,我好像换了一种性格,变得不怎么爱活动,不喜欢热闹。与人交往就心存害怕。开口说话总不怎么利索。特别是对于内心的东西,从本能上就不愿意、也畏惧讲出来。要不是有这样的改变,我现在肯定不会在学校教书,做什么"学问"。我会选择去当兵,去野外考察,去做生意什么的。总之,上初中以后,我生活的圈子越来越小。在这种情况下,乱翻书成了我打发时间的最主要的事情。我觉得书本为我提供了另一世界。这个世界,比起我见到的,每日所过的日子来,要有趣得多。我在生活中不能实现的事,多少总能在书里得到弥补。

因为这样的缘故,在我开始认真学习时,我便很自然地喜欢语文课。不过,教材里的课文,老师对这些课文的讲解,依然没有留给我深刻的印象。选入的肯定有许多名篇佳作,但五十年代的语文课已变得有些枯燥。上课时总是千篇一律地划分段落,归纳段落大意,背诵一字都不让改动的"中心思想",总结出几条"写作技巧"。久而久之,就很厌烦。但语文老师是好老师。除了这些例行的课程安排外,常常会向我们谈到一些作家、诗人的事迹,介绍我们不知道的书籍。高兴起来,便朗朗地读起课本之外的诗文。也举办文学讲座,组织"文学社"讨论作品。也要我们写诗和散文。有一次,我花了一个多星期的时间,写了一篇抒情散文,总有六七千字吧。里面用了许多抒情排比句,来歌颂北自黑龙江、南到海南岛的祖国新貌。我很得意,在文学社讨论时,紧张地等待赞赏;还提醒自己,不要太"喜形于色"。想不到的是老师言辞冷峻的批评:"空泛,夸张,还是写你有体会的东西吧。"我想我当时的表情一定凝固了。后来甚至心存怨恨。但从此，我对夸张、空泛，总是十分警惕。这个告诫，是我当时未能真正领会的财富。

虽然喜欢乱翻书，但我们那个地方，书并不好找。读高小是四十年代后期，新中国还未成立。我住在南方的一个县城里，当时大概有几万人口。每天上下学，沿着两边有"骑楼"的街道，会走过饭铺、杂货铺、药店的门口，也常常在青果行、米行、竹器行外面停下来观望：对新上市的香蕉、洋桃垂涎欲滴，或者愣愣地看怎样用竹篾做斗笠、箩筐。但是，记忆里这个县城并无专门的书店，也没有公共图书馆。虽然韩愈当刺史的潮州离我们那里不远，而县城中心就有据说是建于宋代、供奉着"大成至圣先师"牌位的"学宫"。县里只有三几家也兼售不多书籍的文具店。当然，也有藏书颇丰的人家，这是我后来才知道的事情。我家不是"书香门第"，父亲是个学徒出身的医生。家里有一些医书，一些基督教的书籍，上海广学会发行的刊物。那时，能得到一本喜爱的书，在生活里是一件重大的事情。

五十年代上中学以后，读书的条件有了改善。县里开办了文化馆，我就读学校的图书馆的藏书也慢慢多起来。我的一个同学，家里有不少三四十年代开明书店、良友图书公司、生活书店、文化生活出版社出版的新文学书籍。能读到好书的可能性大大增加。尽管如此，对于书籍仍产生近于"神圣"的感觉，这种感觉保留了很长的时间。当我从语文老师那里借到几本二十年代的《小说月报》时，当我终于有零花钱可以订阅《文艺报》、《文艺学习》杂志时，我清楚地记得那种不夸张的"幸福感"。这是现在得到书籍如此容易的时代所无法想象的。

　　小时候,语文课外的书中,我读得最多的,其实不是最容易得到的武侠和言情小说。我的邻居就有许多这样的小说,但我并不喜欢。现在找起原因来,大概是我太缺乏想象力,对飞檐走壁、腾云驾雾总不能神会。这使我现在对武侠这类小说,仍是不感兴趣。这好像是我的一大"损失",不能有生活中我不熟悉的另一种乐趣。因为我的外祖母和父母亲都是虔诚的基督教徒,高小上的是教会学校,所以,读(和听别人读)得最多的,是《圣经》。星期天到教堂做礼拜,听牧师布道,参加学校、家庭里宗教性质的活动,都离不开《圣经》。小时候对教义什么的,并不能理解,记得最清楚的是一些故事:神创造世界的经过、亚当夏娃偷吃禁果、洪水和诺亚的方舟、罪恶的所多玛城的毁灭、罗得妻子变为盐柱、摩西带领以色列人出埃及、西奈山上的十诫……当然,《新约》福音书中有关耶稣言行的记载,就更熟悉。《圣经》中的许多句子,在我脑子里,比后来读的任何书留下的印象都要深。"神的灵运行在水面上。神说,要有光,就有了光";"在伯利恒之野地里有牧羊的人,夜间按着更次看守羊群。有主的使者站在他们旁边,主的荣光四面照着他们";"我报给你们大喜的信息,是关乎万民的,因今天在大卫的城里,为你们生了救主";"那时,有施洗的约翰出来,在犹太的旷野传道,说,天国近了,你们应该悔改";"现在斧子已经放在树根上,凡不结好果子的树,就砍下来,丢在火里";"虚心的人有福了,因为天国是他们的。哀恸的人有福了,因为他们必得安慰。温柔的人有福了,因为他们必承受地土。饥渴慕义的人有福了,因为他们必得饱足。怜恤人的人有福了,因为他们必蒙怜恤……"

　　《圣经》究竟留给我什么,实在很难讲清楚。或者说,不能说清楚的比能说清楚的多。现在能想到的也有一些。比如有关"界限"
的意识。人和神,已知和未知,今天和未来,善和恶,平庸的生活和
理想的境界等等,虽然经常混沌一片,但也不是不可区分。再有就
是对于词语的感觉。文字能够创造一个世界,对我来说,真是一种
奇妙、甚至神秘的事情。五十年代,报纸刊物,包括语文课所推荐
的,是一种规范化的语体文。这类文字读多了以后,我一度觉得
《圣经》中文译本不大好。我知道这个通行本叫"和合本"。和当时
的语体文相比,觉得许多语词、句式别扭,也不很顺畅。当时,我希
望有人来重译。待到我厌倦了那些标准化的语体文之后,想法完
全变过来了。设想《圣经》里的叙述,那些祝福、歌唱、劝诫的文字,
也如五六十年代标准化语言那样,那将如何是好? 让上帝、亚伯拉
罕、但以理、约伯、耶稣、犹大都说着我们说的那种"普通话"吗? 我
真庆幸没有人有我那样愚蠢的念头,去重新翻译《圣经》。

新中国成立后,我爱看的书有了改变。我读了大量"五四"的
新文学作品,也读了许多外国的,特别是苏联、俄国的诗和小说。
鲁迅的《呐喊》《彷徨》和杂文自不必说,却不能理解他的《野草》和
《故事新编》。读曹禺的《北京人》(也看县教师剧团的演出),说来
惭愧,最喜欢的人物,竟是相当概念化的人类学家袁任敢和他的女
儿。初中有一个时期沉迷于巴金三十年代的小说,但持续时间很
短暂。我在笔记本上抄录普希金的诗,读他的《驿站长》,读屠格涅
夫的《猎人笔记》,契诃夫的短篇,普里希文的散文,也读《远离莫斯
科的地方》《日日夜夜》《青年近卫军》《红与黑》《包法利夫人》
也是这个时期读的,却不能让我很投入。我上中学的这个时期,被
看作是中国现代史的"转折"的时期。寻求、确立社会理想和价值

观,是那时的"时代主题"。当时,引起我兴趣、能产生"共鸣"的书,好像都和这一"主题"有关。"浪漫"是年轻人的"专利",他们也和"革命"有一种天然的呼应。这些有关革命的书籍,《钢铁是怎样炼成的》是对我影响很大的一本。尽管它现在已不会有很多读者,文学史对它也不会有高的评价。也有的学者认为它是不值一提的"惑人货"。但我永远不为曾经喜爱过它而羞愧。从上中学到八十年代,我一共读过三次。当然,每次读的时候,都有很不相同的体验。总的来说,当初那种对理想世界的期待和向往,那种激情,逐渐被一种失落、苦涩的情绪所代替。记得在"文革"两派武斗激烈的日子里,窗外高音喇叭播放着激昂的口号,我却在为保尔和丽达的无望的爱情伤心。

我们的一生里会读无数的书。但让我们难忘的其实不多。这不多的书最有可能是在上小学上中学时读的。而且往往不是语文里的课文。它们是什么书,对每个人来说不会一样。它们给予我们的东西,有一些则可能永远是个秘密。

(选自《我的阅读史》,北京大学出版社,2011 年)

三本书的回忆

傅月庵

丰子恺

九月之后，秋光变明，暑气渐渐消去。盆地的天空一天比一天湛蓝，过不了多久，那种几近透明的光感，就会出现了。

"那年秋天的台北天空，是否也这么洁净呢？"我说的那年，是一九四八年。九月下旬，画家丰子恺从上海来到了台北。

那年，丰子恺正好年满五十，面貌清癯，留着一口著名的山羊胡子，神态稳重。或许饱受战乱之苦的缘故，精神虽好，却略显老态。这印象，是我从他在台湾所拍的相片中获得的。

丰子恺会到台湾，跟心情有很大的关系。八年抗战之后，重回故乡，旧居缘缘堂只剩断壁残垣。亲友离乱，莫知所踪。更难过的是，好友朱自清好不容易挨过战争，却在这年八月里，于贫病交困中过世了。

心情不好,可想而知。更大的压力是面对一天天高涨的物价,谋生大不易,光是张罗家中大大小小七个孩子的生活费用,就够累的了。此或所以当开明书店的章锡琛章老板邀请丰子恺一起到台北看看开明分店时,他便答应了。散心之外,他也想去试探迁居南国的可能。女儿丰一吟那年暑假刚从艺专毕业,跟章锡琛家人都很熟,乃跟着同行。

两家人于是搭乘"太平轮",从基隆上岸,浩浩荡荡来到了台北。

章家人住进了中山北路一段七十七号的开明书店台北分店,那是一长排着着洗石子立面的三层洋楼街屋之一,样式古朴,在台北住久的人,都还留有深刻印象。丰子恺父女则住进转角巷道内的招待所,中山北路一段大正町五条通七号,这是正式的地址,留存着浓浓的时代过渡味道。照推算,应该在今天中山北路一段八十三巷内。

中山北路东侧这一带,与几个重要官署相近,日治大正时期被辟为公务员宿舍区,乃取名为"大正町"。该町规划系仿照日本京都棋盘式街廓,所以留下了"一条通"直到"九条通"这样的巷弄名称。因为是公务员住宅区,治安出了名的好,战后国民党高官一进台北便纷纷抢占,蒋经国早年便是住在这附近的。

十月里,丰子恺在台北,透过广播作了一次演讲,谈"中国艺术"。还在中山堂举办过一次画展。门生故旧陆续来访,加上新认识的朋友,日子过得倒也热闹。晚上,他多半跑到开明书店与章老板喝酒聊天。丰一吟觉得无聊,不想听。常一个人留在招待所里用电炉煮面吃,有时把保险丝烧断了,整个房子一片漆黑,把她吓得躲了起来，丰子恺回来，忙问："怎么啦？怎么啦？"

丰子恺一生与烟酒茶结缘，不可一日或离。他在台北，什么都好，就是喝不惯这里依然残留日本遗风的米酒跟红露酒，为此伤透了脑筋。当时在台大当文学院长的老友钱歌川家里存有一坛绍兴酒，特别送来书店供养，却还是解不了瘾。人在上海的弟子胡治均得知老师"有难"，急忙又托人带了两大坛来，方才稍解了渴。"台湾没美酒"最后竟成了丰子恺决定不移居台湾的理由。艺术家率真性格，表露无遗。

我一直不大相信丰子恺是因为没有绍兴酒可喝，而不愿意搬到台北的。"语言的隔阂，恐怕也是原因之一吧！"我想。丰子恺初到台北，曾带着女儿上餐馆。父亲能吃海鲜但不要猪油，女儿不吃海鲜，猪肉却要瘦的。两人跟女服务生比手划脚讲了半天，国台语不通就是不通。丰子恺灵机一动，改用日语，果然一下就讲清楚了。"在自己的土地上，竟然要用外国话才能沟通。"他不无感慨地这样说。

语言的问题，一直是个问题。尽管二年前就已经全面禁用日文，人们也乐意学习中文。但百分之七十五的日语普及率，却不是一朝一夕可以改变的。这次慕名来拜访丰子恺的本省人士，还是少有能用国语与之交谈的。甚至听说，去年二月动乱时，语言还成了判别敌我的一项主要依据。

二〇〇九年的秋天，我特意来到离家不远的五条通，企图寻找昔日丰子恺父女在台北所留下的点滴遗迹。一个下午里，我什么也没找到。除了从狭窄巷弄仰头看到的那一方湛蓝台北天空，以及整建后早退到二楼的"台湾开明书店"招牌，再有的话，就是躺在我书桌上那本封面有"丰子恺卅七年十一月台北"字样的签名本《战时相》。

黄荣灿

"大家都走了,他为何不走？两人碰到面了吗?"我想起的是另一本书,另一个人。

今年春天,偶然缘遇了几百本罕见的三十年代旧书。《战时相》之外,另有一本《抗战八年木刻选集》。一九四六年九月,上海开明书店出版。拿到书时,我急急翻阅,果真在第 79 页里看到了那张题为《修铁道》的图片。

这张版画,我很熟悉了,仅次于那张《恐怖的检查——台湾二二八事件》。都是黄荣灿的作品。

黄荣灿是四川人,毕业于重庆西南美专,拿手的是木刻版画。他跟号称"中国木刻之父"的鲁迅并无直接关系,算起渊源,只能说是学生的学生。抗战胜利后,十月里他带着自己的全部作品,从重庆出发,经过上海、南京、香港,到了台北时,已经是十二月了。入境身份为记者。时年三十的他,为何要千里迢迢来台湾？说法颇有,但老实说,至今仍是个谜。

《抗战八年木刻选集》关于黄荣灿的简介有"性好动,善适应环境,热心木运,富有组织力"这几句话,恰恰跟他到台湾后所展现的惊人活动力若合符节。黄荣灿不懂日语,当然更不会台语。然而,他却很快经由拜访西川满、立石铁臣、滨田隼雄这些滞台日人,打入台湾文化界,不但办画展,编报纸、搞出版、开书店,还打入了"省展审查委员会"跟"台湾文化协进会"。当时来台湾的大陆文化人,包括马思聪、欧阳予倩、田汉等,有的住过他家,要不,多半也曾参加他家客厅的沙龙聚会。

战后初期的中山堂,是台北最大的文化场馆,重要的集会、画展、演出,一无例外,都是在此举行。依丰子恺的知名度,以及他跟鲁迅的渊源,黄荣灿应该与他晤面了才对。但会是在哪里呢?

黄荣灿刚到台湾,住在大正町三条通,跟丰家父女所住的旅馆,不过二条巷子之隔。一九四六年三月他所开设的"新创造出版社"地址为桦山町二十一号,即离此不远的忠孝东路上,大约就是今天绍兴南路与杭州南路之间。不过,等到丰子恺到台湾时,他已经搬进台湾师范学院,也就是日后师范大学的教职员第六宿舍,那是和平东路口龙泉街一段。

"算起来,最有可能的地方,还是中山堂,或者是黄荣灿到开明书店去拜访丰子恺了吧!?"

此时黄荣灿的心情,一如丰子恺,想必也很沉重。原因可追溯到去年春天的"二二八事件",尽管他在动乱中并未受伤,甚至他这个"好阿山"还大胆地骑着他那辆破单车,到处探望、警告朋友们不要随意外出。最后更在车站前的旅馆向围聚民众喊话解释,替欧阳予倩的新中国剧社一行人解了围。

只不过,人虽然全身而退,刚开始没多久的书店却遭到波及,让特务给盯上,最后被迫要结束营业。四月底,他去了一趟上海,明着是去协商书店的事。事实上,却是要把偷偷刻印好的那幅《恐怖的检查》带出去,希望能赶上"第一届全国木刻展",让更多人知道台湾动乱的真相。只不过，他还是没能赶上。直到秋天，才在第二届展中露脸。

回到台湾后，一切都不一样，不少朋友离开了。苦闷的他拿着清理书店跟出版社后的一点剩钱，跑了大半个台湾，先是往南，然后往东，最后到了红头屿。一到红头屿，他便爱上了这个小岛，写生、采访、纪录，又忙碌起来。来来去去了二次。当年二月，一直很支持他，还曾帮发刊一期便夭折的《新创造》写稿的许寿裳先生在睡梦中被杀害了。三月回台北，得知详细经过，他深深感受到这件事情背后那无边笼罩的黑暗。心情大坏的他，又回到了红头屿。直到六月里，染上疟疾，才急忙返回台北医治。

大家都走了，黄永玉、麦非、王麦秆、张正宇、荒烟、杨漠因……一大群前后来台的木刻友人都走了。八月里，原本受聘到台湾师范学院教木刻，与他亦师亦友的朱鸣岗深思熟虑后，决定避难到香港。临走前转推荐他继任，黄荣灿遂进到了师范学院，认识了一大群学生，有本校的，也有外校的。从学生身上，他又吸收到能量，方才慢慢复苏过来。

十一月二十八日，丰子恺离开台湾时，黄荣灿正全心参与台大与师范学院学生所组成的"麦浪歌咏队"，他们即将于年底在中山堂公演。黄荣灿不但唱，还帮忙设计节目单。接下来的一九四九年，这群怀抱纯真理想的师生，开始了环岛公演，也走上了一条不归路。等在他们前面的是四月六日的大逮捕，是惩治叛乱条例，是检肃匪谍条例，是阴森森的白色恐怖。

黄荣灿于一九五一年十二月一日被捕，一九五二年十一月十四日遭到枪决，享年三十七岁。死后传说不断，有人曾听到他的弟妹劝他自首的哭泣,有学生到国防医学院上艺术解剖课看到了他面目全非的尸体,有人说他是"鲁艺"毕业的,有人认定被他出卖了……

"那么应该在何时才能够充实我写画的自由呢?"这是人们最常引用,黄荣灿生前某篇文章的自问语。望着泛黄书页里依然卖力修铁道的劳动者,我不禁黯然无语了。

许寿裳

许寿裳是在一九四六年六月抵达台湾的,比黄荣灿足足晚了半年。

许寿裳会到台湾,不能不说是宿命。如其当年到东京留学时,不曾结识鲁迅与陈仪,或者就不会来到台湾了。他到台湾,于公,是应行政长官陈仪之邀,前来主持省编译馆;于私,据他自称,乃是希望在尚未被内战烽火波及,相对安定的台湾,静下心来,写成《鲁迅传》。

许寿裳与鲁迅相交三十五年,"三十五之间,有二十年是朝夕相处的","同舍同窗、同行同游、同桌办公、联床夜话、彼此关怀、无异昆弟"。鲁迅帮许寿裳谋过中山大学的教职,而从民国初年鲁迅在教育部的佥事职务,乃至日后的大学院津贴,背后也都有许寿裳奔走谋合的身影。"那时候我在北平,当天上午便听到了噩音,不觉失声恸哭,这是我生平为朋友的第一副眼泪。鲁迅是我的畏友,有三十五年的交情,竟不幸而先殁,所谓'既痛逝者,行自念也'。"

《亡友鲁迅印象记》小引的这一段话,说得真挚而不失其自持,让人印象深刻。

鲁迅过世后,许寿裳念念不忘故人,协助出版《鲁迅全集》,编写"鲁迅年谱",时时惦记着亡友遗孀孤子的生活景况。即使历经抗战烽火的侵扰,十年过后,人已在台北的他,一个月里还连写了三篇纪念文章,更筹划让鲁迅唯一血脉周海婴来台就读:"海婴来台甚善,入学读书,当为设法,可无问题(现已修毕何学年,盼及)。舍间粗饭,可以供给,请弗存客气,无需汇款。此外如有所需,必须汇款,则小儿世瑛本每月汇款至小女世瑄处,可以互拨也。大约何日成行,务望先期示知,当派人持台大旗帜在基隆船埠迎候。"话说得亲切无隔,如同一家人。只是他怎么也没想到,就在发出这封信后一个月零三天的夜里,他便遭逢不幸,被杀身亡了。

许寿裳的死,经过六十多年的推敲,大致已可论定,跟政治脱离不了关系。而所以为当局者忌,必欲除之而后快,则又与"二二八事件"后的台湾政局变迁相关。"二二八事件"之后,血腥镇压的陈仪被撤职软禁,按照中国官场"一朝天子一朝臣"的气候,当省编译馆突遭裁撤,与陈仪谊兼同乡同窗同年的许寿裳事前却毫无闻知时,一般人对此都当有所警觉才是,然而,他写在日记上的反应竟然仅是"可怪。在我个人从此得卸仔肩,是可感谢的;在全馆是一个文化事业机构,骤然撤废,于台湾文化不能不说是损失"。这不禁让人想到抗战时,王冶秋常到重庆歌乐山探望卧病的许寿裳,有一次闲聊告以国民党特务组织利用各种卑鄙和残忍手段迫害人民。他听后大表惊讶,不相信国民党竟然是这样维持统治的。

许寿裳对于政治的天真,还可由他转任台大文学系中文教授兼系主任后的作为略窥一二。或许体认到"二二八事件"背后所深藏的文化冲突,他因此更加积极地想要推动一个新文化运动,以便调和新旧台湾的未来。一九四七年五月四日在《台湾新生报》发表了《台湾需要一个新"五四"运动》之后,六月又在他向来赏识、提携不遗余力的年轻学者、诗人杨云萍的协助下,透过此时早为当局眼中钉的"台湾文化协进会"出版了《鲁迅的思想与生活》。同年七月,日后坦言许寿裳"对于我后半生,有决定性的影响。他是我的恩人"的杨云萍接掌"台湾文化协进会"机关杂志《台湾文化》编务,到了十二月时,由该社主办的"中国现代文学讲座"便堂而皇之出笼了,从包括李何林、台静农、李霁野、钱歌川、黄得时等台大教授群为主的师资判断,这一活动,自与许寿裳脱离不了关系。而其假"鲁迅的精神",透过组织、刊物来推动新文化运动的企图,也就昭然若揭了。"二二八"之后的台湾,岛内一片风声鹤唳,扫荡镇压行动正在展开,仕绅名流学人文士,以武犯禁,以文乱法者,宁可错杀一百,不可放过一个。风紧雨急,黑雾迎面罩向许寿裳,也就可想而知了,尽管"他人,是极好的"(鲁迅语)。

穿过一条包括"天主教耶稣孝女会"、"青田砚"等新旧建筑的暗巷,转角便是青田街六号,许寿裳故居早经改建,成了一栋有着洗石子围墙,外贴小瓷砖的高楼,防卫性极强。六十多年前,台静农所称"这些天,我经过先生的寓所时,总以为先生并没有死去,甚至同平常一样的,从花墙望去,先生正静穆地坐在房角的小书斋里,谁知这样无从防御的建筑,正给杀人者以方便呢"的那栋日式建筑,早已不知去向。而在睡梦中,被侵入的柴刀砍得血流满地,几乎身首异处的那位"谦冲慈祥,临事不苟"的白头老翁,当也早为这个岛屿上的人们所完全忘却了吧。

后　语

　　"一九四九年，所有的颠沛流离，最后都由大江走向大海；所有的生离死别，都发生在某一个车站、码头。上了船，就是一生。"龙应台的新书《大江大海一九四九》这样说。实者，颠沛流离早已开始，生离死别的命运也早经注定。一九四九年的序曲，早在一九四五年，不，甚至更遥远的一八九五年就已经写成了。

　　　　　　　　　　　　　（选自《我书》，海豚出版社，2010 年）

"漂亮小玩意儿"
——我与藏书票

范　用

　　我是个书迷,爱好藏书票,仅仅是爱好,涉猎成趣而已,说不上收藏与研究。

　　我之知道藏书票,早在三十年代,在一本文学期刊读到一篇题为《藏书票与藏书印》的文章,可能是叶灵凤写的,一下子就吸引住我。此后,随时留意有关藏书票的介绍,至今兴趣不减。但也仅止于此,不事收集。

　　中国人收藏书籍,加钤印记,由来已久。叶德辉《书林清话》一书就谈到明代藏书印。现代文人学者鲁迅、周作人、郑振铎、马隅卿等也都各有藏书印。书票则来自西方,据说早在十五世纪就开始制藏书票。到十九、二十世纪逐渐盛行,后来竟有人当做小型艺术品收藏。董桥在《藏书票史话》一文中说,英国维多利亚时代的人以喜欢"漂亮小玩意儿"(Pretty things)出名,用剪贴簿收藏零零碎碎的小印刷品——藏书票。

　　我最早见到藏书票原票,是抗日战争时期在重庆上清寺旧书店买到一部商务印书馆出版的"万有文库"本《托尔斯泰传》(罗曼·罗兰著,傅雷译,民国二十四年版),书内除盖有国立中央大学藏书章,还贴了一枚单色印刷的藏书票,画有旭日与青松。

　　七十年代到香港,见到叶灵凤夫人,她给我看叶灵凤先生的遗物。他收藏的藏书票有好几百张,且慨然相借,让我带到北京。我在人民出版社资料室展出这批藏书票,邀请朋友们来参观。现在我还保存当时拍摄的一张照片,郁风在仔细观看书票。展览藏书票,这在北京大概是头一回。

　　使我十分惊奇的是,叶先生的藏品中,竟然有我设计的一张藏书票。那是一九四六年在上海,我在读书出版社工作,社领导黄洛峰是个爱读书,并且鼓励职工读书的人,出版社不惜花钱买书供大家阅读。为此,我设计了一张"一斋图书馆"藏书票。已故的郑一斋先生和郑雨笙(易里)兄弟是读书出版社主要资助者,用"一斋"命名以示纪念。在这张藏书票上,有一行用拉丁化新文字拼写的话:"人人都应当有书读。"不知道叶灵凤在香港如何得到这张藏书票的。

　　八十年代,北京成立中国版画藏书票研究会,兴起藏书票之风。研究会副会长郭振华赠送我一纸袋藏书票,多是原版套色拓印,作者为李桦、梁栋、莫测、梅创基、王叠泉诸家。此后,有关藏书票的图册、专著一本一本出版,多了起来。而藏书票的实用性却日趋淡化,创作书票似乎是为了艺术欣赏。本来,票跟书是不能分离的,从一张书票可以看出藏书者对书的一份亲切的感情,窥见书主的内心世界,现在却失去了这一层意义。这可能与印制书票不便有关。听说在国外有专供个人印刷书票的工具出售，我至今未见到过。

我最早见到的藏书票刊物，是一九三三年日本兵库县小塚省治氏编刊的《藏票趣味》（*ZOHYO SHUMI*）。这是一份用蜡纸刻印的小刊物，每期只有十页，却贴有六枚设计者或票主提供的藏书票。其中一期贴有叶灵凤书票，即在繁花中栖一凤凰的那张，是他自己设计的。

这一刊物我只见到几期，现在，大概在日本都难以觅见了。

我有幸得到几位作家签名赠送藏书票，十分珍贵。签赠者为巴金、施蛰存、戈宝权、赵瑞蕻、曹辛之、董桥。吴兴文兄曾以现居美国的王惠民教授所制的藏书票赠我，也是上品之作。如今宝权、瑞蕻、辛之几位都已仙去，睹票思人，往事种种都到眼前。

一九五五年赵瑞蕻先生赠送我的一张书票，附有详细的说明，可见书票之设计颇合他的心意。说明文字如下：

> 赵瑞蕻侧面木刻头像。头发上（左边）有一只海鸥在飞翔，头发仿佛是流云，又像海浪。右边是东海的瓯江口。有一个诗人伸出双臂，面对波涛，引吭高歌。右下角是一只古典帆船。左下角是江苏画院著名画家黄界辉教授所赠的"赵瑞蕻藏书印"一方。脸下部是拉丁文 EX LIBRIS（某人藏书之意）。上边顶端是德文 Dichlung und Wahrheit（诗与真），原是歌德自传的书名。左边上是英文 Sweetness and Light（甜蜜与光明），原是十九世纪英国马修·阿诺德（M.Arnud）名著《文化与政府》一书中的篇名，他又引自十八世纪英国作家斯维夫特

EX LIBRIS

Zhao Ruihong

(Swift)的名作书籍之传说蜜蜂能产蜜（甜），又制蜡带来光明。右边上是法文 Le Rouge et le Noir（红与黑）。这三样是我一生所探索追求的，也可概括文学艺术的创造，人生的道路，在不断斗争中，奋勇前进。

票如其人。一张藏书票包含如许内容，思想、情操、追求，令人神驰，堪可玩味。

我与吴兴文兄因藏书票而相识，他从台北来北京，曾两次到舍下，给我欣赏他收藏的藏书票，有的还是刚从伦敦收集、以高价购得的，都属精品珍品。并赠送我他编著出版的有关藏书票的专著《票趣》(1994)、《图说藏书票》(1996)、《藏书票世界》(1997)。三联书店将出版他的新著《我的藏书票之旅》，命我作序。我只能拉拉杂杂谈些与藏书票的交道。

让我们还是跟着他去漫游吧，"漂亮小玩意儿"！

二〇〇〇年九月

（选自《我的藏书票之旅》，生活·读书·新知三联书店，2001 年）

辑三

纸上云烟

题王国维先生书扇面绝笔书遗迹

谢国桢

一九二七年旧历五月初三日晨,王国维先生由清华学校校园乘车到颐和园,步行至排云殿西鱼藻轩前,临流徘徊,忽然自沉,卒年五十一岁(一八七七——一九二七)。

在先生未逝世之前数日,为国桢及友人所托书写扇面两页,其一已送给友人,桢存留其一。当先生写扇面时,将桢名后,误写为"兄"。这天先生赴颐和园后,又返校园办公室,用墨笔涂改"兄"为"弟"字,然后又进颐和园鱼藻轩前,效止水之节自沉。于是可见先生强毅坚忍之志,镇定安详,临事不苟的态度。

这个扇面上所写的是唐末韩偓所作的七言律诗二首。头一首题目是《即目》,亦作《即日》,第二首题目是《登南神光寺塔院》。先生当日写此诗是据《玉山樵人集》,《四部丛刊》初编影印上海涵芬楼藏旧抄本。同时先生为赵万里学长写的扇面,就径题为"玉山樵人诗"。并说:"樵人诗出于义山,神味相似,而风骨转遒。"又从先生写玉山樵人"回避红尘是所长"的诗句,就可以知道先生自沉之志，早已决矣。

先生博学多闻，长于考核之学，做的是精湛绝伦。尤其是对于商周甲骨、盘盂金石文字、流沙汉简、蒙古历史、宋元戏曲、明清史迹档册，成为专著，足以"发前人之覆"。作前人未做过的学术事业，展开科学研究的风气，有继往开来的功绩，是一位划时代的学术思想家。

可是他少年时代，思想上曾受过欧洲资产阶级学者叔本华、尼采等的洗礼，又为我国汉代班固《白虎通德论》中，所说"三纲六纪"的思想所束缚。新旧思想上的矛盾，交织来往于胸怀之中，而不能解决，终于效法古代爱国诗人屈原的汨罗自沉。

其时也恰当于榴花盛开，五月端午的时节，就是"立于高山之巅，远看东方已见光芒四射喷薄欲出的一轮朝日"东升的时候，而投昆明湖自杀了，遂成为旧时代的牺牲者。这实在是先生的不幸，也是学术界的不幸和极大的损失。

国桢忝列门墙，不能薪传，学业荒废，垂老无成。大有"忆昔程门空立雪，白头愧煞老门生"之慨。临颖书此，不胜感慨系之矣。

一九七八年六月二十二日，学生谢国桢谨识于首都寓庐。

（选自《瓜蒂庵文集》，辽宁教育出版社，1996 年）

陆士衡平复帖

张伯驹

　　西晋陆机《平复帖》，余初见于"湖北贩灾书画展览会"中。晋代真迹保存至今，为惊叹者久之。卢沟桥事变前一年，余在上海闻溥心畬所藏韩幹《照夜白图》卷，为沪估叶某买去。时宋哲元主政北京，余亟函声述此卷文献价值之重要，请其查询，勿任出境。比接复函，已为叶某携走，转售英国。余恐《平复帖》再为沪估盗卖，倩阅古斋韩君往商于心畬，勿再使流出国外，愿让余可收，需钱亦可押。韩回复云："心畬现不需钱，如让价，二十万元。"余时无此力，只不过早备一案，不致使沪估先登耳。次年，叶遐庵举办"上海文献展览会"，挽张大千致意心畬，以六万元求让。心畬仍索价二十万，未成。至夏，而卢沟桥事变起矣。余以休夏来京，路断未回沪。年终去天津。腊月二十七日回京度岁。车上遇傅沅叔先生，谈及心畬遭母丧，需款正急，而银行提款复有限制。余谓以《平复帖》作押可借予万元。次日，沅老语余，现只要价四万，不如径买为简断。乃于年前先付两万元，余分两个月付竣。帖由沅老持归，跋后送余。时白坚甫闻之，亦欲得此帖转售日人，则二十万价殊为易事，而帖已到余手。北京沦陷，余蛰居四载后，携眷入秦。帖藏衣被中，虽经乱离跋涉，未尝去身。日寇降后，余回京。沅老已病不能语，旋逝世。帖书法奇古，文不尽识，是由隶变草之体，与西陲汉简相类。……此帖自唐宋元明至清，雍正后乾隆生母孝圣宪皇后遗赐于成亲王永理，后由成王府归恭王府，而归于余。王世襄有《平复帖流传考略》一文，颇为详尽，在 1957 年第 1 期《文物参考资料》中。而对余得此帖之一段经过，尚付阙如，今为录之。丙申，余移居后海，年已五十有九，垂老矣。而时与昔异，乃与内子潘素商定，将此帖捐赠于国家。在昔欲阻《照夜白图》出国而未能，此则终了宿愿，亦吾生之一大事。而沅叔先生之功，则为更不可泯没者也。

（选自《烟云过眼》，中华书局，2014 年）

碑帖杂记

赵　珩

　　碑帖的鉴藏历来是中国文人的一大嗜好。遗憾的是虽然近年来文物交易与市场流通很活跃,陶瓷、书画、版本、杂项诸门类多为买家争相收蓄,但碑帖一道,殊为冷落,精品鲜见,问津者少,市场价格也就远远逊于其他。

　　碑帖之称,尽人皆知,但对碑帖的含义,许多人并不能准确道出,这也是碑帖知识不够普及的缘故。

　　碑是立于古代宫庙门前的竖石,作为永久性的纪念物或标志物,上古时用以识日影,引阴阳。碑也用于墓葬,起到引棺入墓的作用,最早是随葬入墓,后则立于墓道口,称为神道碑。碑上的文字称为碑文,西汉以前,碑大多无文字,至秦有石鼓,刻文字于石鼓之上,用以记录歌咏秦君游猎情况,称"猎碣",也称之为石鼓文。汉代厚葬之风盛行,因此留下来的碑也较多,碑上刻石为文,大多是墓主身份与事迹的记录。曹操时颁布禁令,禁止一般人立碑,魏晋两代禁令未废,所以这段时间的碑石较少。但另一方面却兴起墓志的风气，墓志与碑大体相同，都是刻石为文记录和颂扬墓主的行状和功德，所不同的是，碑石竖立于墓外，而墓志埋藏在墓内。自唐代以后，五品以上的官员才有资格用墓碑，五品以下、七品以上的官员只能用碣。碑石与碣石的分别在于一是首为方形，一是首为圆形。除了墓葬之外，碑也用于封禅、纪功等大的事件，宫阙、坛庙、胜迹也多立碑铭记与之有关的文字，例如《九成宫碑》《多宝塔碑》等等。此外，颁布政令、记录事件、旌表功德，也多采用刻碑形式，传之于后世。凡此类者，碑中最多见，例如《张景碑》《乙瑛碑》《礼器碑》《张猛龙碑》《唐蕃会盟碑》等。墓志虽仅记录墓主生平行状，但也多与史实有关，可以在一定程度上弥补传记的不足，反映墓主生活时代许多政治、经济、文化方面的史料。所以说，碑石与墓志都具有重要的文献价值。自汉代至隋唐，碑石多由书法大家撰写，因此美学价值极高，书体的演变、发展，也都可以从碑刻中观其源流。此外，石经与摩崖石刻从分类上也属于碑的范畴，由此而拓印的拓片，也就成为研究经学、史学和文字学的重要文献。

自宋代以来，研究青铜铭文和碑碣石刻就成为了一门专门学问——金石学，《集古录》《金石录》等重要著作不断问世，也同时产生了如赵明诚、欧阳修、苏轼、米芾以及后来的赵孟頫、文徵明、董其昌、王昶、翁方纲这样的碑刻鉴赏家，留下了《金石萃编》《两汉金石记》《校碑随笔》这样的著作，对碑石拓本的研究做出了重大贡献。

帖是书于帛上的文字。在纸张普遍使用之前，文字大多书于帛和竹上，这就是帛书和竹简了。后来将帛书刻于石上，也称之为帖。从总体上说,碑以纪功志墓为主,帖则以书翰诗文为多。这样,帖的含义就有二种,一是前人诗文的墨迹,如传世的陆机《平复帖》、王羲之《快雪时晴帖》、王献之《中秋帖》、王珣《伯远帖》等等。二是将前人墨迹汇刻于石上,再将刻石拓下,如同碑拓,如《大观帖》、《淳化阁法帖》、《停云馆帖》、《三希堂法帖》等等。与碑拓合称为碑帖者,大抵是不包括法书墨迹的。

碑帖拓技据说发源于东汉,现存最早的碑拓则可追至唐代,是使用重墨擦拓的办法。宋代碑帖的发展最为繁荣,一是拓碑,二是刻帖,成为了碑帖的成熟时期,也是碑帖合称的源起之时。宋代丛帖汇刻,集书法艺术之大成,对书法的继承和发展,产生了不可估量的作用。

碑帖形成之后,收藏者众,而随着时代的延伸,碑帖的精善拓本数量渐渐减少,于是作伪之风大兴,尤其是碑帖的翻刻,自南宋以来达到以假乱真的地步。因此过去在古玩行中称碑帖为"黑老虎",意为考订不慎或鉴别力不高即会被其咬伤。

碑帖对一般人来说,仅是学习书法的工具,摹碑临帖,可以匡正写字的间架结构,描摹古人用笔的起承转合。过去凡受过私塾或正规小学教育的,不会没有过写红模、临碑帖的经历。如今进入电脑时代,多不重视文字的书写,除刻意用功于此道的青少年,就很少有踏踏实实临写碑帖的。选择哪种书体,完全听从个人的爱好,初学者多以颜、柳、欧、赵为临写选本。旧时读书人为了应付科举,多以欧体为间架结构基础,再学赵体的气韵风采,被称之为"欧底赵面",但凡如此,即使不能仰顾龙门,也可以在社会上混个"一笔好字",其实也是一种必备的文化素养。

　　我在上小学时开始临《九成宫醴泉铭》，用的是文物出版社据故宫博物院藏本影印出版的普通宋拓本，此本为剪条装，每页四行，每行六字。而对这个拓本的了解则是几十年以后的事了。我生性愚钝，又不甚用功，临帖之时照猫画虎，间架结构完全不对，更不用说对其变化法度的理解了。况且幼时贪玩，临帖一曝十寒，只是应付差事而已。上中学以后，羡慕《兰亭序》的秀美飘逸，于是又去临写定武本的《兰亭序》，结果至今字终没有写好。

　　《九成宫醴泉铭》的拓本遍布海内外，即是宋拓，传世也有多种，其中真伪互见，情况殊为复杂。至清同治时，祁隽藻就曾看到几种不同的本子，如懋勤殿盖有金泥印的藏本和那文毅（彦成）家藏本等，皆为宋拓。以上提到的故宫博物院宋拓本，原为明代驸马都尉李祺家藏本，清时经高士奇、赵怀玉所藏，册页版面上为方薰题签。碑文中"雲霞蔽虧"四字中"蔽虧"二字完好无泐，证明是北宋拓本无疑。我也见另一种题为"唐拓醴泉铭宋绶熙殿藏本"的，为清代翁同龢所藏，民国时期归景朴孙（贤），此本前后有姚姬传（鼐）、梁山舟（同书）跋，跋语评价甚高，皆认为"此本纵非唐拓，其亦必出于北宋之初"。这一绶熙殿藏本中，"蔽虧"二字无损，与宋拓本对照，并无二致，"长廊四起"中的"起"字也未泐损，都可证明是宋拓无疑。但因收藏者不慎，缺少四十余字，皆为虫蠹，而非石之损也。另外，这一拓本与故宫藏本所不同的是每页四行，每行八字。

　　1990年10月，元白（启功）先生来我家吃饭，饭后与先君谈起这本北宋绶熙殿藏本《九成宫醴泉铭》，元白先生十分熟悉，认为此本有名，民国时期已有拓本照片。元白先生认为，此是南宋翻北宋缉熙殿本，而非如梁山舟、姚姬传所说的北宋拓本，并对其优劣叙述甚详。关于率更书《九成宫》的避讳问题，元白先生认为拓本中"乾"字写法中间有一小竖，乃因欧阳询此时为东宫臣僚（率更令），避太子承乾讳之故。可惜此本"乾"字已毁，但观其虚和圆润，骨丰肉美，也能见宋拓气象。据说清初孙承泽所藏精本为北宋早期拓本，也缺少二十余字，可见当日宋拓已难达到完好无损。

　　碑帖的收藏与鉴赏，近代也不乏大家。清末端午桥（方）除收藏青铜、印玺之外，对碑刻也颇有研究，著有《匋斋藏石记》，其中有不少秦汉魏晋南北朝时的零散残刻，多为其他著录所不载。叶昌炽、王国维、罗振玉更是碑帖研究耆宿。叶昌炽著有《语石》十卷，是研究历代石刻的重要著作。后蒙韩锐先生赠我他的校注本，可谓功德无量。《校碑随笔》虽为方若整理，但最初的编写工作是由王国维、罗振玉二人完成的。近世如李盛铎、袁励准、朱文钧、周肇祥、张伯英、衡亮生诸先生，碑帖收藏颇丰，都曾收藏或经眼过许多珍稀拓本。

　　1998 年初，某日大雪初霁，闲坐家中无聊，忽然心血来潮，想起马宝山先生。马老先生是厂肆中走出的鉴定专家，十六岁入琉璃厂墨宝斋学徒，嗣后七十年未曾脱离文物经营与鉴定，直至去世前一直担任文物鉴定委员会委员。他一生经手经眼碑帖书画无数，堪称几位硕果仅存的厂肆专家之一。那日事先给他打了个电话，他说非常欢迎我去，于是带了几本旧藏碑帖，打了个出租车前往和平门他的寓所。

　　彼时马宝山先生已年近九旬，依然精神矍铄。他很清楚我的家世，自然首先说起在三四十年代去东总布胡同我家的情况。先祖父叔彦公一生酷爱古董收藏,但却很少去琉璃厂,厂肆之中不少商家东伙都是来家中洽谈买卖事宜,此中我较熟悉者就有耿宝昌、刘九庵、程长新、马宝山、邱震生、徐震伯、刘云甫、樊君达诸位。有些人作古较早,我后来无缘见面,彼时他们大多二十多岁,经过数十年文玩商海的磨炼与文化修养的提高,其中不少人已是蜚声海内外的专家。每当谈及与先祖交往,都显得格外亲切。

我带去的几部旧帖之中,有《停云馆晋唐小楷》,为翁覃溪(方纲)考订,朱墨批注,后作跋语,为明嘉靖时文氏停云馆所拓,曾为林少穆(则徐)所藏,马老先生认为不错。又题为《宋拓星凤楼黄庭经》集帖八种合册,内有朱拓一种,为秋碧堂所藏,钤有"蕉林"印,并有查声山(昇)、徐元度(宪)等人跋语,马老先生认为其三思古斋刻本最精,虽然集装时跋语次序有颠倒,但皆为旧拓无误。此外最令马宝山先生兴奋的则是《郙阁颂》汉碑拓本。

《郙阁颂》全称应为《武都太守李翕析里桥郙阁颂》。原石在陕西略阳县徐家坪,是摩崖刻石,距江边仅五米,因此常常受到夏秋洪水冲刷,剥蚀严重。据道光二年续修的《略阳县志》载,此石左下角已缺四十字,右上角缺五十三字,中缺四字,较为明显清楚的仅二百四十字。郙阁为汉阁,当时此地称析里,有桥跨溪,名析里桥。汉建宁五年(172)太守李翕建郙阁,以济行人,时人勒石作颂,即是《郙阁颂》。今阁早废,但摩崖刻石尚在,字迹大多漫漶不清。此摩崖刻石为汉隶,雄劲古朴,多含篆意,深受书家重视,在唐宋时已然被人称赏。欧阳修在《集古录》中对《郙阁颂》有评价,且宋时此碑已有缺损。此本《郙阁颂》后有嘉庆二年(1797)梁上佐跋语,谓欧阳修所观拓本颂后无诗,是一部未拓完整的本子。传说铭文为蔡邕所作,当然是靠不住的,据《汉中府志》载,颂文是衡官掾仇审所作,因此也有人认为是仇审所书,这些都有待于考证。

这本《郙阁颂》拓本极精,因原石年代久远,又经溪水冲刷,故拓本上斑驳痕迹与字迹相杂,但沧桑之感却不掩字迹的遒劲与浑厚,可谓汉碑中之佼佼者。

马宝山先生说曾见过清初拓本,其第九行"校致故坚"之"校致"二字尚未损,至乾隆年间则"校"字只有大半,"致"字几乎不存。观此本"校致"二字完好无损,拓时起码当在清乾隆以前,并认为此本是他所看到的《郙阁颂》中最精良者。

那日马宝山先生谈兴甚浓,与我谈起许多旧人旧事,如与罗振玉、宝熙、张伯驹、陶洙、徐宗浩、周肇祥的交往。末节小事,老先生都能记得十分清楚,实在令人佩服。关于周养庵(肇祥)晚年临终前的一些情况,多不为人所知,故记之以为信史。

周养庵生于 1880 年,浙江绍兴人,清末举人,肄业于京师大学堂。民国后,曾任奉天劝业道,署理盐运使,临时参政院参政,葫芦岛商埠督办等职,一度任湖南省长。清史馆成立,曾在我的曾伯祖次珊公(尔巽)手下任提调,参加清史稿修撰工作,30 年代任北京古物陈列所所长,团城国学书院副院长。编有《古物陈列所书画目录》十三卷及书画集六卷。平生笃嗜文物,广收精选,又擅诗词古文及绘事,能作山水、花鸟。曾买下西山卧佛寺后的樱桃沟退谷,以为别墅,人称周家花园,自号"鹿岩精舍",内置"水流云在之居"等屋舍。周养庵先生与琉璃厂渊源颇深,除搜求文玩珍拓之外,与古玩铺从业东伙极为熟悉,相处融洽。

1990 年,我与海波先生合作标点整理了周肇祥先生手稿《琉璃厂杂记》之一部分(1995 年北京燕山出版社出版),是他以琉璃厂为主的闻见随笔,旁及游历山水、寻访古迹等内容。内容丰富,颇具史料价值。在标点整理中,我们拟请史树青先生为之作序,后蒙史先生拨冗赐稿。史先生曾受业于周肇祥先生,因此由他来写是再合适没有了。关于周肇祥先生的介绍是很难写的,一是他平生涉猎广泛,成就著述分见于各个方面;二是他在敌伪时期曾参与过一些中日之间的文化交流活动,时议似有附逆之嫌,这也正是我们所担心的问题。

史树青先生的序言寄来后,再三拜读,我们认为十分客观公允,对其生平、业绩、著述和贡献无一遗漏,字里行间,表达出史先生对业师的崇敬与尊重,从此看出史先生不附时议、不妄臧否的道德操守。序中对周养庵所终,不及一字,也可见史先生之春秋笔法。

据我所知,周养庵先生有二子,一名周璿,早年参加共产党,后在辽宁省任较高职务。另一子不记其名,为国民党高级军官,曾在 1945 年与冷欣一起参加芷江受降式,成为当时新闻人物,而对于周肇祥最终的情况,则是此次听马宝山先生所述。

马宝山先生说他与周之间有二十多年的交往,经手交易的碑帖很多,除却商业往来,切磋研讨也在师友之间。周肇祥于 50 年代初银铛入狱,家产抄没。1954 年初在狱中患病,始获保外就医,马宝山先生听说后,前往探望,似乎还有一些未了的债务。到达周的寓所后,已是家徒四壁,只见周养庵头缠绷带,面色蜡黄,原来的一部美髯(周养庵素有“周大胡子”之称)也荡然无存,一个人在屋中糊纸盒,屋内摆满纸盒成品与原料,凌乱不堪。马先生只得稍坐,问及头伤原委,道是在狱中不慎碰破,久不愈合,故依然缠裹绷带。本拟提及旧时一点债务(好像周从马手中买的东西,尚差一部分款项),见此光景,哪好启齿,须臾离去。两个月后,马宝山听说周已去世。不想一代闻人,晚境竟然如此凄凉。

周养庵为民国一代收藏大家,披沙淘金,辛苦搜求,最终皆成梦幻。物之于人,暂栖瞬间;人之于世,匆匆过客,此当为后来者戒也。

自此之后,我又去拜访马宝山先生两次,大多是向他请教碑帖鉴赏与辨伪的知识。先生以为较为粗浅的鉴别拓本年代方法,主要可从纸质与墨色判断:宋元拓本多用黄麻纸或白麻纸,二者均以麻为主要原料,纸张坚韧。白麻纸较白细,不显帘纹;而黄麻纸略粗,帘纹较为清楚。另有一种澄心堂纸,光洁柔软,《大观帖》与《淳化阁帖》,有用此纸拓者。明代多用皮绵纸或竹纸,以竹纸为佳。清时拓碑用纸广泛,以用白绵纸和宣纸为多。而墨色的浓淡、均匀与否,除与墨汁有关外,拓印方法也至关重要,如擦拓、扑拓及乌金、蝉翼、蜡拓等情况各异。至于墨色,宋元时用的墨烟重胶轻,故而少光泽;明清以来墨多胶重烟轻,故色泽光亮。此多为泛泛之谈,可惜马老先生不久去世,不及有更多的机会向他请教。

关于碑帖的题跋问题,马宝山先生以为是最靠不住的。尤其清代收藏碑帖之风大增,厂肆做伪也随之更盛,许多碑帖中题跋皆为真迹,多是从一本碑帖挖下,再裱入另一本稍晚的碑帖册页之中。如一本无缺字、缺笔的拓本,可以断定为宋拓,又有诸名家题跋,跋语也认定是宋拓无疑,造伪之人于是将跋语截下,补到同一碑帖的明拓本之中。那本明拓虽有缺字缺笔,但凭名人跋语"保驾",不谙个中原委的就会当宋拓买去,而留下来的真宋拓自会有懂行人问津,于是一分为二,就会出现两个宋拓本。另外,伪造印章或真印后盖,用以证明流经多人之手、传之有序等等也不鲜见,碑帖较之书画作品更难以辨别。

拉杂说起碑帖,忽然想到一件往事。好像是在70年代末,琉璃厂极少几家店铺恢复了营业,其中只有中国书店是对外开放营业的,即使如此,也仅限于海王村南面和西面的部分。院中北面二层小楼是内部营业,主要卖些旧书刊和当时所谓的参考读物,如费正清的《美国与中国》,以及小说《多雪的冬天》、《战争风云》等等。这栋小楼一般是进不去的,我因与中国书店雷梦水、肖新祺几位相识,所以可以常常去那里翻翻旧书旧杂志。这也是当时琉璃厂唯一可去之处。后来有了几家文物商店,只是接待外宾,很少有人出入。有次我与内子逛书店之后偶然来到庆云堂(现在已不记得当时是否有牌匾),看到店门大开,里面有些碑帖,也有打开摊在桌上的。于是我们踱入店中,看到几位身穿蓝布大褂工作服的中年男女,正在里面说说笑笑,我们进入店中并没有引起他们特别关注。也是我们不识相,竟打开几本旧拓翻开来,有几方鉴藏印章很清楚,多是旧家故物,记得好像有北京张子厚先生的藏品,估计是抄家物资又无苦主者。正在指指点点,有位四十多岁的男蓝大褂走来,很冷淡地对我们说:"同志,我们这儿是内部对外宾开放,请您配合。"我当时真是血涌心头,有种说不出的滋味。内子还要与他理论,我却立时拉她走出店门,但"内部对外宾"五字却痛铭心中。乍暖还寒之时的琉璃厂,依然"文革"气象,时隔多年,至今难忘。

(选自《毂外谭屑》,生活·读书·新知三联书店,2006年)

连环图画琐谈

鲁　迅

"连环图画"的拥护者,看现在的议论,是"启蒙"之意居多的。

古人"左图右史",现在只剩下一句话,看不见真相了,宋、元小说,有的是每页上图下说,却至今还有存留,就是所谓"出相";明、清以来,有卷头只画书中人物的,称为"绣像"。有画每回故事的,称为"全图"。那目的,大概是在诱引木读者的购读,增加阅读者的兴趣和理解。

但民间另有一种"智灯难字"或"日用杂字",是一字一像,两相对照,虽可看图,主意却在帮助识字的东西,略加变通,便是现在的"看图识字"。文字较多的是"圣谕像解","二十四孝图"等,都是借图画以启蒙,又因中国文字太难,只得用图画来济文字之穷的产物。

"连环图画"便时取"出相"的格式,收"智灯难字"的功效的,倘要启蒙,实在也是一种利器。

但要启蒙,即必须能懂。懂的标准,当然不能俯就低能儿或白痴，但应该着眼于一般的大众，譬如罢，中国画是一向没有阴影的，我所遇见的农民，十之九不赞成西洋画及照相，他们说：人脸哪有两边颜色不同的呢？西洋人的看画，是观者作为站在一定之处的，但中国的观者，却向不站在定点上，所以他说的话也是真实。那么，作"连环图画"而没有阴影，我以为是可以的；人物旁边写上名字，也可以的，甚至于表示做梦从人头上放出一道毫光来，也无所不可。观者懂得了内容之后，他就会自己删去帮助理解的记号。这也不能谓之失真，因为观者既经会得了内容，便是有了艺术上的真，倘必如实物之真，则人物只有二三寸，就不真了，而没有和地球一样大小的纸张，地球便无法绘画。

艾思奇先生说："若能够触到大众真正的切身问题，那恐怕愈是新的，才愈能流行。"这话也并不错。不过要商量的是怎样才能够触到，触到之法，"懂"是最要紧的，而且能懂的图画，也可以仍然是艺术。

五月九日

（选自《鲁迅全集》第四卷，人民文学出版社，2005 年）

谈《韩熙载夜宴图》

启　功

　　故宫博物院绘画馆展览出若干古代名画，有一些是特别被人注意的作品，《韩熙载夜宴图》卷要算是其中之一。它经过将近千年的时间，逃出了历史上多少次的沉埋、封闭和损伤的危险，终于展览在人民的博物院中，供我们广大群众观摩和欣赏，这在我们伟大画家创作的当日，恐怕还预料不及吧！

　　它是一件精妙的故事画。描写人物形象是那样的生动，性格是那样深刻，生活是那样丰富，表现了我们中国绘画优秀的现实主义传统。尤其在艺术手法上的高度成就，能更深、更广地反映了历史上的生活现实。这在我们文化史上是一个重要的史料、宝贵的文献；在绘画创作方面，为了继承优秀传统、发扬民族形式，它更是一个重要的参考品；即在作为启发我们广大人民热爱祖国的爱国主义课本中，它也至少要占一行甚至一页。因此，无论参观了原画或见到影印本的人，谈起来，都对它愿作更深一步的探索。从它的故事内容到创作手法，都受到广泛的注意，我也在朋友的讨论和考

夜宴《韩熙载夜宴图》，顾闳中绘，绢本，
宽28.7厘米，长335.5厘米，收藏于故宫博物
院。这幅画是画家顾闳中探访韩熙载夜宴与友人
的家庭狂欢之后，回来根据记忆默画而成。
画卷以时间为序，分为五个片段，各段之间
以屏风巧妙分隔，既相互独立又情景相连。
整幅画卷时而热烈，时而静然，时而缠绵，
时而冷寂，像一首起伏跌宕的曲子

证中得到很多的启发，自己也搜集了些有关的材料，写出来给这卷画面作个注脚，并向方家请教。

一、韩熙载的有关事迹

画面上这一个主人公的生平我们从许多的历史书和宋元人的笔记、题跋等史料中来看，大略是这样的：

韩熙载（907—970），字叔言，北海人。唐朝末年登进士第。父亲韩光嗣，唐末平卢军乱，他被推为"留后"（统帅），后来被唐朝杀了。熙载假扮商人往南奔到吴国。虽被收留，却很不受重视。徐知诰（李昪）作了南唐皇帝，派他做辅佐太子李璟（中主）的官。熙载也事事消极，和大官僚宋齐丘等不和，被他们排挤，屡次贬官。当时北方的宋王朝已建立，南唐受到威胁，李璟让位给儿子李煜（后主）。这时熙载已做到吏部侍郎。据说李煜由于对北方势力的恐惧，而猜疑他朝中的北方人，多用毒药害死他们，熙载居然还被优待而没遭暗算。他也便不能不装癫卖傻，来避免将来的恶化而维持目前的侥幸。因此他的行动便成了个传奇材料。自然那时江南由于战争较少，具有比较优越的条件，生产相当的发达。所谓"保有江淮，笼山泽之利，帑藏颇盈"。一般剥削阶级的生活，便更走向奢靡享乐。他们多大量蓄养"女奴"（或称"家姬"，或称"女仆"，或称"乐妓"，都是指这般在婢、妾之间的奴隶）。历史上记载着像冯延鲁为了买民女为奴，曾擅改了当时不许民间"私卖己子"的法令；刘承勋"家蓄妓乐"将近数百人；韩熙载的朋友陈雍，虽然

家贫，还要多蓄姬妾。皇帝李煜也和他们比赛着似的留下许多"风流话柄"：有个和尚在妓家饮酒，李煜隐瞒了皇帝身份去"闯宴"，记在陶谷的《清异录》中。恰好陶谷正在做周国的使臣，到南唐时，韩熙载使歌伎装作使馆听差人的女儿，和陶谷讲爱情，次日在公宴中陶谷摆大架子，这歌伎当筵唱出昨夜陶谷赠她的一首词，这个使臣的骄傲凌人的大架子，便完全垮了。韩熙载也曾为国家出过些保卫疆土和整顿财政的计划，但都不如他最早用"美人计"戏弄敌国使臣这件传奇性的故事被人传说得更热闹。这件快意的胜利，也许是他公开"荒"的借口之一吧？

历史上又说他家有"女乐"四十余人，熙载许可她们随便出入和宾客们"聚杂"。宾客中有人公然写出和她们恋爱的诗句，熙载也不嗔怪。熙载有时扮作乞丐，教门生舒雅"执板挽之"，到她们的房中乞食玩笑。熙载的风采很漂亮，有艺术才能，懂音乐，能歌舞，擅长诗文，会写"八分书"，也会画画。谐谑、讽刺的行动，很多被人传述。宾客来了，常教"女奴"们先出来调笑争夺，把靴笏等物都抢光了，熙载才慢慢地出来，特意看客人们的窘状。李煜曾派待诏周文矩和顾闳中到他家窥看他和门生宾客"荒"的情形，画成"夜宴图"据说是为来讽刺他，希望他"愧改"。没想到他见了竟自"反复观之宴然"——满不在乎。他对和尚德明说："我这是避免做宰相。"我们不一定相信他自己所说的动机完全真实，但从他的行动中看，至少他的任情享乐中，有不满当时现实的一些成分。

后来他又被贬官，最后做到"守中书侍郎、充光政殿学士、承旨"的官，在庚午年死了，即是宋太祖赵匡胤的开宝三年。

不论发动画这幅图的是李煜、是别人或是画家自己；不论动机

像 王 後 李

南唐后主　李煜,字重光,五代十国时南唐最后一个国君,961年至975年在位,史称后主。北宋开宝八年(975),宋军攻破南唐都城,李后主降宋,被俘至汴京,封为右千牛卫上将军、违命侯。后因感怀古国,被宋太宗毒死。李煜虽不通政事,却有着非凡的艺术才华。他精书法,擅绘画,通音律,尤其以词的成就最高。在政治上失败的李煜,却在词坛上留下了不朽的篇章,被称为"千古词帝"

韩君轻格　韩熙载自创一种高高的纱帽,号称"韩君轻格"。这样的帽子与当时赴宴的其他男子的帽子迥然不同

是为讽刺、为鉴戒或只是好奇；也不论历史文字所记载的韩熙载某些行动是否便是这卷画面的直接资源。我们即具体地从画面上那些生动的形象来看，画家所体会到、表现出的韩熙载的心情的各个侧面，如果仔细去发掘和分析，前边的问题是不难解决的。我们现在不是为研究韩熙载这个人的历史，而是想借着可知的一部分文字史料作这卷名画的现实意义的旁证。同时我也感觉到，这卷画便是用造型艺术手法所留下的珍贵的南唐史料。

二、《夜宴图》的艺术性

绘画的艺术性，不会脱离它的现实性而孤立存在；同时若没有高度的艺术手法，也就无从表达。我们拿一些片段的文字材料和它印证，可以看出卷上每一个人物的行动都是那么恰合他们的身份，虽然我们还不能完全确知他们的姓名事迹。尤其主角韩熙载的形象，更是作者集中力量所描写的。我们看他的性格，不必从文字材料所谈的那些概念出发，只向画面上看去，已经是非常生动、具体、有血有肉地摆在我们面前。大到整个布局，小到细微的点缀，都有着它的作用，都见到画家的"匠心"。

先从所画韩熙载的状貌看起：高高的纱帽，是他自创的新样，用轻纱制成，当时号称"韩君轻格"。他的容貌在当时不但被江南人到处传写，北方的皇帝还派过画家王霭去偷写过。现在图上长脸美髯的主角，完全与宋人所称的形状相合（宋人有"小面美髯"的话，是对同时流传韩愈画像"肥面"而言的，并非说熙载面小）。这无疑便是韩熙载的真像了。全卷中的韩熙载的表情似乎很沉郁，又似乎"像煞有介事"似的，而最末摆手时又那么轻松。他自己"反复观之宴然"，也许是"正中下怀"吧！我真惊异，画上不到指顶大的人脸，怎能表现出许多复杂的心情？——有些还是我们了解不到的，画家是怎样地深入体验，又怎样刻画出来的呢？

第一段床上红衣的青年，应该便是状元郎粲吧！弹琵琶的女子是教坊副使李嘉明的妹妹。她左边的人回着头不但听，还很关心她的手法，那岂不就是李嘉明吗？人丛中立着两个女子，一个分明看得出便是后面舞"六幺"的那个人，当然便是"俊慧非常"的王屋山了。还有韩的朋友太常博士陈雍、门生紫微郎朱铣，在这个场面中便应是长案两端的二人了。这些人物都明见宋元人的记载。

自屏风起，右边的第一段，人物是多的，场面是复杂的，背面坐的客人，椅子前移，离了桌案，屏后的女子，一手扶着屏风也挤着来听。床边的女子好像临时把琵琶放在床上，便静静地立在小鼓架旁严肃地来听演奏。

可以看出演奏之前，全场是经过一度的动荡。现在所画的，则是演奏已经开始、全场空气凝注的一刹那。全场上每个人的精神都服从于弹琵琶人的动作。每个人都在听，而听法又各不同。不论他们坐着或站着，他们的视线主要都集中在弹者的手上。

这还不算难，"画人难画手"，古有名言。画家在这里不但把手画得那样好，而且借着各人的手，更多地写出他们内心的倾向。韩熙载的手松懈不经意地垂着，和他眼神的向前凝注是相应的；郎粲的左手紧抓住膝盖，保持身体重心的平衡，也衬出注意力的集中；李嘉明的右手扶着掀起袍袖的左腕，似乎正作随时可以伸出手来

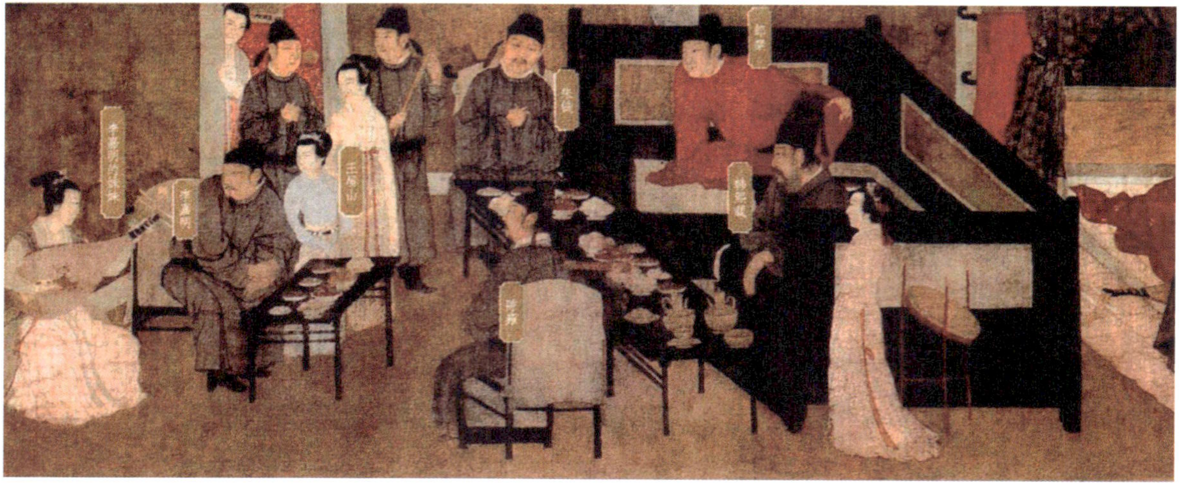

指点的那样跃跃欲试的准备。在这段正当中,偏偏写一个不用眼看而侧耳细听的人,也许即是朱铣吧?他两手叉起,表现了耳朵用力的专一,由于这一个人倾听,也就指明全场人在听觉上的共同注意。

我听到工艺美术专家谈起,画上的杯盘之类,颜色和形式都是五代时有名的越窑瓷器。盘中细小的果品,都那么清晰鲜明,作者的创作态度是如何的不苟!当然我们现在不是专提倡琐屑的真实,但其中的真实性却由此更得到了明证。

第二段写韩熙载站在红漆羯鼓旁边,两手抑扬地打鼓。郎粲侧身斜靠在椅子上,一方来照顾到韩熙载的击鼓;一方又来欣赏王屋山的舞姿。一个青年拿着板来打,那或者便是韩熙载的门生舒雅吧!因为舒雅是他表演唱歌乞食时的助演人,那么老师自己打鼓时,还能不来伴奏吗?

和尚参加夜宴,也出现在这个场面里。他是否便是那个有说"体己话"交情的德明呢?和尚在舞会中究竟有些不好意思。拱着手,却伸着手指。似刚鼓完掌,又似刚行完"合十"礼。眼看着"施主"击鼓而不看舞女。旁边拍掌的人,眼看韩熙载是为了注意节拍,而和尚的神情分明不同,这和郎粲的"平视"王屋山正相映成趣。

红漆桶的羯鼓,是唐代盛行的乐器。唐人南卓曾有《羯鼓录》专书来讲它。南卓说:"羯鼓如漆桶,山桑木为之,下以小牙床承之,击用两杖。"这和画上的鼓形正合。羯鼓的打法是音节急促的,所谓"其声焦杀呜烈,尤宜促曲急破、戟杖连碎之声"。再看舞容呢,王屋山穿着窄袖的衣服,两手伶俐地叉着腰,抬着脚,随着拍子

动作,和那些长袖曼舞的情形不同,这即是宋人题跋中所指的"六么"舞吧!韩熙载右手举起鼓槌,反腕向上,刻画出这一槌打下去时力量的沉重。再和拍板、击掌以及"踏足为节"的"六么"舞的动作联系起来,便能使我们从画面上听出紧促的节拍和洪亮的鼓声,不仅止看见了王屋山美妙的舞姿。这一场和前段安详的琵琶演奏又是一个对比。

第三段是休息的场面。韩熙载坐在床边洗手,和几个女子谈话。这时琵琶和笛箫都收了,一个女子扛着往里走。杯盘也都撤下来,一个女子用盘托着一同走去。红蜡烛烧了半截,床帏敞着,被褥堆着,枕头也放在一边,可以随时休息。这在夜宴过程中是一个弛缓的阶段。我们很容易联想到宋朝人豪华宴会的故事,他们把屋窗遮起,在里边歌舞宴饮,饮一些时略歇一歇,大家都奇怪夜长,及至掀帘向外看时,才知道已经过了两天。在画上这段之后,还有很多场面,这把宴饮的时间的悠长,无形中明白指出。

画家把琵琶倒着放在女子右肩上,把笛箫束在一起放在这女子左手里,教她和撤杯盘的女子一同走到半截红烛的旁边,在画面上,枕头恰恰排在琵琶和蜡烛之间,正不用等待展卷看到韩熙载的洗手,已经使人充分看出酒阑人倦的气氛了。

第四段是听管乐的场面。炎热的天气,韩熙载盘膝坐在椅子上,扇着扇子,吩咐一个女子什么话,拍板的也换了人,五个女子一排坐着吹奏管乐。宋人说韩熙载"每醉以乐聒之乃醒"。看这袒胸露腹、挥扇而坐的神气,正像是聒醒之后、余醉未解而悠然自得的情形。五个作乐人横列一排,各有自己的动态,虽同在一排,但绝对没有排队看齐的板滞。

曲项琵琶　琵琶,弹拨乐器,有直项琵琶和曲项琵琶。途中的琵琶应是具
有半梨形共鸣箱的曲项琵琶。南北朝时,曲项琵琶由波斯经西域(今新疆)
传入我国。曲项琵琶为四弦、梨形,横抱用拨子弹奏,盛行于北朝,并在公
元 6 世纪上半叶传到南方长江流域一带

前边的筵席还有些衣冠齐楚之感,到了这里,便是完全脱略形迹,但并掩藏不了韩熙载兀傲的神态。在炎热的气候中,脱衣服惟恨不彻底,却又不能赤膊,于是袒胸露腹之外,领子往后松一些都似乎可以减少一些炎热,这种细微的反映,画家都把它抓到了。

末一段突出地、具体地写出韩熙载的"女奴"们和宾客们调笑的情状。韩熙载站在这一对对的中间,伸出左掌摆手,像是说个"不"字。他这"摆手"是制止她们的行动呢,还是教她们不要宣布他来了好借此戏弄客人呢?悄悄地站着,摆着的手伸出也不远,右手的鼓槌,握着中腰,也没想拿它作武器用。这分明是后者的用意。我们伟大的画家,精妙地把这些形象画出,使观者能够完全领会到画中人一动一静的作用,并没有任何一个字的说明!

从全卷来看,它的线条是"铁线描"居多,——这是中国人物画的一种最精练的技巧。不是说其他的描法不好,而是说用这种细线单描,很精确地找到物体和空间"间不容发"的一个分界是如何的困难。这细线不可能有犹豫、修改的余地。古人说"九朽一罢",是说明创稿的认真,尤其在这种技法上,一条细线若不是经过多次的创稿和修改,是无法达到那样精确的。有了这样的骨干,再加上色彩的点染,便把每个人从面貌到感情、每件物从形状到质地,都具体而生动地写出来。这说明我们先民惊人的艺术才能,实在是他们勤苦劳动的成果。

在色彩方面:朱砂、铅粉、石青、石绿等重色是最难用的。这卷画上把各种重质颜料用得那么好,薄而匀,效果却是那么厚重。色调在错综变化中显得爽朗健康。

在结构上:这种连环图画式的手卷形式,对于故事画的布置是

铁线描　中国古代人物轮廓及衣服褶纹画法之一。线条外形状如铁丝,故名。是一种没有粗细变化、道劲有力的圆笔线条,由铁线描勾勒成形的衣纹线条常常稠叠下坠,产生"曹衣出水"的效果。从绘画作品看,顾恺之、阎立本、李公麟等画家在作品中的勾线,都誉为"铁线描"

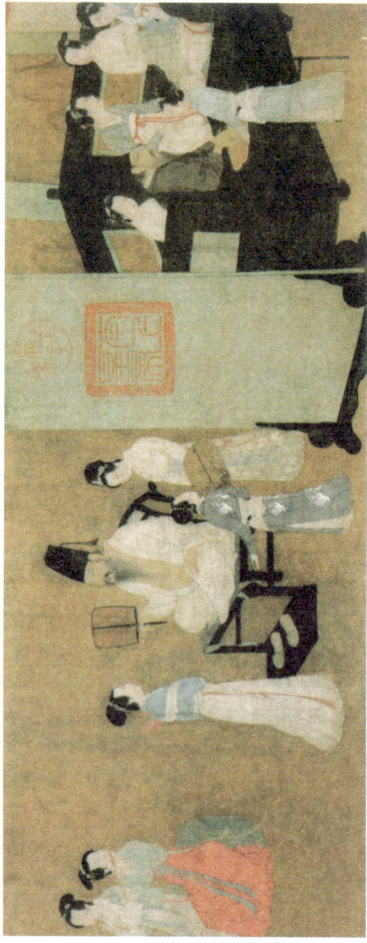

非常方便的。内容的安排，在这卷中更显出它的巧妙。屏风本是古代屋内一种常见的"装修"，在这卷画面上，它起着说明屋子空间的作用，同时也起着说明故事发展的时间作用。如第一段末的插屏和第三段末的围屏都有这样的作用。而第四段末的插屏又给两个人"捉迷藏"作了重要工具，因而又起了"云断山连"的作用。画家手里的屏风，在要用它隔断时不觉割裂的生硬，而要用它联锁时也不觉得牵强。这不能不算是一种创造性的手法吧！

有人怀疑五个场面的次序问题。以为韩熙载洗手应该在吃饭听琵琶之后；右手执两个鼓槌的一段应该在击鼓一段之后；而袒腹一段应在最后。仿佛才觉顺序。其实这正说明这一夜的宴会是饮酒、击鼓、休息、听乐的更迭反复，也表现了同一个夜内各屋中娱乐活动的不同，而韩熙载是到处参加的。（所见若干摹本次序也不一致，可见古代许多原稿中对次序问题的态度。）完成这些作用，"屏风"实在有相当的功劳。

这卷夜宴图并不是没有缺点的。人物的面型，除了特别用力刻画的几个人之外，有些个人不免近于雷同，当然同一个人前后重复出场的不算。主角或重要角色的身量与配角身量的差度有时太大，虽然这里有人物年龄关系。另一方面，我们也不能忽略这是九百余年前的创作。比这卷再早的绘画以至雕刻，拿大小来表示人物主宾的办法，也就更厉害。此外即在技法的各方面讲，拿传摹的晋代顾恺之画，唐代的阎立本画等来比较，这卷的精工周密，实在是大进步。它应该是符合了六法中"气韵生动"的标准，——姑不论"气韵"的确切涵义，至少生动是没问题吧！在今天创作方面，我们除了借鉴它的优点之外，还应当把它当作前届比赛成绩的纪

山水画　山水画往往山重水复，重峦叠嶂，以积墨反复递加，追求厚实、凝重的效果。但厚实中要空灵，景实而意虚，实而不塞，要透气，要有"活眼"。虚的地方要合情合理，虚而不空。虚实相变相生，虚中见实，实中见虚，实有据，虚有理。清笪重光说："虚实相生，无画处皆成妙境。"

录,努力去突破它!

三、关于这一卷画的几个问题

以韩熙载夜宴这个传奇性故事为题材的画,自南唐以来原样传摹或增删改写的都很多。原始创作的是周文矩和顾闳中两人。但到北宋《宣和画谱》中,却只载顾闳中《韩熙载夜宴图》一件。(还有顾大中的《韩熙载纵乐图》一件)元阳翟记他曾见周画二本,又见顾画一卷,顾画与周画稍异,"有史魏王浩题字,并绍勋印"(见《画鉴》)。又周密记所见顾画《夜宴图》一本,见《云烟过眼录》。又有一个祖无颇的跋本,跋载《佩文斋书画谱》。严嵩家藏顾画三本,见文嘉《严氏书画记》。这些本到明末清初时候都不见著录,消极地说明已不存在了。是都损失了呢?还是由于记载欠详,而实际上明末清初著录中所载各本便有前列的某卷在呢?现在都无法证明。又明末清初收藏著录中这个题材的作品,几乎都是顾闳中的画,周文矩和顾大中的画很少看见了。综计清初还存在号为顾闳中真迹的,有下列几件:(甲)绢本,有元人赵升、郑元佑、张简、张雨、何广、顾瑛的诗;月山道人、钱惟善的跋。见吴升的《大观录》等书。(乙)绢本,有"臣闳中奉敕进上"的款,后有周天球书陆游所撰韩熙载传。见《大观录》和安岐的《墨缘汇观》。(丙)即此卷,绢本、前绫隔水有南宋初期的题字,这条隔水下半截都损缺,只存"熙载风流清旷为天官侍郎以修为时论所诮著此图"二十一字。字体是宋高宗的样子。卷后拖尾有小楷书韩熙载事迹一篇,无写者名款,

唐寅临《韩熙载夜宴图》 明代画家唐寅临摹的《韩熙载夜宴图》，在忠于原作的前提下，作了适当的改动，以自己的才情对原作进行了再创作，可谓锦上添花

再后有元人班惟志题古诗一首,再后有"积玉斋主人"题识一段,再后有王铎题两段,见孙承泽《庚子销夏记》和《石渠宝笈初编》。

这是近三百年中流传有名的三卷。甲卷,自吴升著录以后我没见人再提到。丙卷中有"乾隆御识"提到得了这卷之后又得"别卷",写有陆游所撰的韩熙载传。乙卷有陆游所撰韩传,好像乙卷也入了清内府。但写着陆游所撰韩传的不一定便是乙卷,那么乙卷的踪迹也不可知了。丙卷中"乾隆御识"说"绘事特精妙,故收之秘笈甲观","绘事特精妙"五字确是定评。

到了今天,这三卷中,又失踪两卷了!

还有关于现存的这一卷常听人谈起几个问题:(一)作者究竟是谁?(二)是南唐的原本还是宋人的临本?(三)《石渠宝笈》著录前流传的经过。(四)有无残缺?(五)顾闳中的事迹。

我试谈谈我个人对于这些问题的意见:

(一)唐宋古画,无款的最多,很多不得作者主名的,全要靠各项旁证。若在反证没被充分提出时,也就只好保留旧说,至多是存疑而不应轻率地武断。这一卷只从元人题跋中定为顾闳中,元人所见古画应该比我们所见的多些,总该有他的根据。

(二)这卷画从我们所常见到的古画技法、风格以及其他条件来比,它不会是北宋以后的画。从人物形象、生活行动以至衣服器物各方面来看,更不可能是凭空臆造的。就假如说它出自宋人手笔,也必定是临自原本。八百年前的人临摹九百年前的画,在今天实在没有足够的材料去分别它们的差异。至少我们相信这个创作底稿是出自亲见韩熙载生活的顾闳中。

(三)这一卷是宋元著录中的哪一本已不可知,但从卷前的半

熙載風源清
為天官侍郎以
頹為時論所誚

是卷後喜小傳云熙載以朱澄時嘗進士第歓聲名不甚高
拉德陽別意載陸遊所撰跋載傳則云唐因光序撰進士第
元宗即位以唐遷事舉而圖源又言並臺典必甚楊使用
時藏楠孤桁祝吅常兩素而載出方不同而品演角衾紀
載之不可盡信如此冴考楊為五代史云熙載畫杰餘立嘗又
云後瘙岐妥戚十人以比不滑為相視宝典李袁酒的勝決
之語意臺甚壯及周師渡淮之役意不能有所為則憂人余
不免於大言云畨非弓辭富之實臣高亭秀色
家宴命阆中攀丹毒以進置那沣季之見臣高亭秀色
游戯逐贶受於後世手於闈中此卷绘事特精妙郗收之秋笺
甲戍中川備釜戴乾隆御識

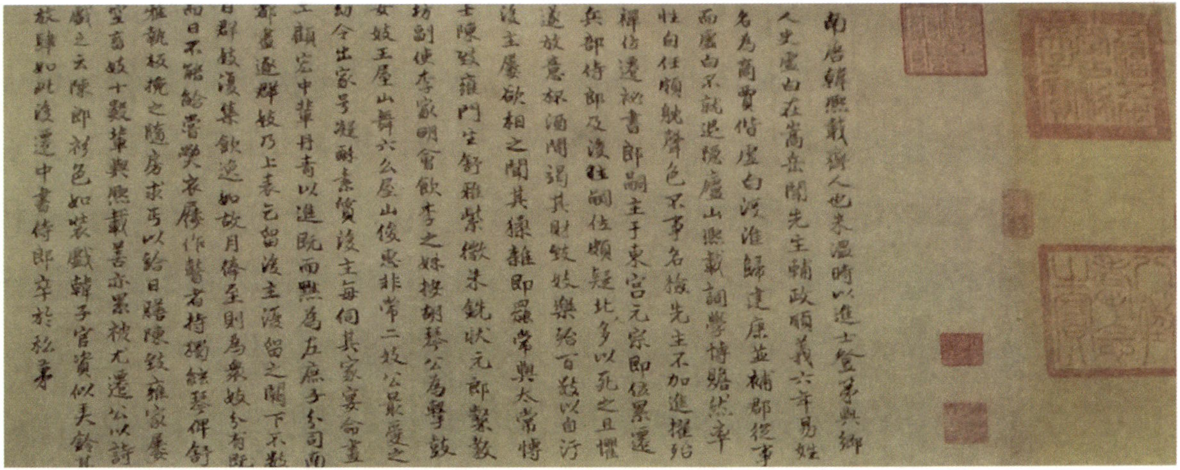

卷后拖尾有小楷书韩熙载事迹一篇，无写者名款

截隔水上的题字字体来看,起码是经过南宋人的收藏鉴赏。有人从许多痕迹上推测以为即是《画鉴》中所记的"有史魏王浩题字"的那一卷,而隔水题字可能即是史浩的笔迹,这也可备更进一步研究的线索。卷后拖尾第一段无款的韩熙载事迹,从字体上看,很像袁桷的笔迹,拿袁桷"和一庵首座四诗"和"徽宗文集序"的跋尾等真迹的笔势特点来看,是完全相同的。题诗的班惟志正是他的朋友。(绘画馆中同时陈列着的黄公望《九峰雪霁图》即是给班惟志画的)这是元代鉴、藏的情况。明末清初归了王鹏冲。鹏冲字文荪,直隶长垣人,收藏很多,和王铎是亲戚,他的藏品多有王铎题字。孙承泽即从王鹏冲家见到,记在《庚子销夏记》中。在从王鹏冲家到清内府的中间,曾经归过梁清标,有他的藏印。又归过年羹尧。班惟志诗后空纸上有一段题识,款写"积玉斋主人",那个"玉"字是挖改的,痕迹很明显。年羹尧的"斋名"是"双峰积雪斋",所以他也有"双峰"的别号。这分明是进入石渠之前,有人因为年羹尧是"获罪"的,也许怕被认为是"逆产",因此挖改一字,便可了事。其实笔迹字体都自己在那里清清楚楚地发言说:"我是年羹尧!"

(四)有人说,这卷第二段拍手的女子身后和第四段站在韩熙载面前听吩咐的女子的身后,绢上都有裂痕,可能中间有什么残缺。又最末二人,似乎不够作收尾的局势,或者后边还有什么场面。按古画的断裂,本是最普通的事,裂处也不一定便有遗失。一卷被割成两、三卷的也是常有的。但"夜宴"本是一个短期间内的事,不比其他长大的故事,所以不可能太长,即前说(甲)、(乙)两卷,据著录记载,也只都不过七尺。而这卷一丈长,还算较长的了。所以这卷即使有残损处也不可能太多。再从这卷前边隔水保留残

有人说，这卷第二段拍手的女子身后和第四段站在韩熙载面前听吩咐的女子的身后，绢上都有裂痕，可能中间有什么残缺。又最末二人，似乎不够作收尾的局势，或者后边还有什么场面。按古画的断裂，本是最普通的事，裂处也不一定便有遗失。一卷被割成两三卷也是常有的

缺的情形来看,可以见到两个问题:一是绝对发生过撕毁破裂的事;二是断缺隔水既还被保留,那么画面本身即有残碎处似乎也不致随便被遗弃。除非在保留隔水的阶段以前有过割截,但那至少是三百年前的事了。(每段都用屏风作隔界,这卷如有残损,可能是第二、第三两段之间的一个屏风。)

(五)顾闳中的事迹,宋人记载很少。只《宣和画谱》说:"顾闳中江南人也,事伪主李氏为待诏,善画,独见于人物。"此后便叙他画《夜宴图》的经过。元夏文彦《图绘宝鉴》所记,是沿着《宣和画谱》的材料。他的作品除《夜宴图》之外,还有《明皇击梧图》、《山阴图》(写许玄度、王逸少、谢安石、支道林等人的故事),又有李煜的道装像,这些作品也都早已不传了。这位伟大的画家生平事迹,就剩这样简单的几句话,是何等的可惜!

因此,想到我们先民若干的伟大艺术创作和他们生平辛勤劳动的事迹,不知湮没了多少。那么,我们今天对于这些仅存的宝贵遗产除了创作方面正确的吸取、借鉴之外,还应该如何尽流传保护的责任啊!

(选自《启功谈中国名画》,中华书局,2012 年)

《仕女图》始末

张充和

郑肇经(1894—1989)，字权伯，号泉白，泰州人，是个功不可没的水利专家，教学，写作，领导，以及参加各项水利工程。抗战期间是水利工程实验处负责人。实验室在沙坪坝，办事处在上清寺聚兵村。因他一只小腿是假的，行动尚可，跑警报不行，所以防空洞进口就在他办公室中。同尹默先生曾家岩住处很近，交往人物也大都相同。他喜欢集书画、古钱、图章。书房很大，有一张二三寸厚、光可鉴人的大书案，笔砚精良，明窗净几，与尹默先生的小书桌大有悬殊。凡是他的书画朋友都喜欢在他的书房，即使不写不画，也喜欢欣赏他的文物，警报时又可随时进防空洞。

我因他同乡丁西林先生介绍而认识的。第一次见面，他就摆出《史晨碑》来考我。以后熟悉了，一到他处，总是涂涂抹抹地乱写写字。凡是尹默先生要我临的碑帖，他都借给我，还送我一本《孟法师碑》，至今犹存。以后他在《桂之华轩诗集》中，发现他舅舅朱盘铭在我曾祖张树声幕府中三年，于是又深了一层世交友谊，我的弟弟们以及亲友,他都招待。

1944 年 6 月 4 日。我因要进城到陕西街丝业公司去排戏,由北碚乘车,路经歌乐山看尹默先生。他随手在一小纸条上写了一首近作七绝诗:

> 四弦拨尽情难尽,意足无声胜有声。
> 今古悲欢终了了,为谁合眼想平生。

车到上清寺,照例先到泉白先生书房中,他人不在,我就把沈先生的诗拿出来看,忽然想起,画人物,一定是眼最难,既然是"合眼",就先画眼线,再加眉鼻口。正在此时,泉白进来,我正准备塞进字纸篓中,他说:"别糟蹋我的纸,让我看了再甩。"

他看了沈先生的诗,又看画说:"要得要得,加上脸型和头发。"我哪里会画,平时连人物画都看得不多。凭着他指指点点,将头画成。忽想起排戏时间将到,站起就走。他说:"不行,不行,还有身体同琵琶呢!"我匆匆画几条虚线条塞责。他强迫我抄上沈先生的诗,同上下款及年月日。并且说:"真是虎头蛇尾,就算头是工笔,身是写意。琵琶弦线全是断的,叫她怎么弹呢?"我说:"我老师不是说'意足无声胜有声'吗?"于是一溜烟就跑了。

过些日子我又去看他,画已裱起,挂在书房里。有沈先生、汪东、乔大壮、潘伯鹰等题词。又把我五月间写的《牡丹亭》中的"拾画"也裱上。次年在画的绫边上又加了姚鹓雏同章士钊的题词。

战后他回南京,此画仍挂在他的书房中。1949 年我来美,只通了一封信,便音问断绝了。

1981 年我们才开始通信。在 6 月 30 日信中有一段：

　　十年动乱中，我所有文物图书及字画等荡然无存，你写的字，和画的仕女轴、图章，当然同归于尽。所以希望你写点字给我。如赠我几句诗词尤为感荷。我年已八十有七，更希望你同汉思能回来看看。……现在画轴和照的底片都已散失，你写的一段曲词也没有了。你写回忆录时，不要忘记这件事。

同年 9 月 5 日信：

　　……充和画的仕女图照片，如能复印一两份给我，尤为企盼。原来的字太小，能放大一些更好。当年题词人多已作古。在复印照片上再题几句，是最好的纪念品，当什袭珍藏。

我将仕女图照片放大，系以小令三首寄去，词为：

菩萨蛮
　　嘉陵景色春来好，嘉名肇锡以充老。案上墨华新，诗书绝点尘。鸦翻天样纸，初试丹青指。翠鬓共分云，何如梦里人。
菩萨蛮
　　画上群贤掩墓草，天涯人亦从容老。渺渺去来鸿，云山几万重。题痕留俊语，一卷知何所。合眼画中人，朱施才半唇。
玉楼春
　　新词一语真成谶，谶得风烟人去汉。当时一味恼孤桐，回首阕珊筵已散。茫茫夜色今方旦，万里鱼笺来此岸。墨花艳艳泛春风，人与霜毫同雅健。

1983 年秋去南京看泉白，他端坐在小桌前，萧然一室。笔砚文房，全不似当年。夫人过世，女儿海扬照料他的生活。见到我们，无限的高兴。他用德语同汉思交谈几句，便取出仕女图照片，向着汉思，先指照片，再指指我，又自指说：

"这上面的人物，只剩我们两人了。"他微微笑着，却有无限凄楚。关于沈先生的抱屈含冤，他是知道的。他自己更不必说，是水利权威，又加上守四旧的罪名，把一只已无小腿的大腿又打断了。当时无人敢送他到医院，只上了些云南白药，也就好了。

直到 1988 年他仍旧锲而不舍地专力于水利，经过一个最愚蠢、最残酷的程途，他变得更坚强。于他的本行，仍写作，调查，带研究生，直到逝世以前。他九十大寿时我送贺诗：

百战洪流百劫身，衡门闭户独知津。
慧深才重成三立，如此江山如此人。

1991 年 5 月 4 日，我的姨侄周晓平来电话说："现在苏州在拍卖你的仕女图，你要不要？"我不假思索地说要。他说："现在无锡有一团体要想买，苏州也有人要，你得快办此事。"我于是委托在苏州的五弟寰和全权办理：把仕女图的照片传真过去，说画原是我在四川画的。5 月底拍卖，居然为我所得，因五弟的孙儿致元，是广告公司负责人，他见到画上有我的名字，又与拍卖行有交情，才能得到此画。再者无锡人、苏州人也没有提高价钱，照原标价加佣金，就买回了。

仕女图由我大姐的外孙和鸣从苏州带到我处，未展开前，一眼看到题签上写："章士钊题张充和仕女轴"，是行书带章草笔法，写得非常好。签条下有一红框格纸片中，写一个"留"字。在画轴一头印"南京文物公司"。又写"章士钊题张充和仕女"。另一头写"苏州东方拍卖"字样。不知是卖了第二次，还是南京转苏州来卖的。

我以为五十余年，又曾经动乱，一定破旧不堪，及至挂起一看，纸色如新，同五十多年以前一样。再细看时，是重裱过的。姚鹓雏和章士钊题词的原绫边，已是暗黄色。重裱时是挖绫。每一条字外围是条虚线，非常细致。中间仕女与诸家题词都一如昔日的干净光彩，尤其几方图章与朱唇相映成趣，过去都未曾想到。此时如泉白尚在，我是一定要还给他的。因为他一再提到，一再思念那画上的朋友，一定要我珍重那个时期相聚的情景，一再要我写此回忆录。这幅画，偶然得来，既失而复得，应该欢喜。但为谁欢喜呢？题词的人，收藏的人，都已寂寂长往。没有一个当时人可以共同欢喜。有朋友说这幅画得而复失，失而复得，应该有几句诗。我的喉头哽哽的，心头重重，再也写不出。连这小记，都不易于下笔。

（选自《沈尹默蜀中墨迹》，广西美术出版社，2001 年）

张充和藏近现代名人书画简记

白谦慎

1914 年,张充和生于上海。其时其地在中国近现代史上均具有极重要的意义。上海是中国近代以来最大的开放口岸,也是中国东南的经济文化中心,中西文化的重要交汇点。张充和出生后 4 年,新文化运动便兴起。这是一个充满危机和生气的时代,一个中西冲突、新旧交替的时代。张允和的家庭就是这个时代的一个缩影。张家祖籍为安徽合肥,曾祖张树声,曾任两广总督。辛亥革命后,张家迁到苏州。虽说祖上为旧式官僚,张充和的父亲张冀牖却是一位开明的教育家,他在苏州办学校,倡导新式教育,所办乐益女中,曾聘请张闻天、柳亚子、叶圣陶、匡亚明等任教。而张充和自幼在合肥的祖母家接受传统教育,9 岁时由吴昌硕弟子、精于楚器研究的考古学家朱谟钦(拜石)先生指导,学习古文和书法,16 岁回到苏州。苏州自明代以来就是中国文人文化的中心,在家庭的教导和周边文化环境的熏陶下,张充和对中国传统文化艺术浸染既深,造诣亦高。她长于昆曲,通音律,能度曲,每有佳作,辄抚玉笛吹奏。她工诗词,和她唱和者,常为一时之选。书法也是张充和的爱好,她于隶书、章草、今草、行书、楷书皆有所擅。偶涉丹青,亦能不同凡响。1933 年,张充和来到北京,在曾经为新文化运动发源地和中心的北京大学作旁听生,次年考入北京大学国文系。是时北京大学的教授中有新文化运动的领袖人物、国学大师、学贯中西的通儒,如胡适、钱穆、闻一多、俞平伯等。

1935 年张充和病休,回苏州养病,并参与经办父亲开创的中学和其他一些工作。抗日战争爆发后,张充和辗转抵达昆明,和朱自清、沈从文等一起编教科书,是时,北大、清华、南开也西迁,在昆明组成西南联合大学,昆明成为当时中国的高等教育中心。在昆明张充和与许多学术文化界的人士均有交往,至今藏有北大时的老师闻一多先生为其在藤根上所治"张充和"章草印(是时闻先生执教西南联大)。1940 年,张充和转往战时的陪都重庆,任职教育部音乐教育委员会。当时,许多沦陷区的文化人士也先后来到重庆,使抗战时期的重庆成为后方的一个文化中心。在当时重庆的文化界中,有不少诗人、书法家和画家,文艺活动也相当活跃。在此期间,张充和也和不少文化人有诗词翰墨往还。抗战胜利后,张充和在北京和当时在北京大学西语系任外籍教授的德裔美籍学者傅汉思相识、结婚,婚后赴美定居。1962 年傅汉思先生被耶鲁大学东亚系聘为教授,张充和也开始在耶鲁大学美术学院讲授中国书法,直至 1985 年退休。

张家祖上就喜好收藏书画文物,由于战乱和四处颠簸,至今所剩无几。张充和收藏的旧书画中最精的是文徵明行草书《题金焦落照图》卷,是卷恣肆开张,在文氏墨迹中不多见。张充和还收藏

文徵明　題金焦落照圖

马衡　隶书

十余方清代的印章。这批印章不但印石好，且多出自名家刀下，如王澍自用印、杨澥所刻"梅花似我"，浙派殿军赵穆所刻数方极精彩的闲章，以及吴昌硕为张充和祖母合肥李家刻的印章。

张充和生活过的苏州、上海、北京、昆明、重庆都曾是人文荟萃之地，她在美国生活工作时间最长的耶鲁大学也素以人文学科著称，东来西往的华人访问学者很多。由于她长于诗词、书法、昆曲，能从容自在地参与各个时期的文人雅集，所以和许多近现代中国的文化人物有着直接的交往。在她交往的人中，有的是张家的世交，有的是她上大学时的师长和同窗，有的是她任职国民政府教育部时的同事，也有她在不同的文化圈子里结识的同道和友人，她和其中许多人均有翰墨往还，至今珍藏着数量甚伙的近现代名人书画。这些书画不但有很高的历史、文学价值，也为我们的书画史保存了一些不为人常见的艺术品。以下选择数件略作介绍。

张充和藏有《曲人鸿爪》册页三本，册中均为昆曲界的友人所作书画。第一集之首开即吴梅先生为其书曲一首。吴梅（1884—1939 年），字霜崖，苏州人，著名曲学专家，曾任北京大学教授，长于填词谱曲。因同住苏州，吴梅和张家为世交，张充和年轻时曾向这位世伯请教填词。

《曲人鸿爪》中尚有另一位苏州籍的学者词人汪东先生的作品。汪东（1890—1963 年），字旭初，号寄庵。早岁游学东瀛，后回国参加辛亥革命，曾参与编辑《民报》等报刊，为章太炎的入室弟子，精文字训诂音韵之学，曾任中央大学中文系教授、系主任、文学院长。汪东先生还是近代词坛一大家。抗战期间，汪东先生在重庆任国民政府监察委员。教育部筹备礼乐馆时，曾委托张充和邀

屋生綃幀林人在指煙
嵐畫本天開重莽梅
道人依舊妻東派足
先生自寓身懷二老

茅亭路翅灰只滿目
雲山未改　北雙調沉醉
題王蓮心山水小幅　東風
亮和女士雨正　霜厓吳梅

吴梅　书法

请沈尹默先生出任礼乐馆馆长,沈先生谢辞并推荐汪东先生。礼乐馆成立后,汪先生成为张充和的上级。《曲人鸿爪》中有汪东先生所作小画,十分淡雅,一派文人本色。

章士钊等题张充和画《仕女图》,记录了当时重庆文化界的一段丹青翰墨佳话。章士钊(1881,一作 1882—1973 年),字行严,别号孤桐,湖南善化人。曾任《苏报》主笔,北京大学教授。抗战期间,章士钊在重庆任参政员。1940 年,张充和在重庆主演昆曲《游园惊梦》,文化界为之轰动,章士钊先生特赋七律一首志感,诸诗人纷纷唱和。1944 年 6 月 4 日,张充和拜访沈尹默先生时,沈先生钞录了一首近作。同日,张充和试画沈先生的诗意。水利专家郑肇经(字权伯,1894—1989 年)见后以为不俗,收去并请章士钊、汪东、乔大壮、沈尹默、姚鹓雏、潘伯鹰等题诗词于上。此画曾经劫难,但最终辗转回到张充和手中。

在张充和的收藏中,沈尹默先生的墨迹最多。沈尹默(1883—1971 年),浙江绍兴人,著名诗人,曾任北京大学国文系教授。张充和入北大时,沈尹默先生已经离开北大,在上海任中法交换出版委员会主任。不过,当时沈尹默先生的胞弟沈兼士先生尚在北大国文系任教,张充和成为他的学生。1940 年,张充和到重庆时,沈尹默先生已抵重庆,应于右任先生的邀请,任监察委员。章士钊先生诗赋张充和主演的《游园惊梦》后,沈尹默先生也和了两首,并一一钞录后托人带给张充和。收到沈先生的诗后,张充和把自己作的诗词呈正于沈先生,以后,又向沈先生请教书法,成为沈先生的弟子。张充和至今藏有数十件沈先生写于重庆时期的作品(包括诗稿信札),从艺术质量上来说,几乎都是沈先生的精品,对研究沈先

吴望　山水

汪东　山水

樊少云　山水

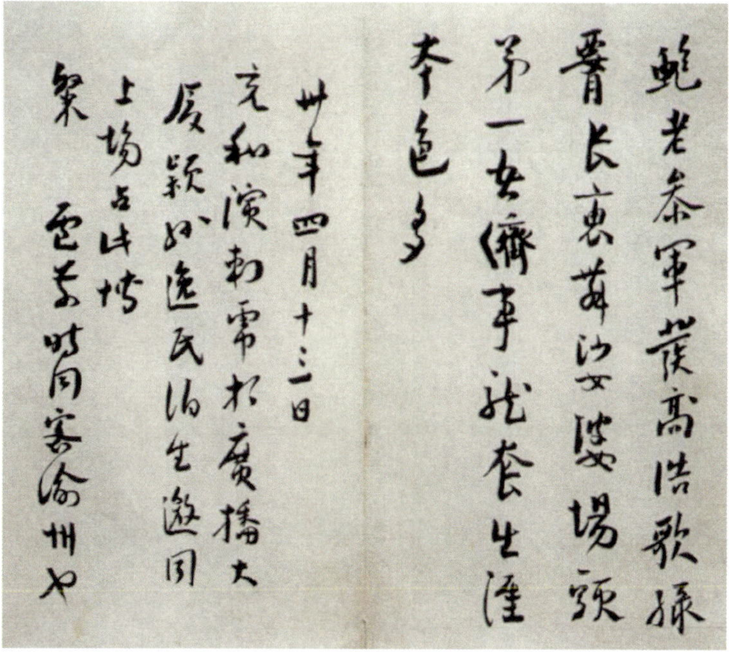

魏老参军蓑寄浩歌孙
晋长衷苗妆陵埸颈
第一女俦事就套生涯
本邑多
廿年四月十三日
元和演南需於广播大
晨颖如逸民为生邀同
上埸去比坊
絮 色衣眄客渝州吖

卢前　书法

一城秋雨豆花凉　开倚
平山望不似年時鑑湖
上錦雲香採蓮人隐荷花
蕩西風雁行清溪漁唱吹
恨入滄浪
克和仁姊雅正　樊誦芬

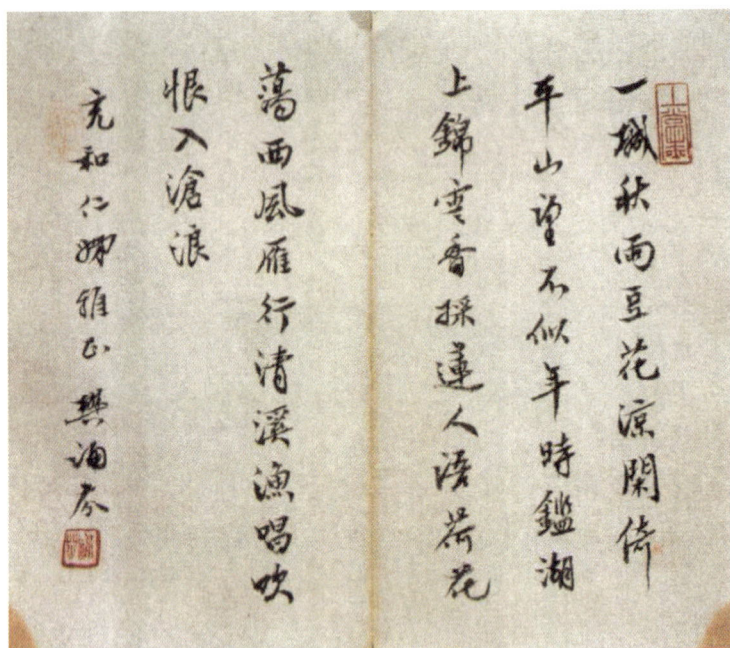

樊诵芬（樊少云之女）　书法

姜亮夫　书法

陶秋英（姜亮夫夫人） 书法

张毂年　山水

蒋彝 书法

生书法艺术的发展和成就有重要意义。

2001年,这批书法以《沈尹默蜀中墨迹——张充和藏》为题,由广西美术出版社结集出版。此处发表的册页,有当时也在重庆的沈先生的胞弟沈兼士先生的题签。

朱光潜(1897—1986),字孟实,安徽桐城人,是蜚声海内外的美学家。朱先生1933年自欧洲留学回国后,便在北京大学任教。张充和曾听过朱先生的课,有师生之谊。朱先生虽为研究西方美学史的教授,但一直收藏中国古代碑帖。他书于40年代的墨迹今已难见。这里发表的是1943年朱先生在重庆青木关为张充和书录的唐代常建的诗,用笔厚重,饶有书卷气。

张充和在昆明时,住在呈贡龙街的一个佛堂,充和遂以"云龙庵"颜其居。1939年左右唐兰先生来到昆明,充和请其为书庵名。唐兰先生(1901,一作1900—1979)。浙江嘉兴人,曾任北京大学教授,故宫博物院副院长。唐兰先生是古文字学家,"云龙庵"三字也以大篆书写。

在30、40年代和张充和有翰墨交往的人中,还有一位曾任北大教授和故宫博物院副院长的学者,他就是马衡先生。马衡(1881—1955),字叔平,浙江鄞县人,著名金石学家,对中国碑刻史、石经史均有深入研究。他1941年在重庆用隶书为张充和书写的陆游诗,用笔有《曹全》之圆润,结字略参以《熹平石经》之方整,气息端庄淳雅。

张充和在北京大学国文系当学生时,胡适先生(1891—1962)是系主任。胡先生和张家为安徽老乡,他在成为张充和的老师前,已同充和的三姐兆和、三姐夫沈从文很熟。40年代末,张充和和傅

沈尹默　书法

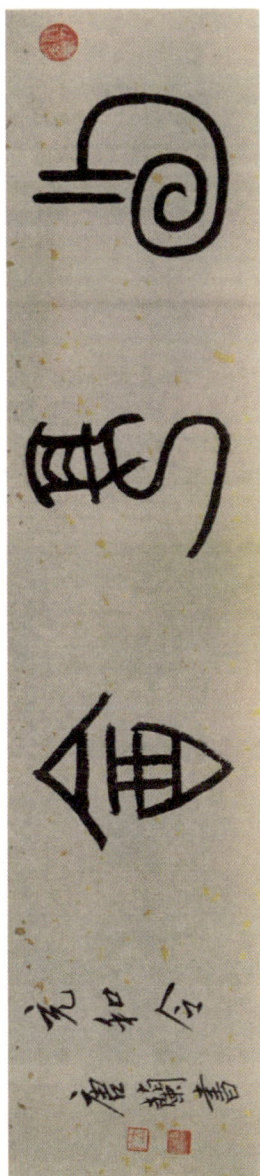

唐兰 题额

江流宛转绕芳甸，月照花林皆似霰。
空里流霜不觉飞，汀上白沙看不见。
江天一色无纤尘，皎皎空中孤月轮。
江畔何人初见月？江月何年初照人？

张若虚春江花月夜诗

朱光潜　书法

汉思在北京结婚时，是时担任北大校长的胡适先生是婚礼的主持人之一。张充和赴美定居后，曾在加州大学伯克莱分校中文图书馆工作。胡先生此时也在美国，和张充和保持着联系。张充和因此有藏胡适先生的墨迹多件。胡适先生是白话文和新诗的主要倡导者，他为张充和所书也多为自己的白话诗旧作。他在为张充和跋文徵明的《题金焦落照图》卷时，也使用了标点符号。

张充和虽喜欢收藏书画，但她的收藏有这样一个特点，即除了古代书画外，她从不收不认识的书画家的作品。她所藏都是和她有过直接交往的人的作品，因此每件作品后都有一个或长或短的故事。

（原载《收藏家》，2002 年第 8 期）

吴昌硕 印二枚

赵穆 枯禅

闻一多 藤印

辑四

家居与衣冠

隐　几

杨　泓

　　南齐永明年间被称为"竟陵八友"的贵族文学集团中,诗的成就最高的首推谢朓,后来成为梁武帝的萧衍曾说"不读谢诗三日觉口臭",足以说明当时人们对他的诗颇为推崇。钟嵘《诗品》中评论谢朓诗"一章之中,自有玉石。然声章秀句,往往警遒"。余冠英先生认为"谢朓的所谓'新变体'的诗已有唐风,对于五言诗的律化影响极大"[①]。他的诗中的一些写景的佳句,如"朔风吹飞雨,萧条江上来"(《观朝雨》)、"余霞散成绮,澄江静如练"(《晚登三山还望京邑》)等,极为唐代大诗人李白所爱重,故写有"我吟谢朓诗上语,朔风飒飒吹飞雨","解道澄江净如练,令人长忆谢玄晖"(谢朓字玄晖)等诗句。此外,谢朓也有一些与沈约等人聚会时,大家同咏坐上器物的一般咏物诗,其中就有一首《乌皮隐几》,诗句虽不如咏景物诗那样风格秀逸,但描述得具体而微,为我们了解当时使用的隐

---

　　① 余冠英选注《汉魏六朝诗选》,人民文学出版社,1978 年。

几的形制提供了有用的资料。全诗如下："蟠木生附枝,刻削岂无施。取则龙文鼎,三趾献光仪。勿言素韦洁,白沙尚推移。曲躬奉微用,聊承终宴疲。"

隐几,同时也称凭(憑)几,南齐时人认为素隐几有古风。如孔灵产颇解星文,好术数,齐高帝萧道成让他登灵台占候,并送给他白羽扇、素隐几,说"君性好古,故遗君古物"。事见《南齐书·孔稚珪传》。认为素隐几有古风的说法,最早见于三国时期。《三国志·魏书·毛玠传》记曹操平柳城后,"班所获器物,特以素屏风、素冯(憑)几赐玠,曰:'君有古人之风,故赐君古人之服。'"这是凭几这种家具最早的记载,它大约就是汉末三国时期才开始流行的,或许因当时一般器物崇尚漆画华丽,因此平素无华的就显得古朴,因而被视为有"古风"了。

隐几的形制,据谢朓诗所描绘,特征有二:一是三足如鼎;二是"曲躬",可见形体呈弧曲状。《语林》中的一则故事,又进一步描述了这种家具的形状和使用方法:"任之褒为光禄勋,孙翊往诣之,见门吏凭几视。孙人语任曰:吏凭几对客为不礼。任便推之,吏答曰:得罚体疼,以横木扶持,非凭几也。孙曰:直木横施值其两足,便为凭几,何必狐鸲蟠膝、曲木抱腰?"这里孙翊确实强词夺理,他其实明白横直木状的不叫凭几,而必须是曲木才是凭几,而施用时则是"曲木抱腰",即弧曲的弧面向外,人坐时凭几高度如腰处,人可凭隐其上。

但是随着桌椅等高足家具的出现和使用,人们逐渐摒弃了传统的席地起居的习俗,因此席地或坐床榻时常备的隐几等家具,也就随着席地起居习俗的废止而失去功效,也就被人们摒弃了,宋元以后再也看不到它的踪迹。此后,人们只是从古文献中可以读到有关记述,但是具体形制如何? 实物无征。

新中国成立以后,随着田野考古事业的发展,在 20 世纪 50 年代已从南京一带的六朝墓中获得了一些陶质模型器。在江宁赵史冈的六朝墓中还在一件陶质牛车模型里放有一件,形状都是在一个窄长而弧曲的几面下,安有三支兽爪状足,三足排列匀称,在中央弧曲最凸出的中央部位一支,在几面弧曲的两端各安一支。为了确定它的器名,当时有所争论,后来还是依《通典》所载晋人贺循所述明器中有"凭几"一件,认定为凭几的陶质模型。但是,文献中虽明言凭几的用法是人坐时"曲木抱腰",但不知为什么赵史冈墓中牛车内的凭几模型,葬入时却是把弧曲的一面向后,于是有人又认为它的功用是靠背,等等。朝鲜安岳发现的东晋永和十三年(即升平元年,357 年)冬寿墓中,墓主冬寿的画像正是端坐于上张斗帐的床上,凭隐几而坐,手执麈尾。隐几用朱红色绘出,极为清晰,正是弧曲面朝外,中央一足朝前伸,两端两足旁伸,几面正好凭抱在腰部,这样就把隐几即凭几的形态及用法表现得十分清晰了。此后,除南京地区外,在湖北、安徽等地的东吴至南朝的墓葬里,也发现过这种家具的陶制模型。在南京发现的东晋墓中,有两座墓中出土的陶隐几模型最引起人们的兴趣。一座是南京象山王氏家族墓群中的第 7 号墓,在墓内迎门处放置一张陶床,其上放置有陶隐几、陶盘、陶耳杯、陶砚以及青瓷香薰、青瓷唾盂各一件。还在墓中出土的陶质牛车模型中,也放有一件陶隐几模型。另一座是南京大学北园晋墓,墓室的甬道内、墓室紧靠近甬道口处以及主室内共发现已残碎的陶质床榻的模型六件,其中至少有三件与陶隐几模

陶隐几

漆隐几

型伴同出土。这两座墓中所置陶质隐几模型，其大小应真实地仿照着实物。象山 7 号墓的陶隐几，弧形几面长 42 厘米，其下设三兽足，几高 21.5 厘米。北园晋墓出土的三件略大，隐几弧面长 74 厘米，宽 9 厘米，下亦设三兽足，几高 24 厘米。看来这些陶质隐几模型的形状和尺寸，都可据以了解当时所用实物的一般情况。不过，陶隐几终究是模型器，人们还是希望能从考古发掘中获得当时的实用品，这一愿望终于在 1984 年实现了。

　　1984 年 6 月，在安徽马鞍山发现了一座颇为重要的东吴时期的砖室墓，从室内发现的木质名刺和谒上所书文字，知悉是东吴右军师左大司马当阳侯朱然的坟墓，出土了许多珍贵的蜀郡漆器等文物，也出土有一件漆隐几。隐几为木胎，遍体髹漆，有黑红二色，几面呈扁平圆弧形，弦长 69.5 厘米，面宽 12.9 厘米。下设三兽足，也是几面弧曲最凸出的中央部位设一足，另两足分别在几面的左右两端，几高 26 厘米。这件东吴漆隐几的出土，使我们得以窥知汉末三国直至南朝时期流行的隐几的庐山真面貌。

　　　　　　　　　　　　（选自《逝去的风韵》，中华书局，2007 年）

西门庆的书房

扬之水

别筑小室独处读书

所谓"书房",藏书之所自然不在其内。南宋楼钥有诗作《赵资政建三层楼,中层藏书》,那样的"百间朗朗","插架三万",乃藏书家气派,却不是读书人平常可以求得。书房的不同,在于它是为人设,而不是为书设,那么一个属于自己的,可以在其中静心读书的所在,便是书房,却不在乎书的多少,或者也不在乎书的品类。文人的书房,其实意不在书,而更在于它的环境、气氛,或者说重在营造一种境界。

这样一个绝无功利之心的小小空间,读书实在只是涤除尘虑的一种生存方式。窗外有水,有竹,斋中有几有榻,有书插架,有花插瓶,一炉沉水,一张古琴,便是理想的燕居之室,榜之曰某某斋,某某居,某某书室,皆无不可。白居易《庐山草堂记》:"三间两柱,

明代版画《古艳异编》中的花棚和蜻蜓腿桌子

二室四牖,广袤丰杀,一称心力。洞北户,来阴风,防徂暑也;敞南甍,纳阳日,虞祁寒也。木斫而已,不加丹;墙圬而已,不加白。碱阶用石,幂窗用纸,竹帘纻帏,率称是焉。堂中设木榻四,素屏二,漆琴一张,儒、道、佛书各三两卷。"草堂筑在诗人贬谪江州的时候,此际自然一切草草,因此木不髹漆,墙不涂白,但木榻,素屏,漆琴,书卷,一应书房之必需,一样不少,何况简素中也还有奢侈——"堂西倚北崖右趾,以剖竹架空,引崖上泉,脉分线悬,自檐注砌,累累如贯珠,霏微如雨露,滴沥飘洒,随风远去。"正仿佛天宝时御史大夫王锷第宅中的自雨亭。据云这自雨亭子传自拂菻,即东罗马帝国及西亚地中海沿岸诸地,可知虽曰"草堂",而布置不俗,把它视作文人之园,也未尝不可。

宋人喜欢在住居中别筑小室,独处读书,如此一方完全属于自己的天地,便也可以称作书房。陆游《新开小室》:"并檐开小室,仅可容一几。东为读书窗,初日满窗纸。衰眸顿清澈,不畏字如蝇。琅然弦诵声,和答有稚子。余年犹几何,此事殊可喜。山童报炊熟,束卷可以起。"诗作于开禧九年,时放翁居山阴,已是年逾八十的老翁,而在容膝小室中可以尽享读书之乐,诚然"殊可喜"也。辽宁省博物馆藏南宋册页《秋窗读易图》,小幅绘水边一座院落,院中几间瓦屋,中间为堂,堂之东偏一间小室,室中一张书案,案有展卷之册,焚香之炉,炉旁并置香盒一。清切闲远之高致,其室也;舒闲容与之态度,其人也。它与放翁的读书之境相合,也未尝不是宋人现实与理想中的书室。南宋王十朋有五绝一组,诗题颇长,可视作一则小序,略云:"予还自武林,葺先人弊庐,净扫一室,晨起焚香,读书于其间,兴至赋诗,客来饮酒啜茶,或弈棋为戏;藏书数百卷,手自暴之;有小园,时策杖以游;时遇秋旱,驱家僮浚井汲水浇花;良天佳月与兄弟邻里把酒杯同赏;过重九方见菊以泛觞,有足乐者。"绝句中《读书》一首云:"入政惭无学,还家更读书,翻同小儿辈,相共惜居诸。"梅溪以龙图阁学士致仕,而龙图在诸阁学士中序位最高,诗曰"入政惭无学,还家更读书",却是说得实在。这时候的读书,自然全与仕途无关,而这正是文人在书斋中特定的心态。自己的书斋,他人的书斋,都是作诗为文的好题目,闲适语、豪放语、解脱语,在这一题目之下,都是合宜,唯一不宜的,怕是只有功利语。南宋陈文蔚《寄题吴伯丰所居二首》,其一为《读书阁》,诗之前半曰:"书阁高几寻,其高不可知。但见读书人,心与千古期。藉此闲旷地,端坐穷轩羲。世尘飞不到,月霁光风吹。"作为诗来说,自然不值得怎样称道,但它的意思却可以作为书房之咏的样范。

书房与林泉之思即所谓隐逸常常是一致,风景便不是书房的点缀,而书房倒仿佛是点缀风景。陆游《入蜀记》曰六月五日抵秀州,谒樊自强主管、樊自牧教授,"二樊居城外,居第颇壮,茂实晚岁所筑,尚未成也。隔水有小园,竹树修茂,荷池渺弥可喜,池上有堂,曰读书堂"。茂实即樊光远,曾官吏部,二樊皆其子。凭文字的描写去想象这读书堂,并不是难事,不过宋人的画笔可以把它变得更为切近。上海博物馆藏宋人册页《水阁纳凉图》,绘远山近水,荷池上一座水榭,堂前一溜亮隔,堂中屏风香几,主人凭案而坐。傍岸有高柳修竹,树下有攀枝采花的童子。与樊氏居第之小园,正是同样的意趣。南宋郑刚中《书斋夏日》:"五月因暑湿,众谓如蒸炊。唯我坐幽堂,心志适所怡。开窗面西山,野水平清池。菱荷间蒲苇,秀色相因依。幽禽荫嘉木,水鸟时翻飞。文书任讨探,风静香如丝。此殆有至乐，难令俗子知。"诗中的书斋景色，与册页所绘也相去不远。而所谓"至乐"，却未必与书相关，而毋宁说，是得自那读书的意境，这便正是书斋所要极意营造的。

书斋经营　情趣意境

明人使书房与园林的结合更为紧密，关于书斋的经营，诗与画此际似乎都形成了一种思维定式，文震亨作《长物志》，于几榻，器具，花木，水石，书画，一一作出规定。高濂《遵生八笺》卷七《起居安乐笺》"高子书斋说"一则，连书房里的书，也开出一个详细的书目来。二氏之著虽然不是专论书室，但种种布置，也不妨作为"文人书房则例"来读。可以为它配图的明人画作实在不少，仇英的《东林图》（台北故宫藏），《梧竹书堂图》（上海博物馆藏），《林亭佳趣图》（台北故宫藏）；文徵明《木径幽居图》（安徽博物馆藏），《真赏斋图》（国家博物馆藏），《人日诗画图》（上海博物馆藏）；唐寅《双鉴行窝图》（故宫藏），等等，皆是也，翠荫晴昼，庭宇清和，所重仍是读书的意境，当然也可以说这些画作有着元代王蒙《黉山高逸图》（台北故宫藏）作蓝本，不过文、唐画作中的书斋，多是实有其地，而主人便是画家的朋友，虽然，仍是写意的成分为多，却是因为一丝不苟的细微刻画已经不是这一时代的绘画风气。然而别有两物画中多半不曾忽略，即坐人之榻与置书的架格，榻则尤其要紧，它是高坐具时代始终保存着的古典，其种种古意特别为文人看重，因此差不多成了文人书房的一件标志。《长物志》说榻，凡式样、尺寸、材

文徵明《真赏斋图》（局部） 国家博物馆藏

王蒙《黥山高逸图》（局部） 台北故宫藏

明紫檀三屏风独板围子罗汉床　朱光沐夫人藏，录自《明式家具珍赏》

质，一一指述详明，雅俗之别，更是区分得清楚。合于雅之标准的明代之榻，尚有存世，一件紫檀独板围子罗汉床，即是佳例。罗汉床是北京匠师的叫法，《长物志》中称作榻的，即此类也。

明人写书房，有张岱《陶庵梦忆》中的一篇教人喜欢，即《梅花书屋》：

> 陔萼楼后，老屋倾圮，余筑基四尺，造书屋一大间。旁广耳室如纱幮，设卧榻。前后空地，后墙坛其趾，西瓜瓤大牡丹三株，花出墙上，岁满三百余朵。坛前西府二树，花时积三尺香雪。前四壁稍高，对面砌石台，插太湖石数峰。西溪梅骨古劲，滇茶数茎妩媚，其旁梅根种西番莲，缠绕如璎络。窗外竹棚，密宝襄盖之。阶下翠草深三尺，秋海棠疏疏杂入。前后明窗，宝襄西府，渐作绿暗。余坐卧其中，非高流佳客，不得辄入。慕倪迂清閟，又以"云林秘阁"名之。

张宗子的文字本来好，纪事则每多逸笔、奇笔，这两则算是他的密丽之作，但腴中有着俊拔仍是其好处，或者可以说，是用工笔的办法而让它出来写意的效果。至于"思之如在隔世"的悲慨，则当别论。

《梅花书屋》中的"宝襄"，乃宝相花，它本是图案的一种，即以一种花卉为核——早期是莲花，后世则也用着牡丹，周环层层叠叠装饰其他花叶，自唐代便已流行。不过实有的花卉中又确有一种曾被冠以宝相花之名，两宋对它不乏题咏，如梅尧臣《宋次道家摘宝相花归清平里》，如范成大的《宝相花》。梅诗说它"密枝阴蔓不

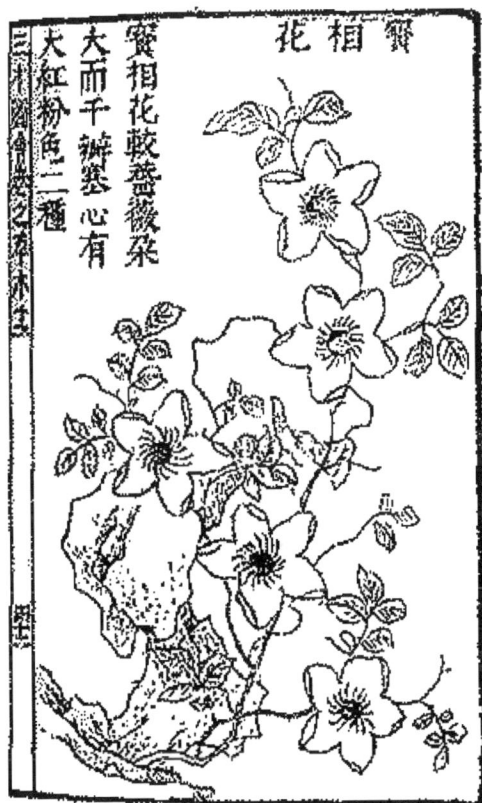

寶相花

寶相花較薔薇朶
大而千辦蕋心有
大紅粉色二種

明《三才图会》中的宝相花

争开,薄红细叶尖相斗",则枝条花叶皆仿佛蔷薇。高氏《八笺》卷十六《燕闲清赏笺》曰宝相花"较蔷薇朵大,而千瓣塞心,有大红、粉色二种"。《梅花书屋》中也说到它的可以攀缘,大约总是蔷薇科中的一种,不过现代花卉名称中已经找不见了。

所谓"云林"、"秘阁",皆倪迂亦即元人倪瓒所营。高氏《起居安乐笺》"居室建置"一则,有"清秘阁、云林堂"条,曰:"阁尤胜,客非佳流不得入。堂前植碧梧四,令人揩拭其皮。每梧坠叶,辄令童予以针缀杖头,亟挑去之,不使点污,如亭亭绿玉。苔藓盈庭,不容人践,绿褥可爱。左右列以松桂兰竹之属,敷纡缭绕。外则高木修篁,郁然深秀。周列奇石,东设古玉器,西设古鼎尊罍,法书名画。"这一段记述,乃蕞录明顾元庆《云林遗事》中的文字。倪迂画与人的独特之清,似乎一半得自他的洁癖,这里的擦洗树皮,杖挑落叶,也是洁癖之一端,虽然他为人所深慕的并不在于洁癖。说到底,诗文与画,关于书房,所欲传递给人们的,仍是那属于情趣与意境之类的东西。文人的书房,大抵如是。

不过书房并不是文人的专属,而依然有它的风致。王建《早秋过龙武李将军书斋》:"高树蝉声秋巷里,朱门冷静似闲居。重装墨画数茎竹,长著香薰一架书。语笑侍儿知礼数,吟哦野客任狂疏。就中爱读英雄传,欲立功勋恐不如。"墨竹在晚唐尚算得新生事物,却早早入了将军书斋,而"长著香薰一架书",也就雅得很。"野客"固是自谦语,却因此见出气氛来,比文人的抵掌论诗书也许还更有情味。"英雄传"云云,揭出宾主两边的意思正是恰好,虽然它原本只是为着扣题。

河北宣化下八里村,曾发现辽代张、韩两个家族的若干墓葬,

河北宣化辽墓壁画中的书房

河北宣化辽墓壁画中的书房

墓中多有壁画,壁画中多有书房。如下葬于辽大安九年的十号墓,后室东壁绘窗下一张书桌,桌上置笔砚和茶盏,一侧花竹仙鹤,一侧是捧着盥洗用具的两个侍女。西壁侧窗下置矮几,上面放着卷起来的书帙,内实书卷若干。一侧是剔灯的少女,一侧是与东壁所绘相对应的仙鹤花竹。辽代此地属归化州清河郡,张氏是这一带的望族。十号墓的墓主人张匡正虽无功名,但一生"不乐歌酒,好读法花、金刚经",则书帙中卷着的大约便是西方贝叶,即如墓志中举出的《金刚经》《法华经》。匡正的墓葬本是做了官的后代张世卿所营,世卿同时营建的三座墓,墓室壁画中的书房布置大抵相同,画风的一致和题材的相类,显示着或有某种程式为画人所遵循,但它究竟意在表现实有的生活,读书的场景自然也是真实的。

搁置经卷的矮几,实即胡床,不过这是它初入中土时候的名称,以其自西而来,故名字里嵌了一个"胡"字。宋代把它改造成为高坐具,变其称而名作"交椅",折叠的功能依旧保留,不过与初始的形制已相差甚远,后来人们说胡床,差不多都是指着交椅,此且不去说它。胡床是坐具,但也用来置物。西安北周安伽墓石榻围屏上彩绘雕刻的宴乐图,步障里便设一具胡床,而果盘之属置其上。安伽墓石刻悉为异域人在中土的生活情景,那么这也可以算作异域风之一。唐代异物也常常用"床"。唐人传奇《虬髯客传》曰虬髯客宴李靖、红拂于中堂,"家人自堂东舁出二十床,各以锦绣帕覆之。既陈,尽去其帕,乃文薄钥匙耳"。又唐张固《幽闲鼓吹》曰朱崖邀饮杨钦义于中堂,"而陈设宝器图画数床,皆殊绝","起后皆以赠之"。此异物之床,是矮足之案,抑或胡床之属,虽不易确指,但下八里辽墓中的情景,却多少可以接通二者间的联系。辽与北

明代版画《琵琶记》中的花墙

宋并立,不过其风习仍以得之于唐者为多,此亦一例。

西门书房　处处皆俗

然而又有一等,虽名曰书房,却并不用作读书,附庸书房之雅而布置起来,在其中也安排些风雅的节目,比方《金瓶梅》中西门庆的书房。第三十四回《书童儿因宠揽事,平安儿女含恨戳舌》,曰应伯爵引着韩道国去见西门庆——

进入仪门,转过大厅,由鹿顶钻山进去,就是花园角门。抹过木香棚,两边松墙,松墙里面三间小卷棚,名唤翡翠轩,乃西门庆夏月纳凉之所。前后帘栊掩映,四面花竹阴森,周围摆设珍禽异兽,瑶草琪花,各极其盛。里面一明两暗书房,有画童儿小厮在那里扫地,说:"应二爹和韩大叔来了!"二人掀开帘子进入明间内,只见书童在书房里。看见应二爹和韩大叔,便道:"请坐,俺爹刚才进后边去了。"一面使画童儿请去。伯爵见上下放着六把云南玛瑙漆减金钉藤丝垫矮矮东坡椅儿,两边挂四轴天青衢花绫裱白绫边名人的山水,一边一张螳螂蜻蜓脚、一封书大理石心壁画的帮桌儿,桌儿上安放古铜炉、鎏金仙鹤,正面悬着"翡翠轩"三字。左右粉笺吊屏上写着一联:"风静槐阴清院宇,日长香篆散帘栊。"

伯爵走到里边书房内,里面地平上安着一张大理石黑漆缕金凉床,挂着青纱帐幔。两边彩漆描金书厨,盛的都是送礼的书帕、尺头,几席文具书籍堆满。绿纱窗下,安放一张黑漆琴桌,独独放着一张螺甸交椅。

翡翠轩在《金瓶梅》里不止一次提到,如第二十七回,曰"西门庆起来,遇见天热,不曾出门,在家散发披襟避暑,在花园中翡翠轩卷棚内,看着小厮们打水浇灌花草。只见翡翠轩正前面,栽着一盆瑞香花,开得甚是烂漫"。三十四回中的一节,则是着意写出轩的位置和室内的陈设。

结作木香棚的木香,系蔷薇科蔷薇属的藤本植物。清陈淏子《花镜》卷五《藤蔓类考》"木香花"条:"木香,一名锦棚儿,藤蔓附木,叶比蔷薇更细小而繁。四月初开花,每颖二蕊,极其香甜可爱者,是紫心小白花;若黄花,则不香,即青心大白花者,香味亦不及。至若高架万条,望如香雪,亦不下于蔷薇。"

书房里的东坡椅儿,便是前面说到的由胡床演变而来的交椅。明沈德符《万历野获编》卷二六"物带人号"条:"胡床之有靠背者,名东坡椅。"它也曾叫做子瞻椅,元刘敏中有词调寄《感皇恩》,词前小序云"张子京以春台、子瞻椅见许,以词催之",即此。藤丝垫,指椅心儿的软屉,藤丝便是把藤皮劈为细丝,然后编作暗花图案,乃软屉中精细柔韧的一种。钉则指交椅转关处的轴钉,轴钉下边还有护眼钱,旨可用嵌金嵌银的工艺把它装点得华丽,明宋诩《宋氏家规部》卷四"银"条下释"减金"曰"以金丝嵌入光素之中",是也。云南玛瑙漆,却是椅背上的装饰,即漆器中的"百宝嵌",明末有周姓者始创此法,因也名作周制。其法以金银、宝石、玛瑙等为之,雕成山水、人物、花卉等,嵌于漆器之上,大而屏风、桌椅,小则笔床、

明黄花梨圆后背交椅　王世襄藏，录自《明式家具珍赏》

明黄花梨两卷角牙琴桌　陈梦家夫人藏，录自《明式家具珍赏》

砚匣。这里特别点出云南玛瑙，或即因为"玛瑙以西洋为贵，其出中国者，则云南之永昌府"（《万历野获编·补遗》卷四）。

一封书的桌儿，乃长方形的短桌，翡翠轩中的一对，当是靠墙放着的壁桌，用大理石嵌的桌心。所谓"画"，大约如《长物志》卷三"水石"条所云"近京口一种，与大理相似，但花色不清，石药填之为山云泉石，亦可得高价"。螳螂蜻蜓脚，则指细而长的三弯腿，此多用于香几。古铜炉，香炉也。鎏金仙鹤，烛台也，其式也古，比如四川简阳东溪园艺场元墓出土的两对铜烛台。那是龟背上的一只鹤，鹤嘴里衔一朵灵芝，其上顶着一片如意云，云朵上立着插钎。

考校名物，可知这里笔笔写得实在，而若把当日文人的意见作为书房之雅的标准，则西门庆的书房便处处应了其标准中的俗。比如凉床，拔步床也，《长物志》曰"飘檐、拔步"，"俱俗"（卷六）。比如椅，"其折叠单靠"，"诸俗式，断不可用"；"今人制作，徒取雕绘文饰，以悦俗眼，而古制荡然，令人慨叹实深"（卷六）。再比如那挂在两边的四轴山水，屠隆《考槃余事》："高斋精舍，宜挂单条，若对轴即少雅致，况四五轴乎。"即连木香棚，《长物志》也别有评说："尝见人家园林中，必以竹为屏，牵五色蔷薇于上，木香架木为轩，名木香棚，花时杂坐其下，此何异酒食肆中。"（卷二）此处需要重读的，自然是"花时杂坐其下"一句。又第二十七回中的所谓"卷棚"，乃指房檐前边另外接出来的一段卷棚顶的廊子，《长物志》卷一论室庐，曰"忌有卷棚，此官府设以听两造者，于人家不知何用"。而一盆"开得甚是烂漫"的瑞香花，亦非雅物，"枝既粗俗，香复酷烈，能损群花，称为'花贼'，信不虚也"（《长物志》卷二）。

以写实之笔描绘生活里的细节，最是《金瓶梅》的好处，写西门

四川简阳东溪园艺场元墓出土铜烛台

明黄花梨五足圆香几　杨耀藏,录自《明式家具研究》

庆的书房，用了晚明文人的标准来从反面做文章，且无一不从实生活中来，也是它成功的一处。当然雅和俗实在很难有一个明白的界定，文氏关于雅的种种意见是否可以成为标准，尚大有讨论的余地，即便读书人也未必尽有那里所期望的风雅。其实宋人诗文中屡屡说到的日常独处可以率性读书的一间小室，倒是最教人羡慕，那是书房标准的今所谓"底线"，而"左右数书册，朝夕一草堂"，若把它当做雅的极致，又何尝不可。

（原载《万象》，2003 年第 9 期）

明黄花梨拔步床　美国纳尔逊美术馆藏，录自《明式家具研究》

瑞花香

茜纱窗下

王安忆

　　小学生时,在上海近郊农村劳动,女生集体宿在农家的一间空房内。这家有一个新娶的媳妇,男人却似乎在哪里做工,不在家。新房设在隔壁的新屋里,只占了侧边的一间。我们常常跑过去探头张望,新媳妇并不驱赶,由我们将她身后的门缝越挤越大,最终完全敞开。她则在我们的日光下,从容地梳洗,叠被扫床。看起来,她不仅不厌烦,甚至是欢迎我们这些上海孩子,参观她的新房。

　　她的新房在我印象中,亦是一个"满"字。新房实质只占了这间侧屋的一半,就从这一半地方,地上铺设了木板。大约二三步之后,是床。没有注意具体的家具,只觉着满满当当,并且放射着一种油亮的红光。似乎是,床的左右两侧,延至地板的边缘,还有床的上方,顶到顶棚,全是油红色的木器,只留下两幅左右挽起的帐子底下的一片空。有一晚上,我们去看新房的时候,新媳妇正坐在帐下床沿上,一只脚搁起来,下巴抵着膝盖,很仔细剪着脚趾甲。看过去,很有一种"洞房"的意思。

至今，那洞房里的新娘还在眼前。她在油亮的木器间，逼仄的空当里活动。表情是木讷的，但身形里依然流露出对这堂新房家具的欢喜和享受。

后来，在浙江乌镇的一个新修的旧宅里，看了一个床博物馆。其中最为壮观的一张床，共有三进。第一进有大半步，为门厅；第二进也是大半步，是梳洗扮妆之处；第三进，才是床榻。床棚、帐柱、隔扇、遮屏，雕花螺钿，繁华至极。远看过去，小时所见，那家农户的新娘，就是坐在这床里面剪脚趾甲。听人介绍，木匠是不予人做床的，做床折寿，做棺材则添寿。所以，但凡做床，都是以馈赠的名义。做好之后，再刻一张名牌挂在床上，上有工匠的名姓籍贯。然后，受赠者再回送一个大红包。究其原因，床是衍子衍孙的用物，会不会是要借了木匠的寿去添人家，所以木匠忌讳？

这床，及小学生时所见那洞房，都给我私密的印象。除了"满"，还有"幽深"和"暗"，里面藏了些隔宿气似的，不够清洁。其实是有情欲的气息。

有一回，在江南乡下，走过河边埠头，见一个年轻女子在刷洗几幅木屏。走近一看，便看出这几幅屏就是床栏上的围屏，镂空的花格子作底，镶有人物、器皿、山水、花卉的浮雕。漆色已旧，褪成淡红色，想来原先也当是油红油亮。不知传了多少代，才传到这女子手里。看她洗刷得十分仔细又泼辣，将几扇屏横躺进浅水里浸着，用牙刷剔缝和镂空里的垢，然后，用板刷顺木纹"哗哗"地刷洗，最后，是大抹布在屏面上大把大把地拖水。正面洗了再洗反面，这几面屏被水洗得近乎透亮。于是，那床与洞房的晦昧气息，也一扫而净，变得明亮起来。

与自己无关的物件，是不大留心细节的。但因是经过使用，沾了人气，便有了魂灵，活了。走过去，是可感受到气氛。中学里，曾去过一个同学家，这家中只一母一女，相依度日。沿了木扶梯上楼，忽就进去了，只一间房间，极小，却干净整齐地安置了一堂红木家具。那堂红木家具一点不显得奢华，甚至不是殷实，而是有依靠。寡净里，有了些热火气。丰子恺画里的小板凳，简直就是个小动物，因被小孩子坐过，抱过，俏皮极了。还有农人家的小竹靠椅，贴过劳力人的肌肤油汗，黄亮亮的。那竹靠背斜伸出去，横头一根竹管，关节处，缠着藤皮，一圈圈紧挨着，扎实又忠诚的样子。老保姆曾经带我去访她的老东家，是一户资产者。内外客厅之间放有两具西式红木玻璃橱，高、宽、大，分三层还是四层。每一层，都密密匝匝放着手指甲大小的玉兔、玉狗、玉猫、玉鸟，白玉或者翡翠。就总觉着身后与保姆闲话的老东家，是个描眉的女人，还生着气。这橱子散发出一股糜废的气息，叫人想到金屋藏娇的那个"金屋"。

　　与自己关系密切的什物，其实常常不以为是什物，就好像是贴身的一部分，有些水乳交融的意思。所以，细节是有了，但又不是总体的印象气氛。这样的用物总共有三件，一件是一张小圆桌。桌面并不很小，但比较矮，配有四把小椅子，是一种偏黄的褐色。桌沿刻一道浅槽，包圆的边。桌面底下，进去些，有一圈立边，边底一圈楞，很藏灰，需时常揩拭。再底下，是四条桌腿，每条桌腿上方有一个扁圆形球。年幼时，还上不了桌面，我就是在这张桌上吃饭。后来大了些，家中来了客人，大人上桌，小孩子另开一桌，就在这桌上。夏日里，晚饭开在小院里，也是用的这张桌子。它，以及椅子的高度，正适合小孩子，对于成年人呢，也挺合适。而且，它相当结实，很经得住小孩子摧残，虽然并不是什么好木料。几十年来,无甚大碍,只是漆色褪了,还有,桌腿上方的扁圆球,半瓣半瓣地碎下来。原本是胶水粘合的,因车工和漆水好,所以浑然一体。那四把小椅子,到底用得狠,先后散了架,没了。那桌子,却跟了我分门立户十来年,后来送了一个朋友,至今还在用它。上面铺了花桌布,看上去还很华丽。它是我童年的伙伴,许多游戏是在上面做的:图画,剪贴,积木,过娃娃家。有一日下午,家中来了一位客人,和我妈妈说话,我就坐在这张桌子一边玩,一边大声唱歌。后来玩累了,也唱累了,想离开去,好结束这一套。可不知怎么,却站不起身,我就只得继续玩和唱歌,几乎唱哑了嗓子。等到客人告辞,才被妈妈从椅子上解放出来。原来椅背套进了我的大棉袄和毛衣之间,便将我挟住了。由于处境尴尬,所以记忆格外清楚。记得客人是一名亲戚,上门大约是带些求告的意思,妈妈则是拒辞的态度。但求与拒全是在暗中,就听他们互叹苦经。妈妈指着我说:她比大的会吃。那亲戚则说:某某比她会吃。某某是他家的小孩子,比我小得多。那是在一九六零年的饥馑日子里。

第二件是一个五斗橱。这橱的格式已经相当模糊了,但大概记得是分为两半,左半是抽屉,右半是一扇橱门,打开后,上方有一格小抽屉,上着锁,里面放钱,票证,户口簿,总之,一个家庭的主要文件。每当妈妈开这个抽屉的时候,我都求得允许,然后兴冲冲地搬来前边说过的小椅子,登上去,观赏抽屉里的东西。这具五斗橱于我最亲密的接触,是橱上立着一面镜子。白日里,父母上班,姐姐上学,保姆在厨房洗衣烧饭,房间里只剩我自己,我就拖过椅子,登上去。只见前边镜子里面,伸出一张额发很厚的脸。这张脸总使我感到陌生,不满意,想到它竟是自己的脸,便感失望。在很长的一个时期里,我都是对自己的形象不满意,这使我变得抑郁。多年以后,在亲戚家,重又看见这具橱,我惊异极了,它那么矮和小,何至于要登上椅子才可及到橱面?我甚至需要弯下身子,才能够从镜子里照见自己的脸。脸是模糊不清的,镜面上已布上一层云翳。

第三件是由一张白木桌子和一具樟木箱组合而成。如我父母这样,一九四九年以后南下进城的新市民,全是两手空空,没有一点家底。家中所用什物,多是向公家租借来的白木家具,上面钉着铁牌,注明单位名称,家具序号。这样的桌子,我们家有两张,一张留在厨房用,一张就放在进门的地方,上面放热水瓶,冷水壶,茶杯,饭锅,等等杂物。桌肚里放一具樟木箱,这是进入上海后添置的东西,似乎也是一个标志,标志着我们开始安居上海。上海的中等市民家中,都有樟木箱。不过人家家中是一摞,通常是在床侧,屋角,比较隐蔽的地方。而我们只有一个,放的也不是地方。但却可供我们小孩子自如爬上桌子,舀水喝,擅自拿取篮里的粽子什么的。有一晚,我和姐姐去儿童剧院看话剧《白雪公主》,天热口渴,回到家中,来不及地爬上樟木箱,从冷水缸里舀水喝。冷水缸里的水是用烧饭锅烧的,所以水里有一股饭米味儿,到现在还记得。真想不出幼年的人小,干什么都爬上爬下。就是这个爬,使我们与这些器物有了痛痒相关的肌肤之亲。这些器物的表面都那么光滑,油亮,全是叫我们的手、脚、膝头磨出来的。

年长以后,与这些器物的关系不再是亲昵的,东西厮守得久了,也会稔熟到自然而然。但家里总有些特别的器物,留下了特殊的感情。我们家有一具红木装饰柜,两头沉,左右各一个空柜,一格小抽屉,中间是一具玻璃橱,底下两格大抽屉。这是"文化革命"中,母亲从抄家物资的商场里买来。那时候,抄家物资堆积成山,囤放收藏皆成困难,于是,削价出售。价格低到,如上海人俗话说:三铟不值两铟。母亲只花了四十块钱,便买得了。这笔钱对于我们当时的家庭财政,还有,这具玻璃橱对于我们极其逼仄的住房,都显得奢侈了。后来,有过几次,父亲提出不要它,母亲都不同意。记得有一次,她说了一句,意思是,这是我们家仅有的一点情趣。于是,在我们大小两间拥挤着的床,橱柜,桌椅,还有老少三代的人中间,便跻身而存这么一个"情趣"。在这具橱柜里,陈列着母亲从国外带来的一些漂亮的小东西:北欧的铁皮壶,木头人,日本的细瓷油灯,绢制的艺妓,美国芝加哥的高塔上买来的玻璃风铃,一口包金座钟,斯拉夫民族英雄像。橱顶上是一具苏俄写实风格的普希金全身坐式铜像。这具装饰橱与我幼年时在那家资产者客厅里见过的完全不同,它毫无奢靡之气,而是简朴和天真的无产阶级风格,但却包含着开放的生活。我的妈妈,就是那个炮火连天的战争时期,也要给战士的枪筒里插上几株野花的人。在"文化革命"中,天天要为衣食发愁的日子里,她会用一包抽屉角落里搜出的硬币,带我们去吃冰淇淋。她总是有着一点奢心,在任何生存压力之下,都保持不灭。到了晚年,我们孩子陆续离家,分门立户,家里的空间大了,经济也宽裕了,而她却是多病,无心亦无力于情趣的消遣。这具橱内,玻璃与什物都蒙上了灰尘,这真是令人痛楚。现在,母亲的这具宝贝放在了我的客厅里,它与周遭环境显得挺协调,但是,我却感觉到它的冷清。它原先那种,挟裹在热蓬蓬的烟火气中的活泼面貌,从此沉寂下来。

(选自《苿纱窗下》,上海文艺出版社,2002年)

张生的礼物

孟　晖

　　张生为赶考到了长安，为求功名滞留在了长安，失意之中，一时半会的还不能忘旧情，于是托人给远在他乡的崔莺莺送去了书信，附带着还捎了一点小礼物，这是崔莺莺在给张生的回信中提到的："惠赐花胜一盒，口脂五寸，致耀首唇膏之饰。""胜"、"华胜"在汉代本来是贵重首饰的名称，到了唐代，"胜"这个词还被沿用着，但一般多是指用彩绢、彩纸等剪、刻成的小饰物，如立春日的"春胜"、人日的"人胜"等等，这类花饰通称为"彩胜"。彩胜因为是用绢罗、彩纸剪、刻成的，所以呈薄片状、平面化，很接近后世的"剪纸花"。因此，莺莺这里所说的"花胜"，作为一种"耀首之饰"，应该是指唐代女性贴在脸上或鬓上的小花片，而不是指绒花、绢花这一类簪戴在发髻上的立体的、仿真的人造花朵。在当时的实际生活中，这类用于装点脸、鬓的小花片一般是被叫做"花子"、"花钿"、"面花"等等，而以"花钿"一名比较常用，可崔莺莺是才女，给才子回信，自然是文辞博雅，提到日常用的小装饰，也要借用古称。

贴出的风光

大概从南北朝起,一直到宋初,在这么漫长的时段里,对于女性来说,脸庞的功能更像是一个底板。描眉擦粉涂口红这些工序,当然是不能免除的,可是,完成了这些例常的程序,化妆的任务还只是进行了一半。在自己这张底板上,还要装饰上一些新奇的彩色花纹,甚至花鸟图案,才算大功告成。装饰底板的主要方法,一是"画",二就是"贴"。"画"的工夫,这里且搁不下表,只谈一谈"贴"出的风光。"点绿斜蒿新叶嫩,添红石竹晚花鲜。鸳鸯比翼人初帖,蛱蝶重飞样未传。"(王建《题花子赠渭州陈判官》)按我们的经验,会以为这几句诗是在品题工笔设色的小品册页,或者彩绣贴绫的团扇面,其实呢,这里是在描写男人注视之下的贴满"花子"的女人脸庞:"况复萧郎有情思,可怜春日镜台前。"诗人还真没夸张,在敦煌六一窟壁画中,五代时期曹义金家族的贵妇们,一张张脸庞上就不但有红有绿,而且有花有鸟,在额头上、眉梢、眼角、双颊、嘴角、两腮,都要贴上或红或绿或金色,呈花鸟或圆点形的小片花钿,这些花钿几乎覆盖了整个脸孔。而且,按照中国古代的审美习惯,女人的打扮要遵循"对称美"的原则,因此,花钿都是一对对地贴在面庞两侧,呈左右对称分布,所以,在人面上就出现了"鸳鸯比翼"、"蛱蝶重飞"的局面。

诚然,正如沈从文先生等专家指出的,像这样的贴一脸小花片,乃是晚唐五代的作风,更早的时候,女人脸上还不至于如此热闹。如新疆阿斯塔那唐墓中出土的初唐时代的彩绘女俑,是在嘴角附近相当笑靥的地方贴一对小圆钿。在新疆出土的《弈棋仕女图》、相传为张萱作品的《捣练图》等艺术品上,则可以看到,盛、中唐时代的女性,一般只是在额头上正对眉心处贴一朵花钿。总之,都不像后来那样琐碎和铺张。不过,不管一张脸上使用的花钿是多是少,这些小饰物一般都是非红即绿,在诗文中,红的花钿被叫作"朱钿",绿的叫"翠钿",此外还有金色的就叫"金钿",黄色的则称为"花黄"。把女人脸搞得如同贴满窗花的农家窗户,如果依照今天的审美观念来衡量,那实在是难以理解,更没法欣赏。可是,这一风俗在中国却沿袭了很久,一直到元明时代还没有完全消失,比如,《金瓶梅》第二十四回中,"宋惠莲额角上贴着飞金并面花儿",飞金是指金箔做的花钿,面花儿就是指彩色的花钿了。到了第四十回,风流的潘金莲,装扮成丫头搞笑,在一整套改扮当中,有一项就是"贴着三个面花儿"。第八十九回中形容发达了的春梅,也有"花钿巧贴眉尖"之句,可见明人对这种化妆方式并不陌生。《金瓶梅》中虽然谈到女人贴花钿的地方并不多,但每次提起的时候,都暗含着欣赏的语气,显然是觉得这样妆扮的女人特别"性感"。在唐人的诗文里,这样的面孔更显得具有无限的魅力,男性对之凝视玩味的目光,简直就是痴痴迷迷的,这也足见出,审美习惯更多是所谓"文化建构",关于"美"或"性感"之类观念的定义,不一定有多客观的标准。

剪刀功夫了得

有意思的是,虽然唐代文学家很喜欢就花钿这个题目自由发挥想象力,演绎出种种很富于才情的意境、场景或情节,但是,关于花钿是用什么材料做的,留下的线索却很少。王建在《题花子赠渭州陈判官》中谈到:"腻如云母轻如粉,艳胜香黄薄胜蝉。"说了半天全是比喻,或者说是他本人对花子一物的心理感受,至于花子本身究竟是什么质地,他却没有提,也可能是不屑一提。唐人成彦雄《柳枝辞》比喻新生的柳叶是:"鹅黄剪出小花钿,缀上芳枝色转鲜。"或许反而透露了花钿的来路。诗人这一个信手拈来的比喻,也可能正说明,花钿往往是剪制而成的。这就让我们联想到唐代某些节日中的一项特定风俗,即,妇女用绢罗剪彩胜这一项内容。在过立春、人日等节日的时候,唐代女性要用绢罗剪、刻出数量不少的彩花,也就是"彩胜",家中男女老幼,人人都要把彩胜簪戴在头上,还要黏贴在房门等地方。唐代妇女在剪刀头上的功夫似乎都十分了得,一到节日,个个都能咔咔地剪出花、叶、人、燕、鸡等形状的彩胜来(见唐人关于"剪彩"诗),装扮一家大小,屋里屋外。这样深厚老到的功夫,说明用绢罗剪彩花,在当时是很常见、很流行的风气,是"女红"的一种。由此推测,女性们平日大概就经常利用自己的剪刀功夫,自制花钿,而其所使用的基本材料,应该也是以绢罗等丝织品为主。正因为在日常生活中司空见惯,所以诗人在作诗的时候,才会自然地想到以剪制花钿这个动作来比喻柳叶的初吐嫩芽。

有一些特殊材料制成的花钿，正因为其用料特殊，所以反而留下了记录。比如唐人崔液《踏歌词》中有云："鸳鸯裁锦袖，翡翠帖花黄。"元人白朴《端正好·秋香亭上正欢浓》套曲有句："做一个面花钱铺翠缕金描，欢喜时粘在脸上。"说明花钿中的翠钿一类，是用翠鸟（翡翠）毛贴成的。讲究的翠钿，还要用金泥、金粉描出花纹来。另外，像"金钿"，自然应该是以金箔或金泥纸制成。像这类动用铺翠、描金等特殊工艺的花钿，就未必是女性可以在闺中自制的了，需要有专业人员来精工制作，然后通过商业流通渠道，辗转到达女性消费者的手中。这也正是张生送莺莺"花胜"之一细节传达的信息。这位滑头情人自己却是以"内秉坚孤，非礼不可入"自诩的，想来他不会有贾宝玉淘胭脂膏子那样的兴致，亲手制作花钿这种女人的小玩意。他孤身一人到了长安，要弄到一盒花钿送给心上人，也就只能到市面上去买。

长安时尚业

从唐代文学中可以看出，当时如长安等大城市中，"时尚业"是颇成了一点气候的，女性，包括贵族女性，都很习惯于到市场上去买女人用的物品。在这方面，所透露信息最惊人的，要算沈既济的《任氏传》，传奇中说，在长安的西市中有"衣肆"，男主人公郑子第二次见到心上人任氏，就是在衣肆中"瞥然见之"，当时任氏只有一个婢女陪伴，换句话说，女人们可以在没有男性的监督、陪伴下，自已结伴去逛市场。更神的是,听到郑子的呼唤,任氏竟然"侧身周旋于稠人中以避焉",这固然说明衣肆生意发达,顾客众多,另一方面,也显示"男女有别"的规则此时好像不起作用。特别是,同一篇故事中还谈到"鄽中有鬻衣之妇张十五娘",任氏说她是"市人",可见,在市场上卖衣服的,也有女人。稍微有些身份或财力的女性,就不会像任氏那样在男女混杂的人群中去挨挤,但是,她们照样也会去市场上买各种女人用的时髦物品,不过是坐着车去。《太平广记》卷二九八"赵州参军妻"条讲述说,一位女性要去洛阳的市场上购买端午节所必需要用的"续命缕",结果是"车已临门,忽暴心痛,食倾而卒",接下去就展开了一个灵怪故事——这位女性的灵魂竟然被泰山神"三郎"抢去了!所有的鬼怪故事,都一定要采用一个最日常不过的场景作为开始,以此来增加故事的真实感,这里,是采用了女性准备乘车上街购买过节礼物这一在当时人看来最平常不过的事件。唐代文学中涉及女性坐车到市场买东西的地方还有很多,比如,李廓《长安少年行》中描写一位贵公子:"游市慵骑马,随姬入坐车。楼边听歌吹,帘外市钗花。"这位富贵闲人起了逛街的兴致,可是懒得骑马,于是索性跟着爱妾一起乘车出游,逛街的内容之一,就是买"钗花"。

《玄怪录》中"郑望"一条,是一个标准的鬼故事,可是其中有个重要情节却透露了长安时尚业的面目:这个叫郑望的人从东都洛阳到长安去,半路上,投宿到一位主人自称"王将军"的人家,"将军夫人传语,令买锦绔及头髻花红朱粉等"。所谓"锦绔",应该是指后世所说的"膝绔",类似于腿套,女性把它们("膝裤"都是成双的)套在小腿上。因为有时候长裙微起,会从裙下露出一抹"膝裤"的影子，所以，它一向被认为是很性感和诱惑的东西，女性们也特别注意所穿"膝裤"的华丽、时髦，免得万一裙子被风吹起，泄出的裙底春光却被旁人笑为老土。"头髻"，就是专门制作的假髻。"花红"，显然是指各种花朵形状的饰品，既包括"钗花"等人造"象生"花朵，也应当还包括花钿这类小饰物。"朱粉"自然是指胭脂香粉一类化妆品了。女性一身上下所需的装备，长安的市场看来都可以提供。与之可以相佐证的，是《任氏传》另一个很有意思的情节。郑子要为任氏买衣料做新衣，可是任氏偏偏不肯，而宁愿买一套做好的成衣。当时，郑子还"不晓其意"，后来才清楚，自己所热爱的人儿实际上是狐狸成仙的化身——这其实是一个狐仙的故事。任氏虽然有种种常人所没有的神奇本领，可是，普通女性都有一手功夫的女红，她却不会，幸亏长安的服务业发达，很容易就可以买到成衣，她才不至于阴沟里翻船，而是顺利混了过去。可是，话说回来，如同"赵州参军妻"这个故事所展示的，赵州参军之妻本人并不是什么狐仙，只是个平凡的妇女，可是，像长命锁这样的东西，她也不再自己动手，而是去买现成品。按风俗规定，端午节时的"续命缕"，属于本该由女性亲手编制的"女红"，并且，一年只在过节这天用一次，可是女性也照样可以去到街市上买来，这也许已经涉及"消费观念"的问题了吧。

从以上这种种线索，唐代大城市中商业的繁荣，店铺的热闹，专门为女性服务的时尚业的发达和全面，已经足见一斑了。《玄怪录》的故事中说，几个月后，郑望从长安东归，还真的把将军夫人"所求物"送到了王将军家——然后就是鬼故事的部分了。唐代的长安，在女性心目中的地位，好像有点像今天的上海，它的"时尚业"天下闻名,在外乡外省,一旦有人要去长安——那时能出门四处跑的,多半是男人——就会引起女性们特别的留意,对她们来说,这是很重要的机会,可以托这些上京城的人顺便捎带一些时尚用品回来。要按照《玄怪录》的演绎,女性死了化成地下的鬼,都还恋恋不忘长安城里的时髦,我真不知道今天的女性对于上海、巴黎是不是也能热情到这样的地步。不管怎么说,既然长安的流行对于闺中的生活具有如此重要的意义,那些有缘一到京师的人,如果有心的话,也当然会想着特意买一点这类物品带给远在外地的女性,比如我们的张生就是这样的一个有心人。

谁懂女人心

诗词中提到花钿,往往强调其轻、薄、精巧的特别,王建在《题花子赠渭州陈判官》中,就说花子像香粉一样轻,比蝉翼还薄。这样轻薄的小小装饰物,张生拿来作为礼物送给心上人,想来不至于吝啬到只送一片、两片,他托人千里迢迢送去的"一盒"中,盛装的花钿数量应该不少,总有个几片、十几片,甚至几十片的。因此,张生送给莺莺的礼物之一,就应该是装满了一只小盒的各种形状、各种颜色的小花片。我们可以推想,像这样在市场上一盒盒买花钿的顾客,一定不在少数,而这些缤纷的花钿,通过各种路径,最终都到了女人的妆奁盒里。路德延《小儿诗》中描写小男孩淘气,女人的东西他也要掏弄玩耍,其中的举动之一就是"妆奁拾翠钿";顾敻《酒泉子》中描写一位感情失意的女性,则是:"掩却菱花,收拾翠钿休上面。金虫玉燕锁香奁,恨厌厌。"她把镜子遮盖起来,把翠钿和金玉首饰也一同锁进奁盒,决心不再打扮自己了。从这些描写,我们可以推想,就像今天的时髦女性的梳妆台上会有成套的人工美甲、假睫毛一类小装备一样,当时的女性在妆奁盒里,也会备有数目不少的或自制或买来的花钿,每天化妆的时候,会按照自己的个性设计,当时当地的心境,以及参考最近流行的时髦风气,来挑选出几片,贴到脸庞上、双鬓上。

花钿之于唐代女性如此重要,张生千里迢迢送给莺莺"花胜一盒",似乎也是很"懂得女人心"的,不愧是个"有情思"的"萧郎"。我们今天报纸杂志的时尚版上,不就总是在鼓吹,男人如果真心体贴女人,就得理解女人"天生"爱美,爱时髦,爱时尚物品的心理吗?这些时尚版甚至倡导说,今天"新好男人"的最新最酷版,就是愿意并且善于给所爱的女人选购内衣作为礼物。据网上的八卦消息,"新好男人"的急先锋、英国足球明星贝克汉姆前些日子就身体力行,主动或者说擅自给"辣妹"太太买了一件胸罩,结果是所有的尺寸都不对,辣妹只好第二天跑去名品店退换,用这件胸罩给自己和儿子各换了一件汗衫;可见"新好男人"并不好当,有难度。从这一点来说,一千来年前的张生,也可以算做好男人,好情人的一个范本了,我们不能拿对贝克汉姆的标准来要求昔日的"士大夫君子",不能要求他肯给女人买内衣,他能想到买化妆品作为礼物,似乎也就够体贴、多情了。当时,崔莺莺与寡母是在回归长安的路上滞留在了蒲州,就像一条被晾在河滩上的鱼,张生的小礼物,可以说还是给她送去了一丝长安的流行与奢华的气息呢。可是,他真的理解莺莺的"女人心"吗?说实话,花钿、唇膏,只是一般时髦的小玩意,在当时来说,大概也不是太破费的东西。很显然的,张生的举动,只是男人给女人献殷勤的一般方式,没什么特别的意思。来旺去一趟杭州回来,不也一样知道悄悄送给孙雪娥"两方绫汗巾,两双装花膝裤,四匣杭州粉,二十个胭脂"吗?

莺莺也送给了情人几件礼物,作为回赠。是她自小佩带的一枚玉环,还有一串乱丝,一个文竹茶碾子。这几件礼物,在莺莺的心里,都是充满深意的,她希望,对方的情感能像玉一样"真",自己也要像"环"一样贯彻始终。此外,乱丝象征着她缭乱的心绪,茶碾子上的湘妃竹斑,就如同她为这段感情所流不尽的泪水,她指望着张生看到这三件小礼物,可以感念自己的一片深情,"永以为好"。可结果怎么样呢?崔莺莺在其中真诚倾诉自己混乱矛盾心情的长篇回信,被张生当做情场胜利的证据,出示给朋友们,闹得"时人多知之",于是士大夫们题诗的题诗,感叹的感叹。这是真真正正的残忍。据陈寅恪先生指出,《莺莺传》乃是元稹的"自叙之作",如果真是这样的话,像小说中男女互送承载着不同感情分量的礼物这样的微妙小细节,就真不知是出于文学家刻意的设计营构,还是出于当事者无心的诚实了。

(选自《潘金莲的发型》,南京大学出版社,2010 年)

说"金紫"

孙　机

　　《后汉书·冯衍传》记冯衍感慨生平时曾说自己："经历显位，怀金垂紫。"而唐·白居易《早春雪后诗》中也有"有何功德纡金紫，若比同年是幸人"之句①。两处都用"金紫"代表高官显宦的服章。但汉之"金紫"与唐之"金紫"，却是毫不相干的两回事。

　　高官之用金紫，本不始于汉，战国时的蔡泽曾说："怀黄金之印，结紫绶于腰……足矣。"②其所谓金紫是指金印紫绶。汉代仍然如此。在汉代的官服上，用以区别官阶高低的标志，一是文官进贤冠的梁数，二是绶的稀密、长度和采色。但进贤冠装梁的展筩较窄，公侯不过装三梁，中二千石以下至博士两梁，自博士以下至小史都是一梁。每一阶的跨度太大，等级分得不细，因而"以采之粗缛异尊卑"的绶就成为权贵们最重要的标识了。秦末农民大起义

---

① 《金唐诗》七函六册。
② 《史记·蔡泽列传》。

时，项氏叔侄入会稽郡治，"籍遂拔剑斩守头，项梁持守头，佩其印绶。门下大惊，扰乱，籍所击杀数十百人。一府中皆慑伏，莫敢起"①。可见他们是把印绶当作权力的象征看待的。新莽末年，商人杜吴攻上渐台杀死王莽后，首先解去王莽的绶，而未割去王莽的头。随后赶到的校尉、军人等，才"斩莽首"、"分裂莽身"，"争相杀者数十人"②。而从杜吴看来，似乎王莽的绶比他的头还重要，这也正反映出当日市井居民的社会心理之一般。东汉末年，曹操要拉拢吕布，与布书法："国家无好金，孤自取家好金更相为作印。国家无紫绶，自取所带紫绶以藉心。"③则直到这时，金印紫绶还有它的吸引力，有些军阀也还吃这一套。

绶原自佩玉的系组转化而来。《尔雅·释器》："璲，绶也。"郭注："即佩玉之组，所以连系瑞者，因通谓之璲。"《续汉书·舆服志》："五伯迭兴，战兵不息。于是解去绂佩，留其系璲，以为章表。……绂佩既废，秦乃以采组连结于璲，光明章表，转相结受，故谓之绶。"绶的形制据《汉官仪》说："长一丈二尺，法十二月；阔三尺，法天、地、人。旧用赤韦，示不忘古也，秦汉易之为丝，今绶如此。"所谓长一丈二尺是指百石官员的绶。实际上地位愈尊贵绶也愈长：皇帝之绶长二丈九尺九寸，诸侯王绶长二丈一尺，公、侯、将军绶长一丈七尺，以下各有等差。汉代用绶系印，平时把印纳入腰侧的鞶囊，而将绶垂于腹前；有时也连绶一并放进囊中。《隋书·礼仪志》："古佩印皆贮悬之，故有囊称，或带于旁。"《晋书·舆服志》：

① 《史记·项羽本纪》。

② 《汉书·王莽传·下》。

③ 《三国志·魏志·吕布传》裴注引《英雄记》。

"汉世着鞶囊者,侧在腰间,或谓之旁囊,或谓之绶囊。然则以紫囊盛绶也。或盛或散,各有其时。"在班固的书信中曾提到若干种高级鞶囊,如"虎头金鞶囊"、"虎头绣鞶囊"等①。东汉末年的沂南画像石中刻出了它们的形象。但如果把印和绶都塞在囊里,那就难以识别佩带者的身份了。《汉书·朱买臣传》说他拜为会稽太守后,"衣故衣,怀其印绶,步归郡邸。直上计时,会稽吏方相与群饮,不视买臣。买臣入室中,守邸与共食,食且饱,少见其绶,守邸怪之,前引其绶,视其印,'会稽太守章'也"。群吏于是大惊,挤在中庭拜谒。将印绶显露出来之后,原先被认为免职赋闲、等于一介平民的朱买臣,一下子就变成了威风凛凛的大官。

汉代一官必有一印,一印则随一绶。《汉书·酷吏传》记汉武帝敕责杨仆说:"将军请乘传行塞,因用归家,怀银、黄,垂三组,夸乡里。"颜注:"银,银印也;黄,金印也。仆为主爵都尉,又为楼船将军,并将梁侯;三印故三组也。组,印绶也。"《后汉书·张奂传》说:"吾前后仕进,十要银艾。"银指银印,艾指绿绶,十要谓其历十官。张奂只有银印艾绶,那是因为他的官还不够大。汉代的丞相、列侯、太尉、大司马、御史大夫、太傅、太师、太保、前后左右将军均佩金印紫绶,那就更加煊赫了。汉代的官印并不太大,即《汉书·严助传》所谓"方寸之印,丈二之组"。自实物观察,一般不超过 2.5 厘米见方。

汉绶的织法,依《续汉书·舆服志》说:"凡先合单纺为一系,四系为一扶,五扶为一首,五首成一文,文采淳为一圭。首多者系细,

---

① 《太平御览》卷四七八、六八八。

沂南画像石中佩带虎头鞶囊的武士　囊旁露出一段绶

少者糸粗。皆广尺六寸。"首指经缕而言。《说文》绖字下引《汉律》:"绮丝数谓之绖,布谓之总(即缕、升),绶谓之首。"一首合 20 糸;皇帝的绶为 500 首,得 10000 糸。绶的幅宽为 1.6 汉尺,合36.8 厘米,则每厘米有经糸 271.7 根。这个数字很大,因为现代普通棉布每厘米仅有经纱 25.2 根,所以绶的织法应为多重组织,即是包含若干层里经的提花织物。

汉代佩绶的情况在山东济宁武氏祠画像石中表现得很清楚。这里的历史故事部分中出现的帝王或官僚,腰下各有一段垂下复摺起的大带子。黄帝、颛顼、帝喾、尧、舜、桀、齐桓公、管仲、吴王、秦王、韩王、蔺相如、范且等都有,禹因为戴笠执耒作农民打扮,所以没有这种带子。公孙杵臼、何馈等无官职者,虽着衣冠,却也无此带。因知这种带子就是绶。尤其是齐王与锺离春那一节,故事的结局是齐王册锺为后。画面上的齐王正将王后的印绶授给锺,她则端立恭受。方寸之印固然不容易表现,但绶却刻画得极清楚,其织纹和王身上佩带的绶完全一致。过去曾有人认为这幅画上的齐王"右袖披物如帨巾",那是因为当时没有把绶认出来的缘故[1]。《隋书·礼仪志》说还有一种小双绶,"间施三玉环"。施环之绶在江苏睢宁双沟汉画像石和晋·顾恺之《列女传图》中都能见到,则此类绶的出现亦不晚于东汉。

但是这一套怀金纡紫的堂堂"汉官威仪",却受到了初看起来与之风马牛不相及的另一种事物的冲击而退下了历史舞台,这就是纸的应用。自东汉以来,纸在书写领域中的地位日益重要。东

---

[1] 容庚《武梁祠画像录》,哈佛燕京学社,1946 年。

齐王向钟离春授绶（武士祠画像石）

施玉环的绶（江苏睢宁汉画像石）

汉末年,东莱一带已能生产质地优良的左伯纸。东晋·范宁说:"土纸不可作文书,皆令用藤、角(即榖)纸。"①。可见纸在这时已取简牍的地位而代之。而汉代的官印原本是用于简牍缄封时押印封泥的。纸流行开来以后,印藉朱色盖在纸上。这样就摆脱了填泥之检槽的面积的限制,于是印愈来愈大。南齐"永兴郡印",5厘米见方;隋"广纳府印",5.6厘米见方。这么大的印已不便携带,所以《隋书·礼仪志》说:"玺,今文曰印。又并归官府,身不自佩。"既然不佩印,绶也就无所附丽,失掉了存在的意义。

与此同时,我国服装史上又有一种新制度兴起,这就是品官服色的制定。原先在汉代,文官都穿黑色的衣服,它的传统已很久远。《荀子·富国篇》说战国时"诸侯玄裷衣冕。"秦自以为得水德,衣服尚黑。汉因秦制,仍尚"朐玄之色"。《汉书·文帝纪》说文帝"身衣弋绨",可见皇帝平常穿黑色衣服;而《汉代·张安世传》说"安世身衣弋绨",则大臣也穿黑色衣服,其他文官亦不例外。如《汉书·萧望之传》说:"敝备皂衣二十余年。"颜注引如淳曰:"虽有五时服,至朝皆着皂衣。"《论衡·衡材篇》:"吏衣黑衣。"《独断》:"公卿、尚书衣皂而朝者曰朝臣。"河北望都1号汉墓壁画中官员的服色正是如此。黑衣既然通乎上下,所以从颜色上无法分辨大官小官。北周时,才有所谓"品色衣"出现。《隋书·礼仪志》说:"大象二年下诏,天台近侍及宿卫之官,皆着五色衣,以锦、绮、缋、绣为缘,名曰'品色衣'。"但北周品色衣的使用范围小,其制度亦莫能详征。隋大业六年,"诏从驾涉远者,文武官皆戎衣,贵贱异等,杂用五色。五品以上通着紫袍,六品以下兼用绯、绿"①。从这时起,历唐、宋、元、明各代,原则上就都采用这一制度了。

唐代品官的服色,据《隋唐嘉话》说:"旧官人所服,唯黄、紫二色而已。贞观中,始令三品以上服紫。"其后虽然三品以下官员的服色屡有变动,但唐代三品以上之官始终服紫。其所谓紫,指青紫色。龙朔三年,司礼少常伯孙茂道奏称:"深青乱紫,非卑品所服。"②就是因为深青与青紫容易相混的缘故。敦煌莫高窟130窟壁画中,榜题"朝议大夫、使持节都督晋昌郡诸军事、守晋昌郡太守、兼墨离军使、赐紫、金鱼袋、上柱国乐庭瓌供养"一像,所着自当是紫袍。但壁画年久,袍泛青色,所以潘絜兹先生乃说他"穿蓝袍"③;也正是由于"深青乱紫"之故。紫袍上并应织出花纹。《唐会要》卷三二载,节度使袍上的花纹为鹘衔绶带,观察使的为雁衔仪委(即瑞草)。不过当时的袍料皆为生织(先织后染)的本色花绫,所以在壁画上就难以表现这些细节了。

唐代的高官还要佩鱼符。原来隋开皇十五年时,京官五品以上已有佩铜鱼符之制,唐代沿袭了这一制度而又与瑞应说相附会。唐·张鷟《耳目记》说,唐"以鲤为符瑞,为铜鱼符以佩之"。视玄宗时两度禁捕鲤鱼④,则此说不为无因。随身鱼符之用,本为出入宫廷时防止发生诈伪等事故而设。《新唐书·车服志》:"高宗给五品以上随身鱼、银袋,以防召命之诈,出内必合之。三品以上金饰

---

① 《旧唐书·舆服志》。
② 《旧唐书·舆服志》。
③ 潘絜兹《敦煌的故事》,第47页,中国青年出版社,1961年。
④ 《旧唐书·玄宗纪》开元三年、十九年。

袋。"盛鱼符之袋名鱼袋,饰以金者名金鱼袋,本有其实际用途。高宗颁发的鱼符只给五品以上官员,本人去职或亡殁,鱼符便须收缴。但永徽五年(654 年)时又规定:"恩荣所加,本缘品命,带鱼之法,事彰要重。岂可生平在官,用为褒饰,才正亡殁,便即追收?寻其终始,情不可忍。自今以后,五品以上有薨亡者,其随身鱼不须追收。"①于是鱼符遂失其本义。武则天垂拱二年(686 年)以后,地方上的都督、刺史亦准京官带鱼。外官远离禁阙,本无须佩带出入宫廷的随身鱼,让他们也佩鱼袋,反映出此物已成为高官的一种褒饰了。天授二年以后,品卑不足以服紫者还可以借紫,同时一并借鱼袋。开元时,"百官赏绯、紫,必兼鱼袋,谓之章服。当时服朱紫佩鱼者众矣"②。这时鱼袋还成为褒赏军功之物。《册府元龟》卷六〇:灵武、和戎各军"各封赏金鱼袋五十枚,并委军将临时行赏。"日本藤井有邻馆新疆出土的北庭都护府第 32 号文书:"〔首缺〕斩贼首一,获马一匹……。右使注殊功第壹等,赏绯、鱼袋。"这是一份叙勋文书,此人即因战功获绯袍、银鱼袋。滥赏之余,鱼袋已成徒具形式之物。宋以后,鱼袋之制渐湮。宋·程大昌《演繁露》卷六说:"本朝……所给鱼袋,特存遗制,以为品服之别耳。其饰鱼者,因以为文;而革韦之中,不复有契,但以木楦满充其中,人亦不复能明其何用何象也。"又说:"黑韦方直附身者,始是唐世所用以贮鱼符者。"其所状与日本奈良正仓院所藏实物及日本正德二年(1712 年)成书的《倭汉三才图会》卷二六中所绘鱼袋图像均相符

---

① 《唐会要》卷三二。
② 《新唐书·车服志》。

合。从而可知乾县唐章怀太子李贤墓、莫高窟 108、156 窟等处壁画中男像腰间佩带的长方形、顶面有连续拱形突起物的小囊匣就是鱼袋。同时也发现传世的《凌烟阁功臣像》拓片及《文苑图》等绘画中，也有佩鱼袋者。在宋代，虽然文献仍提及此物，但图像中未见其例。出入宫禁时，北宋是验门符、铜契；南渡以后，改用绢号。降至明、清，则已经很少有人认识鱼袋了。

由于在我国历史上，唐代以前与以后的"金紫"的区别如此之大，所以读史者不可不察。如《魏书·袁翻传》载翻上表请"以安南（安南将军）、尚书（度支尚书）换一金紫"。而《新唐书·李泌传》说泌"入议国事，出陪舆辇。众指曰：'著黄者圣人，著白者山人。'帝闻，因赐金紫"。前一事发生在品官服色之制尚未成立之前，所指当是金印紫绶；后一事发生在此制久行之后，所指自然是紫袍和金鱼袋了。

（原载《文史知识》，1984 年第 1 期）

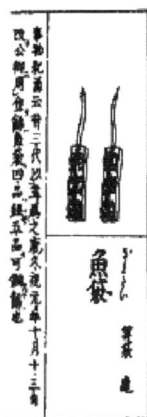

鱼袋 （左）乾县唐·李贤墓壁画中的佩鱼袋者 （中）莫高窟
156窟晚唐壁画中的佩鱼袋者 （右）鱼袋（据《倭汉三才图会》）

辑五

骨董琐记

古 董

阿　城

三十年河东，三十年河西，真是这样。

小时候，家住北京宣武门内，离宣武门外的琉璃厂很近，放学后没事就去玩儿。有家院子现在想来就是古董，小，什么都缩一号，非常精致的四合院，院门上有复杂的砖雕。

清代的清教意识浓，皇城内禁娱乐场所，所以南城，也就是出了宣武门、前门、崇文门，都是花花世界。前门大街以东，也就是现在的崇文区，多匠作；宣武区呢，多戏园子、妓院、商店、茶馆、餐馆、各省会馆；处决刑犯在菜市口，看杀人是民间的一大节目；民间杂艺在天桥，街角站着职业骂街的，收钱之后叫骂谁就骂谁，语词通俗刁钻，也是一派豪气；古董字画古旧书就在琉璃厂，举人士子穷读书的，搜寻故旧。所以宣武区可称得上是帝京的弛废之地，天子脚下的温柔乡。

温柔乡里却多豪杰志士，琉璃厂以东，是杨梅竹斜等八大胡同。烟花巷是最时髦的，妓院是最早通电话的，革命志士在窑子里

北京王府井墙上有复杂的砖雕

聚议,电话通知同志,饿了电话叫席,危险由电话里传来,比捕快早一步溜掉,所以有蔡锷与小凤仙的佳话。窑姐儿也算得上革命之母吧。

于是大臣和京官常有在南城另建宅院的,方便娱乐。这样的院落,比内城的正经宅院多人气,我的这个同学家,就是这种性质。我心目中的理想环境,是这种小一号儿的,真正为人活得舒适,而不是为身份地位。不过这些俗世样貌,已经是消失的古董了。

琉璃厂,是我的文化构成里非常重要的部分,我后来总不喜欢工农兵文艺,与琉璃厂有关。我去琉璃厂的时候,已是公私合营之后的时代,店里的人算是国家干部,可是还残存着不少气氛。

安静。青砖墁地,扫得非常干净。从窗户看得见后院,日斑散缀,花木清疏。冬天,店里的炉子上永远用铁壶热着开水,呼出一种不间断的微弱啸音。

人和气,熟人进店,店员立刻起来招呼,请坐沏茶,聊,声音不大不小;一般人,随意检查,刚有疑问,店员已经到了。我们小孩子,店员是不管的,可是要看什么,比如书搁得高了,店员也够下来递给你。觉得好玩儿的东西,店员就自得其乐讲故事。我的许多见识,就是这样得来的,玉,瓷器,字画儿,印章。一个小孩子,其实对名家的东西并不当真,而是对喜欢的东西着迷,之后渐悟。

三十年河东,三十年河西,风水轮转,一点不假,现在古董又值钱了。

什么东西一值钱,就有仿冒品,历来如此。

有一本《金石书画笑史》不妨重印,或什么讲古董的杂志连载一下,一定让看的人心情愉快。清代古砖值钱,因为值钱,所以官场中送礼讲究送砖。毕沅到江西做官，有个知县送十多块砖，派人押来，因为毕沅五十大寿。

毕沅当然是欢喜得很，赏了这个押差。押差当然也是欢喜得很，一欢喜就得意，一得意就想奉承。于是表功，说知县怎么怎么不容易，按照旧样仿，烧造，浸色，做旧，养苔。毕沅具体气成什么样，很难想象，因为他素称通博，而且手下有一帮有名的金石考订专家，像宋葆淳、俞肇修、赵魏等等。

不过钱泳的《履园丛话》也记了砖的事情。嘉庆年间谢启昆做浙江布政使的时候，因为整治庭院，挖出八块砖。砖上有"永平"字样，于是谢启昆考定为晋惠帝永平年间的古物。得了古董，谢启昆命名自己的书斋为"八砖书舫"，而且设宴雅集，自己赋诗纪之，和诗的多到数十人。偏偏有个人不识相，说这"永平"两个字是明朝永平府烧造标记，古董于是不那么古了。谢启昆气得大骂"你们这类嗜古家，就会穿凿附会，一块砖也值得深究吗！"

钱泳记的这件事，好像不是在骂人，因为不识相的人也许说的是实话，只是不识相罢了，谢启昆则是将雅趣看得很透，把话兜底讲出来，倒有真意，谁还能再说什么？

认真说起来，清朝在古董的趣味上是很宽的。这和大清律有关。清朝的清教意识很重，规定八旗子弟不可经商，怕受腐蚀。不经商干什么呢？每月领了饷银，多也不多，物价稳定，吃穿够了，于是只好游手好闲，玩笼鸟，玩鹰，放鸽子，遛狗，斗蛐蛐，收鼻烟壶，听戏。

因为听戏，八旗子弟养成为专业听众。听戏真的是听，不是看，眼睛是闭起来的，而且脸不朝戏台，更专业的是钻到戏台下面

我去琉璃厂的时候，已是公私合营之后的时代，店里的人算是国家干部，可是还残存着不少气氛

听。对这样的专业听众，唱戏的怎么敢唱错？

开玩笑的话，可以说大清朝亡于不许子弟经商。一八四〇年前，因为瓷器、丝、桐油的出口，清朝是白银入超国，一仗打下来，贵戚才渐渐明白洋人是要有贸有易。清朝叁百年，如果贸易的意识健全，历史会不会另一种样子呢？

我有时候到宣武区游逛，会想，古时候，这里是商业区呀。可是，它怎么连仿冒古董的样子也没有了呢？

（选自《世纪光影》，有删减，未来书城股份有限公司，2003 年）

北京瑞蚨祥绸缎店

花 边

沈从文

衣领襟绣用的花边，若照旧日称呼，北方叫"绦子"，南方却叫"阑干"，主要使用于女性衣服上，此外镜帘、桌围、帐檐、围裙和小孩子的头上兜兜帽、胸前涎围，也时常要用到，形成一种美丽装饰效果。特别是在乡村普通家机织的单色蓝青布或条子布和本色花纱绸料上作适当配合，形成的艺术效果，实显而易见。这种装饰方法直到现代衣料处理上，还值得好好注意利用它，因为不谈别的，仅仅从国民经济而言，全国年产套印五六种颜色的花布，如有一部分可改用单色或两色代替，只需加一点花边，既效果崭新，又可为国家节省染料。

花边的使用，由来已久，在古代不仅妇女独擅专利，男子衣服也必用边沿。部分统治者衣上且做得格外讲究花哨。本来作用应当是增加衣服结实耐穿，到后来虽然边必有花，并且成为一种制度，有时且和品级地位相关，虽重在美术作用，还不完全离开实用要求，从中国服装史言，历代成衣师傅都非常懂得花边在衣服上所

湘西妇女绣花边

花边一组

起的良好作用的。使用花边的全盛时期,距现今约百五十年到七十年间,直到近五十年,才不再在一般女性衣服上出现。但西南兄弟民族中,到现在还十分重视爱好,有的地方还不限于妇女衣服使用,男子也乐意用它,所以成都、苏州新织的彩丝花边,目前在湖南、广西、贵州和云南各地区,都各有一定市场,19世纪在女衣上应用花边情况,一般多宽窄相互配合,二三道间隔使用是常见格式,较繁复则用七九道,晚清用十道俗称"十姊妹"。最多竟有用至十三道,综合成一组人为的彩虹,盘旋于一身领袖间的,论图案效果倒也还不坏,论实用要求,已超过需要太多。物极必反,因此光绪末到宣统时,流行小袖齐膝女衫,只留下一道窄窄牙子边,其余全废。既不再穿裙,裤脚也有加边的。维新变法影响到衣着,过去似乎还少有人谈起过的。

这些花边主题画,属于古典的,可以说是清代锦缎花纹的一种发展,属于新行的,虽比较接近于写生,也还并未完全脱离晚清流行绸缎化纹规模。早期常用三蓝加金,"花蝶争春"占重要地位。随后即千变万化,日见新奇,从道光以来流行的金鱼图案和皮球花为别具风格。由于加工技术比锦缎简单,不费工料,社会要求又广,因之生产上也更容易显得丰富多彩。当时出厂一般做三种包装形式,原始式多扎成一束,如在乡村零售,记得还有用双臂展平量度的,名叫"庹",还是元代计量绸缎的方法,《元典章》谈绸缎禁令时就提起过,洋行式则分两种,一种用硬纸板卷成,整数发行以板计,零售才以尺计。也有做成卷的,中心加个有孔小木轴,上贴某某洋行商标,和后来洋线轴差不多,唯卷团大约到五六寸。其实通是中国江浙工人织成的。

清朱红花缎高领女褂，上镶深蓝色花鸟彩绣花边

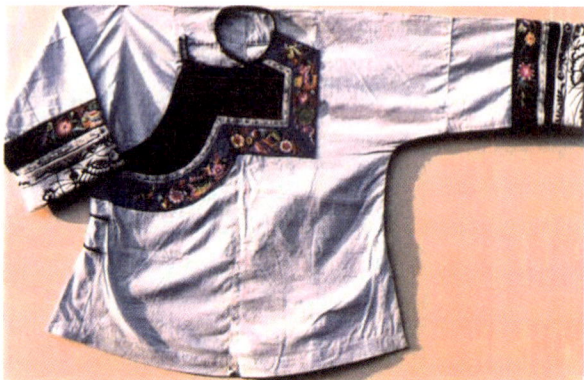

西南地区桃花花边

　　19世纪中叶，正是各大强国张牙舞爪侵略我国初期，起始用武力强迫当时昏庸无能的清政府签订了一系列不平等条约，霸占了我国许多重要港口和租界，并利用租界特权和关税、传教等等特权，一面用鸦片烟和宗教双管齐下毒害中国人民，一面起始大量流入外来机织羽纱、哔叽、咔喇和棉纺织物，进行贪婪无情的经济掠夺。随后且更进一步，就租界设纱厂、丝织厂和其他出口原料加工厂，剥削万千人民累代的血汗，造成了租界十里洋场的假繁荣和藏污纳垢。因为花边流行，他们便利用中国人力、物力和美术设计力，针对社会风气，或自设作坊，或就津、广、申、苏各地丝绸行业定织各种花边，贴上"怡和"、"茂隆"、"安利"等等洋行商标，向全国运销。只是一转手间赚了许多钱去。所以这些花边也标志着近百年来被侵略和剥削的中国劳动人民血汗的痕迹。另一面则这些花边究竟还是中国劳动人民在实用美术上一部分成就。

　　就个人所知，最精美花边的收藏机关应数故宫，由康熙到清末近三百年来还有上千种一库房五彩缤纷好作品。虽然数量大部分大约还是晚清时。此外人民美术出版社由我经手还收集了约两千种，也有不少极别致美丽的。中央工艺美术学院约收有六百种，历史博物馆也还有一部分较精的，其中实不少可以参考取法的东西。这种装饰花纹应用面很广泛，千百种结构美丽配色鲜明的花边，既可直接使用在新的印花、提花、丝棉毛麻织物上，来丰富新生产品种内容，也可转用到其他种种需要方面，例如糖果点心包装纸及日用搪瓷、玻璃、热水瓶、灯罩、雨伞、皮革烙印提包、塑料模印器物等等新的生产装饰图案，或放大它做成新的印花床毯、地毯、被包毯，以及提供新的建筑彩绘浮雕所需要带式装饰图案使用。还有对于

清皇后常服袍，边缘镶粉红花边

清绿绸镶彩绣百褶裙

千百万西南、中南地区对衣用花边有传统爱好的兄弟民族,为了满足他们爱美的要求,还可用机织印刷法作斜条密集印成新的花布,专供他们做衣边使用。目下成都或苏州织彩丝花边,下乡后零售价多在二毛到二毛五一尺,虽色彩华美,一丈三尺料总得费四五元。如印成丝光花边布,不过四毛一尺,至多有一尺七寸布可裁成斜条,使一件单色蓝青布料衣服得到非常美观的装饰效果,花个六七角钱就可以办到。两者作个比较,就可知这种新的条子花布的试生产,对于绝大多数爱好美丽花边的西南劳动妇女具有何等重要意义了。

如果多数读者认为有必要,我们还将建议轻工业出版部门或人民美术出版社和收藏机构协作,选出千把种花边,用原彩色印出来,供各方面美工同志参考。

1960 年写

（原载《装饰》,1960 年第 11 期）

西南少数民族妇女用作装饰的花边

顾绣与苏绣

周瘦鹃

　　近世统称刺绣为顾绣,代表顾绣最著名的,是露香园顾氏。绣品有如绘画,因有画绣之称。绣价最为昂贵,可惜现已失传了。此外又有顾氏兰玉,也是刺绣名手,曾经设帐招收生徒,传授绣法,她的作品也称为顾绣。可是顾绣除了上海之外,松江也有顾绣。清代词人程墨仙有顾绣一记云:"云间顾伯露,会余于海虞,两月盘桓,言语相得;余时将别,伯露出其太夫人所制绣囊为赠,盖云间之有绣,自顾始也。囊制圆大如荇叶,其一面绣绝句,字如粟米,笔法遒劲,即运豪为之,类难如意,而舒展有度,无针线痕。睇视之,莫知其为绣也。其一面则白马一大将突阵,一胡儿骑赤马,二马交错;大将猿臂修髯,眉目雄杰,胡儿深目咒唇,状如鹰顾,袍铠鞶带,鞍鞯具备,锦裆绣服,朱缨绿縢,鲜熠炫耀。白马腾跃,尾刷霄汉,势若飞龙;赤马失主,惊溃奔逸,神姿萧索。一小胡雏远坡遥望,一胡方骑马赴阵,皆首蒙貂幞,毛毳散乱,光采凌轹,有非汉物,窄袖裹体,蕃部结束。复有旗幡刀戟,布密森严,幡缀金牙,旗张云彩,蕃汉二屯,遥相犄向。共计远坡二,白赤黄战马三,大将胡将及小雏四,戈戟五,云旗锦幡各一;界二寸许地,为大战场,而中间空阔,气象寥远,不见有物,绣法奇妙,真有莫知其巧者。余携归,终日流玩。为纪于简。"以二寸许的面积,而绣出这许多人马刀戟旗幡,也可见它的精巧细致,不愧为神针了。

苏绣中的第一名手,要算是清末的沈寿。她于一九〇九年,曾绣成意大利君后肖像,由清政府送去,作为国际礼物。意国君后特赠沈寿钻石金时计一枚,嵌有王家徽章,系御用品。她四十二岁时,又绣成耶稣像一幅,由其夫余觉亲自送往美国,陈列巴拿马展览会中,得一等大奖。四十六岁时,又绣了一幅美国名女伶的肖像,面目如画,这是她最后的杰作。不久她就在南通女红传习所所长任上因病去世了。她的作品,一部分存在江苏省博物馆,都很精致。她在中国刺绣史中,是有很大贡献的。

清代诗人樊樊山有忆绣诗十首,斐然可诵,兹录其五云:"绣绷花鸟逐时新,活色生香可夺真;近世写生无好手,熙荃画意属针神。""淡白吴绫四角方,风荷水鸟画湘江;去年绣得鸳鸯只,直到今年始作双。""枕函绣出红莲朵,比并真如脸际霞;猛忆北池同避暑,翠盘高捧两三花。""妃俪鲜明五色丝,花跗鸟翼下针迟;亦如文笔天然巧,尽在挑纱破线时。""十景西湖只等闲,裙花枕凤许多般;金针线脚从人看,愿度鸳鸯满世间。"诗中所咏绣件,几乎应有尽有,也总算想得周到的了。

亡妻凤君胡氏,工绣,先前所用绣绷和绷凳,至今仍还存在。她绣有彩凤一幅,我曾借郭频迦清平乐咏绣凤仕女一阕题其上云:"低鬟斜亸,浅研吴绫妥。唤作针神应也可,一口红霞浓唾。秦楼烟月微茫,当年有个萧郎。到底神仙堪羡,等闲不绣鸳鸯。"这一幅绣凤遗作,已在抗日战争时失去,为之惋惜不止!

（选自《苏州游踪》,金陵书画社,1981 年）

骨董琐记

周绍良

　　明代万历年间，宫廷中一位重要人物，就是神宗皇帝的宠妃郑贵妃，在当时一些政治斗争中，几乎都牵涉到她，使她成为中心人物。

　　她本是一乡村平民之女，由于偶然的机会，被选入宫。万历六年(1578)，一些太监及公差在四处张罗选妃中，巡查至大兴地方，听到民户因娶亲哄闹，女家嫌男家彩礼菲薄，阻挠婚事进行。太监前去观看，发现民女形态颇合选妃标准，因携入宫中，进与皇帝。神宗朱翊钧一见洽意，大加宠幸，封为贵妃。等生了皇子福王常洵，使得她野心愈盛，阴谋立己子为皇太子，成为帝位的继承人。这事已经邀得皇帝同意，但由于太后的催促，外廷群臣的压力，神宗在这种情形下，不得已只好立长子常洛为皇太子。郑贵妃其时适刻了一部《闺范图说》，因而引起轩然大波，据《明史》卷一一四《后妃列传》二《郑贵妃传》。

> 先是：侍郎吕坤为按察使时，尝集《闺范图说》，太监陈矩
> 见之，持以进帝。帝赐妃，妃重刻之。坤无与也。二十六年
> 秋，或撰《闺范图说跋》，名曰《忧危竑议》，匿其名，盛传京师，
> 谓坤书首载汉明德马后由宫人进位中宫，意以指妃；而妃之刊
> 刻，实藉此为立己子之据。

认为刻书是为进行迫害皇太子，遂酿成"妖书"之案。事实究竟是
怎么样，这种政治斗争的借题发挥，是没法说清楚的。但我相信郑
妃所刻的《闺范图说》，一定颇为精美，可惜现在已不传，无从得见
了。不过箧中却有她刻的另外一本书。

黄锦织金函套，面一签，题作《佛说观世音菩萨救苦经》，楷书。
五色绢带束之。檀木签。内梵夹一卷，青色织金锦面，中间一签与
函套所题同，开卷为观音盘膝居于岩石之像，凡两面。次《观音菩
萨救苦经》六面，次《佛说消灾吉祥陀罗尼经》十面，次《佛说大藏宝
积经》十面，次《佛说解百生冤结陀罗尼经》四面，次龙牌一面，中间
题作："大明皇贵妃郑发心印施"。最后为韦驮像一帧。白色宣纸
精印，但刻工似非宫廷工匠，颇为拙朴也。大概她是用钱使一般匠
人刊刻的，终究是一妇女，又无刻书印书知识，想所使用之人不过
无识太监，故用料甚好而书品不高。

我相信这是郑贵妃用私蓄请人刊刻施舍的功德书籍，当时流
行刻经赠人以为功德，不知郑贵妃听了什么人的建议而有此举，遂
使世间留此一卷后妃刻的经卷，可算是书籍中之特殊珍品。

佛說觀世音菩薩救苦經

南無觀世音菩薩

千萬億佛

百億恒河沙數佛

無量功德佛

聖賢能救百千萬遍

此經大藥能救百千萬遍

讀誦一遍

讀誦調

重讀

南無佛力威　南無佛力護

明郑贵妃刻佛说观世音菩萨救苦经

宠家不相遇会佛说是语时衆人
即天龙八部咸生慈悲安乐教奉行。民

唵金毘啰　唵金毘啰　唵金毘　僧金毘　吾今为汝解
金毘啰　終不興　波　結金毘　唵强中强苦中

莎婆诃。　罗陀　会衆有　刹　一切宠家離我身
摩诃　般若　波罗　蜜

佛说解百生冤结陀罗尼
摩诃般若波罗蜜

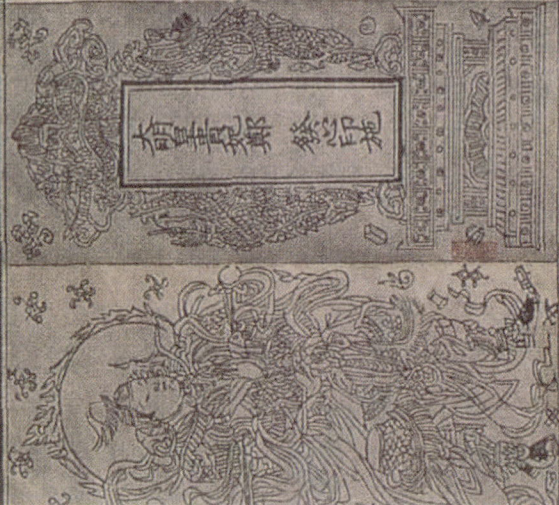

大明皇贵妃郑　募緣印施

最小的中国木板书籍

这大概可算是中国木刻本书籍最小的一部。全书共十册，高9.6、阔5.9厘米，白粉连纸印，蜡笺外封。书名作《六官典故》。计十卷，木刻软体字，为清康、乾时代江、浙一带流行字体。每面五行，行十一字，单框，内框高7、阔4厘米。每句都有断句，极精细。

所谓《六官典故》，盖指《周礼》六官而言，故其分卷，如：第一、二卷为"冢宰"；第三、四卷为"司徒"；第五、六、七卷为"宗伯"；第八卷为"司马"；第九卷为"司寇"；第十卷为"司空"。

作者主要摘录一些书籍中所载有关名人言行事迹，按其性质分别系于六官，用意是给当时知识分子或官僚们流连赏玩之需。从内容看也可算是小品，但又高于一般闲书；如认为是小说但又比较严肃。大概因为刻这书人有意要把这部很别致的小书，使人专为赏玩，但又不愿使这书落于一般流俗之手，故安排成这样子，雅而不俗。

据书前自序：

杜门督趣刓剜，见若枣若梨，裁割有余，率小材不中用，弃去则又可惜。仆乃戏为此书，取仿世间策料，统之以六官，于凡前代典故，粗具颠末，便观览。自六官外，如经如史，如道统，如性理，稍益旁及，兴尽辄止，以俟将来。夫竹头装船，木屑布地，苟得其用，天下无弃物。仆今此举，亦殆于以无用为

六官典故卷一

鹽官春　　姚培謙　纂

寫字肆

官制

宜政王左右常伯冢帥柏翼任準人

論治者貴識體

寵之遺也

法治之遺也

身治之道也

創事之

順天探天務

天下之道之用也

分正百職盡天下之道

紀立義以盡天下之道

綱立法也

制法也

至平天下者

林貢賢任賢求賢

志責己

政之本

曰平易近民宜爲政

要有三

曰

六官典故卷三

有用,虽然浅矣陋矣,巾箱中果安用此浅陋之物为哉?乾隆五年岁次庚申又六月,鲈香居士姚培谦书。

从序文看,自云"督趣剞劂",可能是一位刻书家。他自云"见若枣若梨,裁割有余,率小材不中用,弃去则又可惜",则似是托词。此书十卷三百三十三页,如此多的数量,如果不是特意要雕成这样一种别致的小书,似乎不会有此大量合用的小木块的。可见他还是有意为之者。他自题"鲈香居士姚培谦抄撮",姚的历史不可考,自称"鲈香",应是松江一带人,故此书当刊在苏州一带。既不云"辑",又不称"录",而作"抄撮",可见是有意作为赏玩之用者。

刻一本书,总是以它的内容占主要目的。如果专为欣赏、玩庋而刻的大概绝无仅有,如《十竹斋笺谱》,它是以画面专供人欣赏的,这部《六官典要》,它是以别致供人玩庋的,而且比一般袖珍本、巾箱本之类的书还小。在我的藏书中,可算一部珍本。

明代色布市价表

1938 年冬,由海路至上海,寓于庙弄,与郑西谛先生为紧邻,因便往谒,于其案上见一本清乾隆年间北京同仁堂乐家药铺售品目录,凡同仁堂所售诸药,无不毕登,不单标明售价,而且将各药功效用七言绝句述明之,洋洋数十百首,成一厚册。此种书一向不为人所重视,更无收藏者,西谛先生得之殊得意,认为视欧西厂家之产品目录早百余年物。

1946 年在北京，偶在谢刚主师斋中，也得见一本清嘉、道年间北京前门外某花粉店售品目录（店名已不记忆），形制与同仁堂乐家售品目录完全相同，凡店中所售香粉、胭脂、胰皂、头绳具详载之，也是每品俱用七绝一首述其功效。曾借来录一副本，今已不知压置何处。

关于产家发行产品目录，中国明代即已有之，如《方氏墨谱》、《程氏墨苑》，只不过未标售价，药铺、花粉店产品目录尚其后也。

由于郑、谢藏书之启发，故也颇留意访求，惜始终未遇之。1948 年来北京省亲时，有某小庙拆售屋宇，将殿中佛像迁徙，于像腹中得明隆庆历书一本，纸包绢布一方，布上似有咒文，惜已年久无法展示，但外面包纸则完好未损，取视乃一染店售品仿单，喜甚收之。从历书证明，此固明隆庆时代物。

目录白皮纸印，板框阔 50、高 30 厘米，其开头约 15—16 厘米处稍高约 5 厘米，题"于家"二字，二字下即叙述其铺址业务范围：

> 于家崇文门外大街坐东朝西税务司
> 北楼房厂　自染京店各色大布
> 透骨油青各色绸绢杭纱　油青丝
> 绸　双线罗杭绸　自织各色花素
> 绢　货物真正　不误主顾　此印为记

凡五行，此下即载染色每种价目。

根据这些记载，大体了解到明代色布、色绸市价，也一重要经济资料，虽不及郑、谢二老所藏之有趣味，实也难得而可贵。

价目表上标"于家"二字，可见明代市肆固然标立店名如"鹤年堂"、"六必居"，但也有不立店名而只用姓氏者，似乎也有店名与姓氏并用者，即后来"同仁堂乐家"是也。

（原载《收藏家》，1996 年第 5 期）

明隆庆年间于家染店售品仿单

汉镇艺术

孙 机

对一些较定型的器物进行装饰加工,必须首先考虑到图案与器形的和谐,然后再求其不落俗套,变化创新。我国古代工艺家运其匠心,使若干类外轮廓相仿的蕞尔小物,却呈现出姿态各异、效果各殊、斗奇争胜、佳作琳琅的盛况。如战国带钩、秦汉瓦当、汉唐铜镜、宋元瓷枕等,都各自成为一类独特的工艺品种,受到研究者和鉴赏家的珍视。目前还没有被充分注意的汉镇,似乎也可以归入它们的行列之中。

镇,是用来压席子角的。汉代室内家具的种类不多,比较讲究的房间里,也不过陈设矮床、几案、屏风等物。但需铺席的地方却不少,除了床以外,在长度不够躺卧、只充坐具的长方形榻和比榻还小些的正方形枰上也铺席[1],为了避免由于起身落座时折卷席

---

[1] 《通俗文》:"床三尺五曰榻",折合今制约84厘米,因而是坐具而不是卧具。(参看陈增弼《汉、魏、晋独坐式小榻初论》,《文物》1979年8期)。枰要更小些,河北邢台西汉墓所出石枰边长69,足高2厘米。它常被误认为石案。

角,遂于其四隅置镇。汉邹阳《酒赋》:"安广坐,列雕屏,绡绮为席,犀璩为镇。"《西京杂记》则说昭阳殿有"绿熊席,席毛长二尺馀","有四玉镇,皆达照,无瑕缺"。都把镇描写成席的附属物。但《说文》却将镇解释为"博压也",然而在出土的整套六博用具中未发现过镇。湖南长沙马王堆3号西汉墓中出过一套博具和八枚记载其名目的遣策,里面记有博局、象棋、象直食棋、象算、象割刀、象削和另一字迹不清的器件,对照出土实物,可能指的是博盒内的骰[①]。湖北江陵凤凰山8号西汉墓的遣策中也记有博具,除了马王堆已经提到的种类外,增加了博席和博囊,但出土实物中仅存局、算和棋[②]。两处均未记有镇,实物也不出镇,其他各地与博具同出的器物中也没有镇;可见博具中大约不包括此物。所以上引《说文》之所谓博,当指与博局相类似的枰而言。《方言》卷五:"所以投博谓之枰",《通俗文》:"板独坐曰枰"。故博压或即枰压,它主要是用来压枰上的席子的。对《说文》的解释作这样的理解和考古发掘中见到的情况恰相一致。河北邢台西汉刘迁墓、定县西汉刘修墓、怀安北沙城6号西汉墓、山西阳高古城堡12号及17号西汉墓均出四个一套的镇[③],它们出土时有的还放置在石或木制枰面的四角;有的枰虽朽失,但四个镇分布成正方形,仍保持着原来的位置。这些情况均可与上述文献记载相印证。

关于制镇的材料,依邹阳和《西京杂记》之说,主要是犀、玉之

---

① 参看熊传新《谈马王堆三号西汉墓出土的陆博》,《文物》1979年4期。

② 《湖北江陵凤凰山西汉墓发掘简报》,《文物》1974年6期。

③ 《河北邢台南郊西汉墓》,《考古》1980年5期;《河北定县40号汉墓发掘简报》,《文物》1983年8期;水野清一等《万安北沙城》;小野胜年、日比野丈夫《蒙面考古记》。

类。所以镇也可以写作瑱，《周礼·春官·天府》郑玄注："故书镇作瑱。"《华严经音义》卷上引陈姚察《汉书训纂》："瑱谓珠玉压座为饰也。"镇起初大约用非金属材料制作，广西贺县西汉墓出土过四个一套的方锥券顶石镇①，贵州兴义东汉墓中也出过下方上圆的石镇②。但各地出土的汉镇，却大抵是用金属铸造的了。

镇的体积不大，一般高 3.5—7.5、底径 6—9 厘米左右。为了避免牵羁衣物，镇体的基本造型往往接近于一个扁圆的半球，怀安北沙城 6 号墓所出素面铁镇就是这种式样。但绝大多数作成动物形，常见的有虎、豹、辟邪、羊、鹿、熊、龟、蛇等。为了保持器体的半球形轮廓，这些动物常采取盘蹐的姿势。陕西西安小白杨村西汉墓所出鎏金银卧虎铜镇③，虎蜷屈回顾，头部俯在臀上，双耳后抿，四足并拢，利爪连成一片，造型简洁洗练。江苏铜山小龟山西汉崖墓及北京丰台大葆台 2 号西汉墓所出虎镇④，式样虽与小白杨村者相接近，但缺乏后者在遒劲之中又透露出几分温驯之气的那种大可玩味的神态。山西浑源毕村 2 号西汉墓所出虎镇，在圆座上有双虎旋绕⑤，别具一格。河北定县北庄东汉墓出土的错金银铜虎镇⑥，虎体上错出很细的斑条，风格典雅庄重。一枚传河南出土的鎏金铜虎镇，虎体极度反屈，前后肢对抱在一起，给人以紧张狞猛

① 《广西贺县河东高寨西汉墓》，《文物资料丛刊》4 辑，1981 年。

② 《贵州兴义、兴仁汉墓》，《文物》1979 年 5 期。

③ 此镇曾在日本展出，见《中华人民共和国シルクロ——ド文物展》图 11。

④ 《铜山小龟山西汉崖洞墓》，《文物》1973 年 4 期；《大葆台西汉木椁墓发掘简报》，《文物》1977 年 6 期。

⑤ 《山西浑源毕村西汉木椁墓》，《文物》1980 年 6 期。

⑥ 《河北定县北庄汉墓发掘报告》，《考古学报》1964 年 2 期。

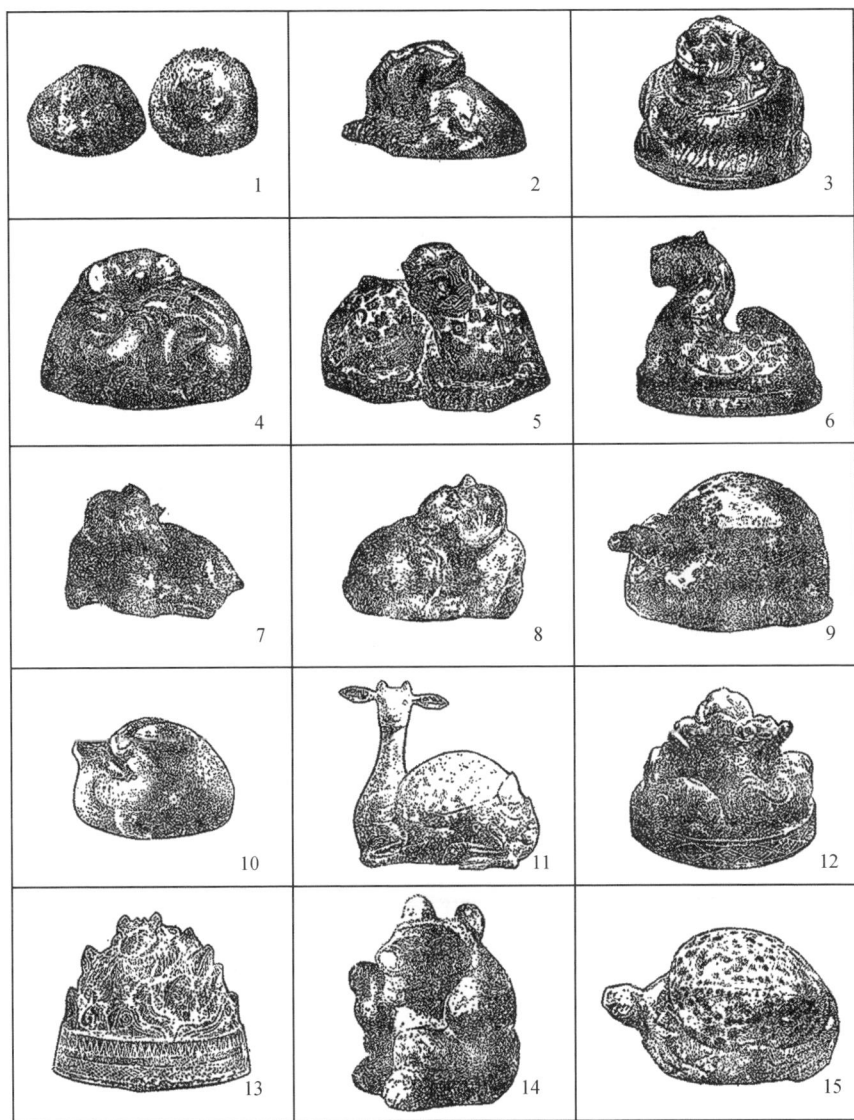

1. 素面圆镇 2—4. 虎镇 5、6. 豹镇 7—9. 羊镇 10、11. 鹿镇 12. 辟邪镇
13. 山形镇 14. 熊镇 15. 龟镇

之感。而体型与虎相接近的豹出现在汉镇中时，却又表现出不同于虎的特点。如河北沧州地区发现的一例①，全身用金丝错出旋涡纹，与虎的斑条纹一望而有别。特别是满城 2 号西汉墓出土的四件错金银豹镇②，身上错出梅花状豹斑，昂首侧脑，瞋目皱鼻，口部微张，若凝视某处而发出低声的嘶吼。它们的眼睛原嵌以白玛瑙，由于粘合剂中调有颜料，故呈现红色，更显得炯炯有神；它可以跻身于我国古代最成功的动物雕塑小品之列。

用虎豹等动物的形象制镇，大约还包含着辟去邪恶的用意。汉代陵墓前常立石虎，是为了驱除地下的魑魅罔象，应劭《风俗通义》就说过"罔象畏虎"。但汉代人还创造出了一种名叫"辟邪"的神兽，汉镜铭说："距虚辟邪除群凶"③，《急就篇》说："射魃辟邪除群凶"。它所能辟除的就不单是罔象了，所以其造型比虎豹更为雄肆。大型的石雕辟邪，如中国历史博物馆所藏洛阳涧西所出者，有角有翼，气势极其磅礴。而用琥珀雕制的小辟邪，其造型却简化到仅具轮廓，角和翼都被省略掉，但有孔可佩。此物于我国南北各地汉墓中发现颇多，当供系臂之用④。铜镇上的辟邪也是或有角或无

---

① 《杜阳虎符与错金铜豹》，《文物》1981 年 9 期。
② 《满城汉墓发掘报告》上册，页 265，图 180。
③ 富冈谦藏：《古镜の研究》页 96。
④ 有的研究者称南京、丹阳一带南朝陵墓石兽中的独角者为麒麟，双角者为天禄，无角者为辟邪。但汉镜中却将此类神兽之独角者标为辟邪。汉墓所出琥珀雕制的无角小兽，亦多属辟邪。《急就篇》记装饰用语的第十五章中有"系臂琅玕虎魄龙，璧碧珠玑玫瑰瓮，玉玦环佩靡从容，射魃辟邪除群凶"之语。两相对举之"玉玦环佩"与"谢魃辟邪"均属佩饰。《急就篇》颜师古注："一曰射魃谓玉刚卯也"，刚卯为方柱状玉饰，正月卯日作，佩之可辟邪厉。兽形的小辟邪也当作此用。又其材质多为琥珀，也正与"系臂琅玕虎魄龙"之句相合。

角,常常作成三只在一起环山绕行之状,颇似博山炉的盖子。这种镇北起乐浪、南抵合浦均有出土。此外,羊和鹿也是汉镇喜用的造型,它们都是象征吉祥的动物。汉郑众《婚物赞》说:"羊者祥也","鹿者禄也"。汉代墓地立石羊,墓门门楣雕石鹿,或亦着眼于此。而当它们的形象被制成铜镇时,较之石雕就细腻生动得多了。河北定县 40 号西汉墓、邢台南郊西汉墓和宁夏固原所出羊镇①,均用银嵌错。辽宁新金西汉墓和河南陕县后川 3003 号西汉墓所出鹿镇②,则在鹿身上嵌以南海产的带斑点大货贝。山西阳高 12 号西汉墓所出羊镇③、浑源毕村所出龟镇也嵌贝。莹润斑驳的贝壳和铜铸的其他部分搭配得非常自然。为了增加镇的重量,新金鹿镇在贝壳内灌满细砂,满城 2 号西汉墓所出豹镇内甚至灌铅。汉镇一般约重 600—800 克,约合 2.5—3 汉斤,很适于压席,实用和装饰的目的被巧妙地统一了起来。

至于蛇镇,在《万安北沙城》一书中著录过一例,与铜印之蛇钮的造型不同,它要蟠绕纠结得更复杂些。熊镇过去零星发现的不少,但往往混同于钘器的熊足,没有被当成独立的器物。然而汉代工艺家颇善塑熊,将肥大的熊体处理得憨厚可爱而无蠢笨之感。汉代人把熊也视为吉祥的动物,《诗·小雅·斯干》郑玄笺:"熊罴在山,阳之祥也。"这样的四个小动物被放置在坐枰四隅,是很惹人喜爱的。这也就使汉代较单调的室内布置,增添了活泼的气氛。

---

① 固原羊镇见《宁夏三十年文物考古工作概况》,载《文物考古工作三十年》。

② 《辽宁新金县花儿山汉代贝墓第一次发掘》,《文物资料丛刊》4 辑,1981 年;《1957 年河南陕县发掘简报》,《考古通讯》1958 年 11 期。

③ 《蒙疆考古记》图版 43。

1. 汉兽带镜上之辟邪　2、3. 琥珀系臂辟邪　4. 石辟邪

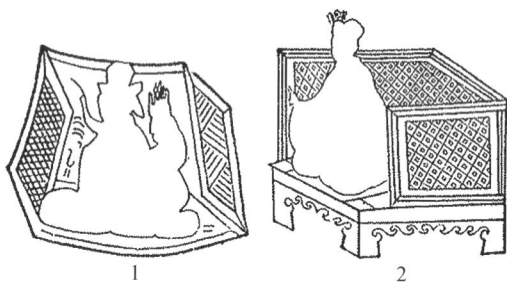

1. 伍子胥镜中之"吴王"（上海博物馆藏）　2. 山西大同司马金龙墓出土漆屏画中之"和帝 □后"

正像汉代的许多器物在战国时已能找到其渊源一样,镇在战国时也已出现。湖北随县曾侯乙墓中就出土了四个铜镇,但当时此物尚不多见,到汉代它的使用就很广泛了,北自辽宁南至广西的广大地域内都有发现。使用镇的枰本来四面敞露,可是随着家具式样的变化,原先只放在床、榻背后的插屏,逐渐演变成挡住床背和另一侧的两面屏风;至东汉晚期又出现了屏蔽三面的屏风;进而三面屏又和枰、榻结合成一体。这种式样的坐具在汉末的伍子胥画像镜上已能见到,南北朝时更加普遍。在装三面屏的坐具上,席子已得到较周密的保护,镇失去了实际作用,所以到南北朝时,此物遂隐没不见了。

(原载《文物》,1983 年第 6 期)

酒文化中的杯

朱启新

　　中国酒文化举世闻名。其所以如此，不仅仅在于酒本身，更多的是因酒而生发种种在日常生活中的"礼"与"情"，显示出东方传统文化的一道异彩。在酒文化的"礼"与"情"中，杯作为一种饮酒器，扮演了一个十分重要的角色。不过，古代的酒杯名称很多，造型各异。最初，通称为"爵"，后常称为"觞"，再后"觞杯"同称，到了唐宋，则将饮酒器多称为"杯"了。其质地有铜、金、银、玉、牙、角、陶瓷之分，秀陋不一，用途则一致。

　　酒文化中的"礼"，往往表现在祭祀和燕（宴）饮场合，这在先秦乃至秦汉时期最为突出。商周两代，青铜制作的饮酒器属于礼器，有爵、觚、觯、角等，容量不同，等差有序。使用时，还有严格的尊卑区分。如在宗庙举行祭祀，由于祭祀者的身份、地位不同，所持的饮酒器也不一样，尊者举觯，卑者举角，礼也。在饮时，重视仪礼，要等主人先饮，客人才能动杯；主人喝干了，客人才能干杯。所谓"长者举未釂，少者不敢饮"，"公卒爵，然后饮"，礼也。在进食之礼

西周时期酒具礼器 （左上）爵 （右上）斝 （左下）角 （右下）觯

中,荤素菜肴和酒浆要放在一定的位置。《礼记·曲礼》要求"酒浆处右"。如果桌上有酒又有浆,则酒在左,把饮酒器(或觞或杯)放在左边。《管子·弟子职》称:弟子事师,饮时进食,陈膳毋悖,其中也有"左酒右浆"的规定。古人分食,一人一份,所以陈膳能够定下常规。现在已不讲究这一套,但在宴席上,杯筷盘碟仍需摆置有序;客人动杯总在主人敬酒之后;而主人敬酒,每每先干一杯,这些,还能看出千年酒文化的遗风。

在汉字里,有些字是特用于祭祀和宴饮时某种行为和动作的,既表示礼,又形成仪,很有意思。例如古人把斟酒叫做"寿";满杯以后,持杯一饮而尽,叫做"釂"。这些特指的字义,现已生疏,却每见于古籍。《史记·武安侯列传》记,武安侯娶燕王女为夫人,设宴,"饮酒酣,武安起为寿,……已魏其侯为寿"。寿,即上酒。这是记席间,主人(武安侯)和宾客(魏其侯)先后为大家斟酒入杯。《汉书·游侠郭解传》记,"解姐子负解之势,与人饮,使之釂,非其任,强灌之"。釂,尽爵也。这是记郭解姐姐的儿子仗着舅舅势力,强迫人家喝干杯中酒。如今,斟酒已不用"寿",偶言"上",犹有古意;釂改称"干","干杯",变得通俗。

酒文化中的"情",也多借杯烘托,如欢杯、酬杯、残杯等,并且在诗词之中最为丰富。中国酒文化中"情"的表达,应该说,文人笔下借杯流露得最为透彻,尤其是所反映的闲情和苦意,其逸致凄楚,尽在杯中。恐怕只有通过诗词的诵吟,才能领会到诗人的意境。

闲情之时,握杯享受,自有一番乐趣。这中间,不需渲染,才显逸致自然。田园诗人陶渊明的诗句"过门辄相呼,有酒斟酌之",

"一觞虽自进,杯尽壶自倾";李白的"青天有月来几时,我今停杯一问之","两人对酌山花开,一杯一杯复一杯",不缠琐事,不涉流俗,确是凸显了闲情。不过,白居易的《问刘十九》同是一个"杯"字,似更胜一筹,诗句中更见闲趣,耐人寻味:

> 绿蚁新醅酒,红泥小火炉。
> 晚来天欲雪,能饮一杯无?

诗句平淡,却透着一股深情。当时白居易在江州,有职事并不清闲,而他在欲雪的黄昏,却能乘闲轻松,邀友围炉小酌。"能饮一杯无",是诗人心情的袒露。这杯,使他惬意,也感染了别人。想那炉火通红、暖杯频举的景象,确也十分诱人。这种消闲、潇洒、充实、欢愉,颇有生气。暂避琐事,自我陶醉,是生活中的点缀。因而,"能饮一杯无"的小小酒杯,暖意融融,读之尤见钟爱。

残杯,指尚余剩酒的杯子。这剩酒或为盛宴弃余,或为独饮罢酌,用一"残"字,多有伤感之情,几乎成为命运多舛、坎坷人生的倾诉。诗词中的残杯,也往往生动地体现出当时凄楚的情景。酒文化中的"情",多半在残杯中感人至深。

杜甫是唐代著名的悲剧诗人,他曾在长安困守十年,其间写下多篇求人援引的诗篇。《奉赠韦左丞丈二十二韵》直抒胸臆,把误身受辱的遭遇和创伤写得极鸣悲慨,却又无可奈何。全诗二十二韵,其中两韵是:

> 朝扣富儿门,暮随肥马尘。

　　　　残杯与冷炙,到处潜悲辛。

　　跟着高官贵戚转悠一天,结果是一顿剩酒剩饭。靠着残杯来过日子,真是够悲辛的。这只杯,与白居易雪夜邀饮的杯相比,一个在天一个在地。

　　诗词里有关残杯的描绘是很多的。苏东坡、李清照等人写到残杯,有窘况,有怀念,却不像杜甫那样实实在在,使人难堪,而情感的起伏,则比杜甫深沉得多。这又是酒文化中另一种回荡人心的"情",杯成了当时情景的见证,凄之,惨之,怜之,惜之,都能引起人们的共鸣。

　　　　　　　　　　　　　(选自《文物物语》,中华书局,2006 年)

明代扇坠的迷失

蒋炳昌　黄玄龙

　　历史上风行的时尚器物,常常会随着朝代鼎革、后世习俗的改变而消失在悠悠岁月的长河中。明代扇坠的迷失就是其中的一例。

　　笔者在20世纪50年代,非常痴迷苏州评弹艺术。当时,在江南水乡一角的茶楼,或在专业的书坊里,往往会出现笔者的身影。读书之余,收音机旁听闻着舒适、优美的姑苏吴调,脑海里显现了一个个曲折奇离悲欢的故事画面,是一种无比的享乐。其中评弹《玉蜻蜓》书目不知听过多少回,它通过主人公手中的扇坠——玉蜻蜓,演绎出明代中晚期一件悲欢离合、母子团聚的往事。有很多评弹爱好者知道笔者喜爱古代文物研究,经常询问起扇坠之事。但当时世上并没有存在着真正的明代扇坠,只得很浮浅地解释一番而敷衍过去。

　　近年来,收藏之热益发兴旺,各种介绍这方面的书籍,可以说是汗牛充栋。而对明代扇坠的介绍,不见影踪,笔者以为有必要对此作探索研究，在博物馆友人的支持下，做了一些尝试，谨请指正。

扇自古以来，作为引风纳凉的器物而受到社会各界人士的喜用。因其经过较长时间的发展交流、吸收，而逐渐形成为团扇和折叠扇两大体系。

折扇，古称为"折叠扇"，又称之为"聚头扇"，相传自宋代开始由朝鲜传入我国，明永乐时进口大量的朝鲜折扇，而逐渐为社会大众所乐用。据明詹景凤《东图玄览》记载："马远竹鹤、桂花二册，本是一折叠扇两面，与今折叠扇无异。扇式折痕尚在，皆绢素为之。"这是从古代文献上所见宋代折扇的最早记载。在折叠扇上作书画成为常例，大约在明永乐以后，宣德朝已开其端。从遗存之物分析，大约起自宫廷之中。上世纪 50 年代，故宫博物院发现了一把明代体形巨大的折扇。该扇展示尺码纵 59.5、横达 152 厘米，用湘妃竹制的扇骨，包镶工艺精致，尚是明代原装。扇面质地是纸本。一面为一士人和一仆从在柳阴赏花，另一面为松下读书，从落款"宣德二年(1427 年)春日武英殿御笔"，并钤有"武英殿宝"印记来看，应是明宣宗朱瞻基所画，这是存世最早的折扇。大量使用折扇写字作画，自明中期成化前后才开始兴起，此后日趋普及。吴门书画家如吴宽、李应桢、沈周、文徵明、唐寅等常用折扇书画，满足世人需求。在他们影响下，折扇在万历、崇祯年间流行广泛，而流传的团扇日趋没落。

明清以降，一般史料笔记中讲的绝大多数重点指的是折叠扇。明《长物志》中就专题谈到了《扇·扇坠》一节，"扇，羽扇最古，然得古团扇雕柄为之，乃佳。他如竹篾、纸糊、竹根、紫檀柄者，俱俗。又今之折叠扇，古称'聚头扇'，乃日本所进，彼国今尚有绝佳者，展

明华师伊墓出土扇坠正面及背面

明华师伊墓出土扇坠正面及背面

明华师伊墓出土扇及扇坠

之盈尺,合之仅两指许,所画多作仕女、乘车、跨马、踏青、拾翠之状,又以金银屑作地面,及作星汉人物,粗有形似,其所染青绿甚奇,专以空青、海绿为之,真奇物也。川中蜀府制以进御,有金铰藤骨,画薄如轻绡者,最为贵重。内府别有彩画、五毒、百鹤鹿、百福寿等式,差俗,然亦华绚可观,徽、杭亦有稍轻雅者。姑苏最重书画扇,其骨从白竹、棕竹、乌木、紫白檀、湘妃、眉绿等为之,间有用牙及玳瑁者,有员头、直根、绦环、结子、板板花绪式,素白、金面,购求名笔图写,佳者价绝高。其匠作则有李昭、李赞、马勋、蒋三、柳玉台、沈少楼诸人,皆高手也。纸敝墨渝、不堪怀袖,别装卷册以供玩,相沿既久,习以成风,至称为姑苏人事,然实俗制,不如川扇适用耳。扇坠宜用伽南、沉香为之,或汉玉小块及琥珀眼掠皆可,香窜、缅茄之属,断不可用。”

过去,笔者总因明代扇坠虽有记载而不可得见,在心头疑惑耿耿在怀。坚信世上流传过的物件,并不因历史久远会永远失踪而无痕迹,总有一日会重现人间,只不过是时间早晚而已。事实证明20世纪现代科学的考古发掘,其进步日新月异,给当代人带来了目睹先人遗物的机遇。

前些年,笔者在调查研究明代时大彬壶时,曾请无锡市锡山区文管办邹忆军主任从库房里,取出了1984年7月在江苏无锡县甘露乡彩桥村东萧坟,发现的明晚期华师伊夫妇墓中殉葬品。从中也看到了墓主人陪葬的两把折叠扇和依附在它上面的扇坠。

据考古专家邹先生介绍,该墓出土了折扇七把,均为竹骨,扇面为纸面洒金,均残。其中两把留有扇坠的为男主人所陪葬,一把为水磨洒金竹骨,主骨面透雕葵瓣花草图案,把的端球轴,有金质铆钉栓,附缀丝线系结木质扇坠。笔者拿在手中审视多时,发觉木质轻而色黑。明人对沉香木质扇坠有"夏月佩之,可以辟秽"之说,故疑此扇坠为沉香木所制。其雕工很精致,一面为豆荚和豆叶,另一面为豆荚上伫立一只蚱蜢,真是形态逼真。扇长 31.5 厘米。另一把扇,主骨为素面,扇把端亦系着长长丝线,顶端有一块长方形白玉质扇坠,玉坠一面阴刻虎纹,虎瞪目竖耳,身蜷曲。仅面正中阴刻篆书"戒"字,扇长 28.5 厘米。这是笔者首次见到的真正明扇坠。

真是无独有偶,上海博物馆原考古部副主任孙维昌研究员,有50 多年考古发掘的经历。笔者在谈到明扇坠时,他亦提出在他发掘过的明墓里,出土时保存完整、交代清楚的扇坠不止一二。

建国以来,在上海明代墓葬的发掘中,出土有近百把折扇,数量之多,全国罕见。凡是随葬有折扇的墓葬,多数同时出土有玉器、金饰等,可见其规格之高。一般的明墓里,一墓多数为随葬一把,有的为二至四把。特别需要指出的是孙在 1966 年 4 月清理宝山区顾家村明万历年间(1573—1620)落葬的朱守城墓葬里,除发现一大批文房用具外,还发现随葬有折扇二十三把之多,在已发现的明墓中仅此一例。

明墓中清理出来的折扇,由于经历几百年积水的浸泡,大都已整体朽烂,部分扇面受损严重,有的仅存扇骨,只有少量保存较好。如 1962 年清理的松江地区明晚期河南府推官诸纯臣墓和上述宝山地区朱守城墓随葬折扇保存相对比较完好。

诸纯臣墓内随葬折扇有四把,泥金笺扇面。其中一把为红木骨,二把为棕木骨,上都有题字绘画。另外一把为竹面扇骨,扇面为几何

泥金笺几何图折扇和所附木雕扇坠

朱守城墓螭纹玉牌正面及背面

形图案,扇骨端部系有一球形扇坠,沉香木雕刻,直径 3 厘米。

朱守城墓内的二十三把折扇,扇骨有紫檀木、鸡舌木、棕木、漆竹等质地,扇骨磨制极精致光熟,并每片骨的薄厚轻重似乎等重,可见是由技艺高超的扇工所作。扇骨大都素面,有些扇骨上有髹漆,还有在漆面上蘸金绘画的。在这些折扇里,泥金笺扇面占八把,四把正面绘山水,花鸟鱼虫,背面均有题诗,可惜这些画面及题诗都已模糊不清,但从书画印章的痕迹中可知均为明中期书画名家,如周天球、陆治等,而另外四把为几何形图案。还有漆骨洒金扇面十五把,扇面均绘以菱形、三角形组成的几何图案。在墓葬的清理中,还发现一枚白玉螭纹挂牌,玉质洁白滋润,表面光泽较好,呈扁长方形,正背面通体浅浮雕螭虎纹饰,一为上跃飞舞回眸状,另一作跳跃飞舞状,形象生动。挂牌四周侧面均饰浅浮雕云纹。上端还残存一半圆形孔,原可系绳佩。其高 5.4、宽 2.6、厚 0.75 厘米。这枚玉牌同无锡出土的扇坠玉牌,非常相似。故笔者推测它亦是当时的扇坠。

1993 年,上海打浦桥地区发现明代晚期御医顾东川(名定芳)夫妇墓,出土了一些折扇。但扇骨、扇面多已腐朽。令我们欣喜的是墓中遗存的玉质扇坠,这些扇坠保存得相当完好,是极为少见的文物珍品。

一件为白玉执荷童子扇坠,白玉质地,间有黄褐沁斑。玉童头较大,后脑扁平,脑门留有童发一撮,左右分开。脸部开相,其眉与鼻翼用一条阴刻线上下连接,眉下阴刻几条弧线合成眼眶,鼻翼与嘴角用阴线直线自上至下直接连接,形成契形鼻与小嘴。身穿对襟长衫。下露短宽脚裤,衣服纹理清晰,作波折状。右手于胸前握

明酸枝木嵌螺钿扇骨　　明水磨泥金透雕葵瓣花草扇骨

螭纹玉牌拓片

朱守城墓螭纹玉牌边侧云纹

漆骨洒金士人郊游图折扇

白玉双体鱼扇坠正面及背面

襟,左手屈臂向上,紧握莲梗,莲梗背于左肩,垂于背后,莲荷为莲蓬式,花瓣层次较少。莲叶圆形,叶脉用双叶旁垂草茎、草叶。该童正中贯天地孔,出土时系绳与折扇相连。整器高 5.2 厘米。

另一件为白玉玉双体鸟扇坠,总长 3.6 厘米。鸟颈粗短,腹部肥厚,翅膀作椭圆形,鸟羽用平衡线表示,管钻圆形眼,两鸟连体对称,造型图案化,该鸟背部连体处有天地孔,出土时穿一金链与折扇轴头相连。

再一件是白玉双体鱼形扇坠,长 4.8 厘米,其双鱼相连,素身无鳞,均前凸,鱼尾分短叉,腹鳍、臂鳍、尾鳍均用阴线刻出。出土时与折扇轴头相连。

这些出土的明代扇坠,明白无误地表明其为折扇下之饰物,是持有者的欣赏把玩之物。它的质地有用上好的香木,如伽南、沉香等,亦有用珍贵的白玉等材料制成,采用人们喜闻乐见的题材,精雕细作而制成,并用丝质或金质链与折扇相系连。

扇坠在明代笔记中为一时尚之物。从有关记载上知晓,有的文人因经济状况不佳,无钱购买昂贵的玉扇坠或香木扇坠,为了表示风流时尚,竟取一枚大的栗子对穿作为扇坠,成为当时的笑料。笔者还从明《涌幢小品》中得知"世庙,赐勋辅大臣画扇,有木刻海榴罂坠子。寸许,穴其腹,藏象刻物凡百件,亦天下绝巧也。"从中可见在嘉靖初年,扇坠作为时尚玩物已进入宫廷成为御赐之品。

扇坠的出现和消亡,时间并不十分久远。到了清初,随着改朝换代,扇坠竟消失得无影无踪,我们只是在清代及近现代的女式折扇下系的丝质流苏里,才看到它的一丝痕迹。扇坠消亡是什么原因造成的? 笔者以为除清政权作为少数民族,其风俗与汉民族有

武进南宋墓中的戗金漆奁盖面上的"仕女图"

漆骨洒金几何图折扇（局部）

所相左外,扇坠自身的使用不便,易被损坏有关。它在扇下端轴头处系以一根长长的丝质或金质链条,扇坠随着使用而四面晃动,非常容易同身旁的桌、椅等物体相撞击而毁坏。这或许是它消亡的主因。笔者联想到明晚期风行一时的陆子刚玉牌,可能最初就是为扇坠而制作的,因作为扇坠而易为损毁,许多当时人出于爱护、爱惜之意,把它从扇下取出,而系结在腰下裤带上作为个人吉祥把玩物。这可能是明代扇坠消亡的原故,而隐藏在文人雅士腰间的真实出路。

行文至此,本该打住。但近日读南宋吴自牧《梦粱录》和参观常州博物馆的出土南宋漆器后,从史籍和出土文物两方面,明确最晚在南宋时期,折叠扇已成为世间的日用品,步入生活,进入商业市场,并且还被绘入图画中。

《梦粱录·卷十三》记述临安(杭州)城内大街及诸坊巷铺席(商店)"连门俱是",可见当时城市商业铺席的繁华。市肆中著名的铺席,一般都冠以店主的姓氏和经营品种称著的产地,如"彭家温州漆器铺","刘家、吕家、陈家彩帛铺","周家折叠扇铺","戚家犀皮铺"等。

常州市博物馆里,见到在江苏武进村前乡蒋塘村南宋墓出土的一些漆器,其中戗金漆奁的盖面上,为一仕女图。夏季的花园、山石花树旁站立二主一仆。二女主衣着华丽,外穿花罗直领对襟衫,长裙曳地。一人持团扇,一人持展开的折叠扇,扇面绘有花卉图,还可看到疏落的几根扇心骨。

(原载《收藏家》,2007 年第 10 期)

漆骨洒金士人郊游图折扇（局部）

漆骨洒金士人郊游图折扇（局部）

漆骨洒金几何图折扇

红木扇骨泥金笺山水画折扇

白玉执荷童子扇坠

白玉双体鸟扇坠

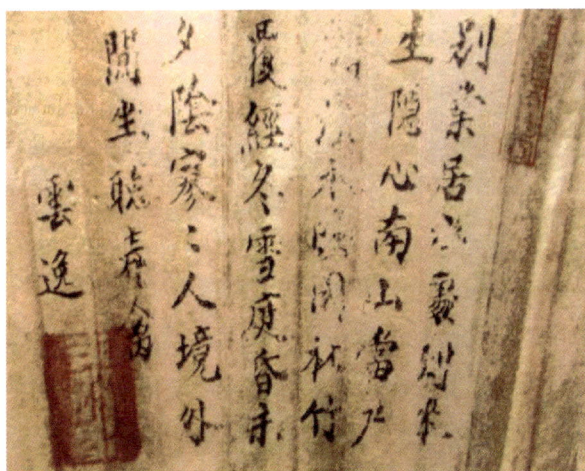

山水扇上的书法

宋人与宋枕

马未都

中国古代有一种很少有人使用的枕头,式样简单,截一段圆木缀上小铃,枕在上面极不舒服,须小心翼翼,保持半睡半醒状态,意在小憩,避免沉睡过去。否则,枕敧动,人惊醒。此枕被文人赋予了一个极为美丽的名字:警枕。足见古人珍惜光阴用心良苦。

与此相反,有一句我们经常用的成语也与枕有关:高枕无忧。源出《战国策·魏一》:"为大王计莫如事秦。事秦,则楚韩必不敢动。无楚韩之患,则大王高枕而卧,国必无忧矣。"两千多年前,古人对枕就有了这样深刻的理解。

古人使用的枕质地很多,不限于今人要求的柔软。用陶土堆塑成型,入窑高温烧成瓷枕,隋朝已见。唐以后,瓷枕渐多,至宋从质到量达到登峰造极。金元以后渐少渐衰,直至消亡。

谈瓷枕,离不开宋。我见过的宋枕磁州窑的为多。形容宋枕,得用许多话,简单地说,就是丰富。兽形枕中有龙枕、虎枕;人形枕中有孩儿枕、仕女枕;几何式样中有长方、八方、椭圆、银锭等;还有腰圆、鸡心、云头、花瓣等随意造型……

宋朝重商,商税成为国家财政的重要收入。国都东京(今开封)商贾云集,夜市不禁。于是,瓷枕中的名牌"张家造"应运而生。当然,还有"赵家造"、"王家造"等等。今天看来,千余年前宋人生产的瓷枕仍可谓美不胜收。一鹭鸶置身芦苇之中,双腿岔开,回首相望,用笔寥寥却生机一派;孩童持竿垂钓,神情专注,几条小鱼欲咬欲溜,情趣盎然;两束卷草,丰满柔韧,舒展大方……

我陆续见过不少瓷枕,由于价昂,没有留下几个。瓷枕发展总的来说是年代越早尺寸越小。唐枕中常见不足一拃长的,人称脉枕,是否为中医号脉专用,待考。宋枕尺寸适宜,金元以后,尺寸加大,可达尺半,显得笨拙。瓷枕为生活用具,常随亡者下葬。因历史淘汰,罕有传世品。瓷枕为平民百姓所用,皇帝大概嫌硬,另有所枕。于是,瓷枕中透着一股市井气,说白一点是俗气。

这股俗气给后人带来宋人的情趣。宋人图安逸,不尚浮华,干不出唐人那等辉煌热烈的事来。两只鹌鹑,一行飞雁;顽童蹴鞠,赶鸭捉雀,无不流露宋人知足常乐的人生观。你可以完全想见宋人在人口增殖、物阜民丰之际,陶醉于这种"小家碧玉"的风范之中,自得其乐。

在瓷器中,再没有比文字装饰更能直接反映当时人的思想了。唐代的铜官窑(长沙窑)中,书写诗歌的不少,许多诗还可以在《全唐诗》中查到。显然,这与唐代诗歌盛兴有直接关系。而宋枕,却大量书写词曲。如:"左难右难,枉把功名干。烟波名利不如闲,到头来无忧患。积玉堆金无边无岸,限来时,悔后晚,病患过关,谁救得贪心汉。"一曲《朝天子》,把个枕头主人的失意和无奈表现得淋漓尽致。

宋当阳峪窑花卉纹枕　上海博物馆藏

宋磁州窑花卉纹枕　马未都藏

唐铜官窑花卉纹枕　上海博物馆藏

"烟波名利不如闲"，宋人有点看破红尘了，于是，大宋江山也就成全了赵佶(宋徽宗)这位国政庸碌无为、艺术却颇有造诣的皇帝。

枕头与人的关系太密切了，要睡觉难免先看枕头一眼。工匠们就利用这一眼，在枕面上写上"众中少语，无事早归"，写上"为争三寸气，白了少年头"，写上"过桥须下马，有路莫行船，未晚先寻宿，鸡鸣早看天"……写上许许多多通俗的格言，这些格言与宋人生死不离，生时指点迷津，死后警醒来世。这种严于律己，潜移默化地养成了中国人"忍一刻风平浪静，退一步海阔天空"，充满道家意味的风格。

宋人在忍与退中让出了半壁江山，国都由北南迁至临安(今杭州)。北宋与辽，南宋与金，"和平共处"，委曲求全。采取守势的大宋王朝竟然也颤巍巍地度过了三百多年。

枕在宋瓷中有着极为特殊的地位，它所拥有的天地记录着宋人的生活哲学。宋人对生活的寄托流露在酒肆茶馆，宋枕则装有宋人身心放松、与世无争的心态。追求琴棋书画，追求醉乡酒海，在风花雪月中高枕无忧，宋人的祈盼却不能永远保证"家国永安"(宋枕语)……

我藏有一文字装饰宋枕，虽略有残，仍受我爱。枕为八方形，呈腰圆状下弯，写字方向与枕垂直，这与一般文字枕有异。字虽竖写但须从左读起："长江风送客，狐馆雨流人。"此枕颇值得玩味。内容为传统对联形式，长江对狐馆，专有名词对专有名词；风送客对雨流人，平仄对仗工整自然。上句明白无误，送客为来，但下句"狐馆"一词费解。雨流人的"流"与"留"通假，有"流连忘返"为证。狐字只有两解，一与狐狸有关，狐疑、狐臭、狐仙等等，另一解为姓

宋登封窑鹿纹枕　上海博物馆藏

宋磁州窑鹭鸶纹枕　马未都藏

氏。狐馆不论是什么馆,应与狐狸无关,否则谁还敢进入? 那么,只剩一条路了,即狐姓人开设的馆。也许是茶馆酒馆、餐馆旅馆,当然也不排除是妓馆。反正是一个让客人驻足,狐老板收费赚钱的地方。这地方应该在长江沿岸,否则风怎么能送客于狐馆? 这地方还应该常常霆雨绵绵,否则雨怎么能留住人? 无论在长江的上游中游下游,都离这枕的产地磁州(今邯郸)很远。当时这类定烧的商品往返一趟并非易事,由此可见狐馆应该为当时当地的一大名馆,与长江去对也就不为过了。

狐老板作古已近千年,此枕是否陪他下葬还是陪他的亲属甚至客人下葬均未可知。但有一点不言而喻,瓷枕已被淘汰,摆在博物馆内供学者研究,供观者欣赏。

宋朝有个著名的史学家叫司马光,他幼时聪慧,机敏过人,破缸救人的故事在中国可以说妇孺皆知。成年后的司马光编纂了一部巨著《资治通鉴》,全书洋洋三百余卷,贯串一千三百六十二年史事,至今仍是史学界重要的参考研究资料。可有一点恐怕鲜为人知,这部鸿篇巨制的编纂者,常睡警枕,就是那种十分不舒适又睡不踏实的枕头。

往事越千年。今人的枕已科学化了,讲究材料与质地,讲究舒适与合理。前面说过,瓷枕年代越近,体积就越大。按照这个思路,枕越做越大,如今的鸳鸯枕长尽可同床宽,看来也没逃出历史发展的趋向。其副产品——枕旁风当然刮得就更加情意绵绵,这一点却是有追求的宋人没能享受上的。

(原载《收藏家》,1994 年第 2 期)

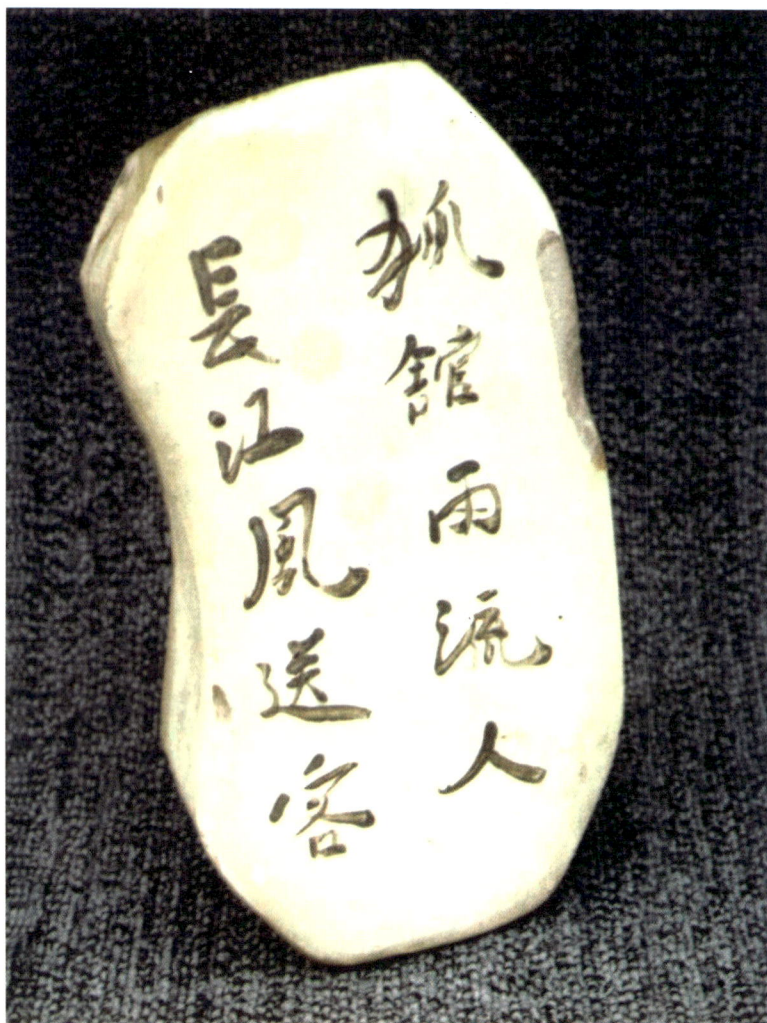

宋磁州窑文字枕　马未都藏

愿借明驼千里足

雷竞璇

　　"走向盛唐"展览有五件骆驼陶俑,相信能给观者留下印象。其他文物中也有骆驼形象出现,如新疆出土的两件丝织品、商旅驼运图石刻和汉白玉棺椁上的浮雕。骆驼是这次展览中一个内容丰富、值得细究的主题。

　　中国本土没有骆驼,这种动物是从中亚地区传入中原的,最早在什么时候传进来,文献缺乏清楚记载,但大抵在张骞通西域后,汉人和骆驼的接触就多起来了,之后随着丝绸之路的开拓,骆驼成为这条东西交往道路上主要的运输工具。在《史记》和两汉书中,骆驼写作橐它、橐他、橐佗等,不一而足,显示这是一个外来词,汉人只是将之音译,其中"橐"字究竟读音如何,还一直存在疑问。至于这个名称的来历,多国学者近百年来花了不少工夫研究,但都无法找到确切答案,例如德裔学者劳费尔(B. Laufer)在上世纪初提出此词来自匈奴语,但五十年代时美国学者谢弗(E. Schafer)推翻此说。他们两位都是对中西交通史研究卓有成就的人物。这两个字后来变成"骆驼",逐渐取化以前未能统一的写法,因为中国人认为应将其拨入"马"部。

"走向盛唐"展览涵盖东汉至唐约五百年的历史,这也是骆驼从西面进入中原,渐渐为汉人所认识和喜爱的时期,有关的展品反映了这种面貌,限于篇幅,此处抽取其中几件稍谈一下。

首先是彩绘牵驼陶俑,属北魏时期,从一座鲜卑墓出土,陶人俑头上戴的就是典型的鲜卑帽。鲜卑族原居今日中国的东北地区,后来迁徙到蒙古草原东部,再南下入主中原,建立北魏;他们大概是到达草原地带后,才认识到骆驼这种动物的。这组文物造型朴拙,骆驼身体的各部分不大成比例,究竟是出于工匠有意如此抑或是由于缺乏足够观察,不得而知。由一人牵引骆驼的实物或绘画,自汉代以来多见,而且牵引者往往是胡人,这组文物很能代表此一类型。魏晋之后,随着胡人大量进入中原,汉人对于骆驼的了解有所增长,《北史·西域传》中就出现如下一段描述:"且末西北有流沙数百里,夏日有热风,为行旅之患,风之所至,唯老驼预知之,即嗔而聚立,埋其口鼻于沙中,人每以为候,亦即将毡拥蔽鼻口,其风迅驶,斯须过尽,若不防者,必至危毙。"

其次是一件彩绘陶骆驼,这件文物准确地捕捉了骆驼的神态,因为骆驼起身时后腿先站立,卧下时也是前腿先卧,这是骆驼特有的习性。此文物自茹茹公主墓出土,属西魏时期,反映了制作者对骆驼作过细致的观察。骆驼背上承载的物品也值得注意,包括安扎的方法和物品的种类,因为这是丝路贸易情况的反映。有一位研究文物的德国女学者 E. R. Knauer 写了一本书(*The Camel's Load in Life and Death*),专门从出土骆驼俑来探讨其所运载的物品,题目相当有趣,可惜她不懂中文,研究成果不甚可观。

其三是汉白玉棺椁两块浮雕上的骆驼图像,来自隋朝的虞弘墓。这两块浮雕刻画了骑骆驼狩猎的景象,其中披发的一位猎人属于突厥族,另一位头上有光环的无法确定是什么人,两人所骑都是单峰骆驼。西亚地区有不少民族使用骆驼作战和狩猎,阿拉伯人尤其精通,他们后来能够成功扩张领土,与善用骆驼有很大关系。虞弘墓是近年的重大考古发现,墓主虞弘是位胡人,但所属何族,无法确定,浮雕上的很多图像现在还无法解释,我准备日后再谈论一下。

"走向盛唐"展览去年底在纽约大都会博物馆举行时,还有一件极其精美的唐三彩骆驼乐人陶俑,不知什么原因,没有运来香港展出。这件文物色彩鲜明,气象开朗,充分表现了盛唐社会的广阔胸襟,令人悠然神往。

中国古代有在墓穴中放置陪葬物品的风俗,随葬物品各代不同,当中出现骆驼俑,大约始于三世纪,到了隋唐时期,以骆驼俑陪葬变得相当普遍,这里头包含了隋唐社会一种精神上的特殊向往,因为丝绸之路开通后,中国除了向外出口丝织品、瓷器等商品外,也运入大量的西方物品,其中以金银器、玻璃、宝石、香料最为贵重,社会上层趋之若鹜。唐朝由于领土辽阔,到中亚的道路通畅无阻,各种外来事物大量涌入,社会上便形成一种"胡风",元稹便有"女为胡妇学胡妆,伎进胡音务胡乐……胡音胡骑与胡妆,五十年来竞纷泊"的诗句。而在漫长艰辛的丝路上将各种异域物品运来的,便是骆驼,因此,隋唐人士对于骆驼的喜好,其实寄托了一种向往,通过骆驼这件实物想象到外面世界的五光十色和奇珍异宝。

在这方面,上述的美国学者谢弗写过一本很有趣的书,书名叫 *The Golden Peaches of Samarkand*,中译书名改为《唐代的外来文明》(吴玉贵译,中国社会科学出版社,一九九五年),此书缕述唐朝时进入中国的种种物品,资料丰富,考订翔实。谢弗看到,唐人追求这些东西,主要不是出于物质需要的原因,而是通过这些外来物品引发想象力,促进一个时代的气氛活泼和景象繁荣。

从宋朝开始,骆驼作为一种艺术题材,不再重要。这一方面是由于墓葬习俗有所改变,我们不再放置大量陪葬品,另一方面是海路开通,贸易改为以船只载运,其成本之低廉,非骆驼所能相比。而同时中国人的精神世界也逐渐内敛,再没有唐代社会那种外向的好奇和兴趣。后来即使元朝时再打通西域的陆路交通,但骆驼的作用和角色已大大不如从前,只是在一些皇陵甬道上还被用作点缀,表达一下"来远人"的意思。

附带一提,中国最早出现骆驼的文物,就目前所见,是湖北江陵望山出土的青铜人骑骆驼灯座,属战国中期,非常凑巧,此文物也来到香港,现在香港大学美术博物馆的"荆楚辉煌"展览中展出。湖北属楚国疆域,离开骆驼活动的地区很远,何以出现如此物品,很难解释。《战国策·楚策一》记载苏秦游说楚威王,说到如果楚国采用合纵之策,可以称王称霸,可见成果之一是"赵、代良马、橐他必实于外厩";《史记·苏秦列传》也有相同记载,只是"赵、代良马、橐他"变作"燕、代橐驼、良马"。对于战国时期湖北的骆驼问题,这是我能够找到的唯一相关记载。

附记:骆驼分单峰、双峰两种,据古动物学的研究,前者源于阿拉伯半岛,后来大量进入北非地区,印度也有相当数量。双峰骆驼的起源地无法确定,有的认为来自西亚的伊朗、叙利亚地区,有的认为源于中国的新疆和青海。双峰骆驼的学名是 Camelus bactrianus,其中所包括的 Bactria 一字很值得注意,这是个地名,中国古典文献称之为"大夏",位于今日阿富汗北部,屡见于《史记》和《前汉书》,张骞远出西域,谋求与此地区的国家结盟"以断匈奴右臂",大夏就是他希望拉拢的主要国家之一,后来阿历山大大帝东征,多次到过这里,最后在这里死去,是一个在世界古代史上赫赫有名的地方。西方人认为双峰骆驼起源于此,所以有这样的学名。

(选自《据我所知》,香港牛津大学出版社,2010 年)

凡物皆有可观

汉宝德

喜欢收藏古董的人，对于古代陶瓷器物的爱好分为两派，一派喜欢其形制之奇妙，一派欣赏其平凡的美感，也有人兼而好之。

我对古物的兴趣开始得较早，当时尚未有汉唐古物流通于市场，所看到的只是清末的民间瓷器，当然是以日用器物，杯、碗、盘、碟之类为多。喜欢古物实际上是欣赏其带有时代特色的美感。一个杯子，一只盘子，能有什么了不起的形制上的变化？所以那个时候，外人看古物迷，与看傻瓜差不多。

其实这种自平凡器物中寻宝的风气，是受日本人留下来的器物文化的影响。大家都知道，日本人最重视日用器物，他们把一只杯子看得非常神圣，喝茶时双手捧着，神情肃穆，使得发明了茶，又发明茶杯的中国人看直了眼，也不明白其中的道理。一件器物被认真的欣赏，凡有点名堂的，就装在精致而特制的木盒里，题款保存，成为传世之宝。二十几年前，台湾的收藏家大多追随日人的步调，以这样的态度来宝爱古物。

那时候真正的古物不多。日本人欣赏日用器物，尤其是宋代的风格，所以后世仿制的杯、碗之类，都成为收藏的目标。记得我在中兴大学担任理工学院院长的时候，曾由朋友的介绍，看到一位长辈的收藏。到他家里很受优待，先很客气地奉茶，心情略定后，主人才很郑重地自内室端了绒面的方盘子出来，上面放着一件黑釉的饮器，放在面前，一语不发，让我细细欣赏，过了几分钟，在我表示欣赏完毕时，才端回去，换另一件东西出来。仍然是静悄悄的，等待我仔细体会，生怕把气氛破坏。这样看了六七件东西，近一个小时，才站起来告辞，千谢万谢地出来。日式的古物欣赏实在太严肃了，连说一句话都怕惊动了古物的精灵，我从此不敢到年长的收藏家处请教了。

我很佩服这种郑重而又严肃的收藏观，即便是身为中国人，还是觉得以轻松、愉快的心情来看古物，比较有助于延年益寿。我看那位长辈的收藏，大半是日人近世的仿品，可是在那种气氛下，不敢多话，然而我承认，是这种认真尊重器物的日本精神，使在台湾的我们在古陶瓷的收藏上重美感，有深度。即使大陆的古物开始大量流出之后，台湾的收藏家仍然有与香港藏家不同的胸襟。

十几年前，我经由朋友介绍认识香港的一位大收藏家，到他府上做客，看了他的部分收藏。他的藏品大多体形硕大，若非形制奇特，为今人所难得一见，就是纹饰精致，市场价值极高。这些宝物随意放置，并没有受到一定的尊重。我看到一件极雅致的雍正年间的豆彩盘子，居然放在地上，主人带我们匆匆走过，没有看它一眼，我为它叫屈，这样的东西在台湾不知被收藏家怎样珍惜呢！由于基本态度上的分别，大陆与香港的收藏家很少对唐宋单彩的小型日用器物感兴趣的。台湾居于中、日两种文化之间,反而在两者间取得相当的平衡。鸿禧美术馆的藏品就是很好的例子。

近二十年前,我第一次在市场上看到真正的宋代民间瓷器,是几件单色器物,其中有一件高高的瓶子。因为极其珍贵,当时店主告诉我,这几件东西可以换一座飞机场。这虽是一句玩笑话,却把宋代文物受尊重的程度表达出来了。那个时候,我们对中国古文明只能从书本上了解,或到日本去,通过日人去了解。记得有一位研究中国文化的朋友对我说,他的乡愁使他必须每年去京都住几天,才能得到内心的安慰。他觉得在京都可以体会到真正的中国,在台湾,很多人有这样的看法,所以从日本的茶道理解宋代的生活器物,确实比较容易,至少比起自近代中国的茶壶、茶杯去了解要直接、深切得多了。

也是这个原因,我收的日用器物中最早的是一只天目碗。大家都知道,天目碗是日本称呼,其实与浙江的天目山无关。它是福建北部的产物,是一种黑釉器,因为南宋时期的日本僧人带了回去喝茶,把中国宋人的茶道变成日本的国粹,因此传世的天目碗就成为日本的国宝了。当然,传世的东西都是特别好的,天目碗上的天然花纹,有油滴,有兔毫,都是烧制时所自然形成的。日本人为这类国宝碗铸了金边,更使人有宝贵的感觉,所以台湾的收藏家无不久闻天目之名。有些陶艺家花了毕生的精力,不过是制成相当有天目碗味道的作品,也早已成为收藏家的搜集目标了。

有那么一年,市上忽然出现了天目碗。真的吗?大家不免怀疑,仔细看看,虽然在色泽与花纹上都比不过日本的国宝天目,却是货真价实的。原来大陆开放,好事者知道中国台湾人与日本人的爱好，就跑到建窑的故乡去寻宝了。建窑早就停烧了，可是略加探索，并不难找到当年的窑址。使用了两三百年的窑址自然可以找出些值钱的东西。果然，他们找到了废品堆。当时茶碗的产量很大，出窑时凡是烧得有些缺陷的，都被丢在一边，因此烧得不够平整，釉色太薄或不匀，底子黏窑的，即使可用也被丢弃。饮茶是风雅之事，上流社会的生活方式，有钱的人都很挑剔，略有瑕疵即被剔除是很自然的。因为如此，建窑黑釉又可重见天日了。

我在光华商场所看到的天目碗，虽然有点干，釉色也不够黑而呈青、赭，碗底釉厚而略斜，可是兔毫却是清清楚楚的，器型也还完整，价钱与天文数字的日本国宝价简直天壤之别，就买回去把玩。可惜宋式饮茶已成历史，否则以南宋的天目碗喝茶岂不享受！

后来我又陆续买了几个，实因生意人总把好一些的放在后面。不多久，又出来了一种质地比较松，体型略小的南宋黑釉茶碗，产自江西的永吉，称吉州窑。这种碗因釉面不够坚实，出土后经过清理，会有些失釉的缺点。可是吉州的匠人喜欢出花样，有一种是贴花碗，一种是叶纹碗，前者是剪一个纸花放在碗内，后者是放一只树叶在碗内，烧得好，极为美观。尤其是叶纹，可以看出层层叶脉的纹理，传世的佳品也是国宝级的文物，近来的仿品太多，也不觉稀罕了。

吉州窑的茶碗中我特别喜欢的，是所谓玳瑁碗。吉州的黑釉本来就带点褐色调，不知用什么方法，他们烧出一些深浅大小不同的褐色斑点，宛如天成，看上去与玳瑁的花纹完全一样。偶尔在市场上见到一只，大多保存的情况不佳，与日本出版的书籍上见到的样本简直不可同日而语。可是皇天不负苦心人，在我注意到吉州茶碗之后几年,居然找到了一只相当完整的玳瑁碗。不是顶级品,价钱也还可以,但形色颇有可观,我没有考虑就买下来了。它成为我的茶碗收藏中的标杆,也是我所收藏的最后一只黑釉茶碗。

也许是受了日本的影响,也许是我学建筑之故,对于古物,我总是先对有用之物发生兴趣。苏轼说:"凡物皆有可观,苟有可观,皆有可乐,非必怪奇伟丽者也。"这是最懂得生活的一句话。所以自平凡的有用之物中寻求乐趣,本来就是中国古贤者的真知灼见,可惜近世的中国人把它丢在脑后,一味地追求怪奇伟丽,使文物的收藏也沾染了浓厚的市侩味。

苏轼这句话的开头是"凡物皆有可观",哲理意味浓厚。为什么凡是一件东西都有看头呢?在今天看来,这句话的意思可能是说每样东西都有它存在的道理,它的生产背景,制造技术,乃至使用功能,都是值得我们揣摩的。也可能指它存在的价值,它的形状,及经静观所可捕捉的美感。自然物有造物者的意志,人造之物亦必然有匠师的意志,一旦有所体会,就值得欣赏而从中取得乐趣。今人所谓"人文素养"应用在艺术生活上,可能是这个意思吧!

（选自《玩古·游戏：汉宝德的收藏故事》,黄山书社,2008 年）

辑六

随『物』而安

三张唱片

北　岛

　　记忆中的第一张唱片，是斯特劳斯的《蓝色的多瑙河》。那是我父亲在六十年代初买电唱机后收藏的几张古典音乐唱片之一。父亲并不怎么懂音乐，买电唱机这件事多少反映了他性格中的浪漫成分和对现代技术的迷恋。这与一个阴郁的时代形成强烈反差　　那时候的人们正在挨饿，忙着糊口，闲着的耳朵显得多余。记得刚刚安装好电唱机，父母亲在《蓝色的多瑙河》伴奏下跳起舞来，让我着实吃了一惊。

　　那是一张三十三转小唱片，蓝色调封套上是多瑙河的风景照，印着俄文，估计是苏联某交响乐队演奏的。说来惭愧，这就是我西方古典音乐的启蒙教育，像孩子尝到的头一块糖，直到多年后我去了维也纳，被斯特劳斯圆舞曲以及奥地利甜食倒了胃口。

　　"文化大革命"来了。在记忆深处，不知怎么回事，想到那场暴风雨就会想到黑色唱片，也许是旋转方式和不可测的音量有相似之处吧。时代不同了，这回轮到嘴巴闲着，耳朵竖了起来。我把高音喇叭关在窗外,调低音量,放上我喜欢的唱片。

接着是"上山下乡运动"。中学同学大理把《蓝色的多瑙河》借走,带到内蒙古大青山脚下的河套地区。一九六九年秋,我去中蒙边界的建设兵团看我弟弟。回京途中下火车,到土默特左旗的一个小村子寻访大理和其他同学。那还是同吃同住的"初级阶段"。每天下工与夕阳同归,他们扛着锄头,腰扎草绳,一片欢声笑语。回到知青点,大理先放上《蓝色的多瑙河》。奥匈帝国王公贵族社交的优雅旋律,与呛人的炊烟一起在茅草屋顶下盘旋,倒还挺和谐。多年后,大理迁回北京,那张唱片不知去向。

第二张是柴可夫斯基《意大利随想曲》,那种七十八转的黑色胶木唱片,祖籍不可考。六十年代末七十年代初,我和同班同学一凡、康成聚一起读书写作。那是一种分享与共存,如同围住火堆,用背部抗拒外来的冷风。在我们的小沙龙,有危险中偷尝禁果的喜悦,有女人带来的浪漫事件。与之相伴相随的除了书籍,就是音乐。我们拉上窗帘,斟满酒杯,让唱片在昏暗中转动。由于听得遍数太多,唱针先发出兹啦兹啦的噪音,再进入辉煌的主题。短促的停顿。康成这样阐释第二乐章的开端:"黎明时分,一小队旅游者穿过古罗马的废墟……"夜深了,曲终人不散,沉沉睡去,唱针在结尾处兹啦兹啦地不停滑动。

有一天我从工地回家休假,发现唱片不见了,赶紧去问一凡。他垂头丧气告诉我,有人告密,派出所警察来查抄,所有唱片都被没收了,包括《意大利随想曲》。那小队旅行者进入暗夜般的档案,永世不得翻身。

第三张是帕格尼尼的《第四小提琴协奏曲》。这张三十三转密纹的德意志唱片公司的唱片，是我姑夫出国演出时买的。他在中央乐团吹长笛，"文化大革命"中下干校苦力地干活。他家的几张好唱片总让我惦记，特别是这张帕格尼尼。首先，封套标明的立体声让人肃然起敬。那时用来播放的全都是单声道收音机，必然造就了一个个单声道的耳朵。每次借这张唱片，姑夫总是狐疑地盯着我，最后再叮嘱一遍：千万不要转借。

正自学德文的康成，逐字逐句把唱片封套的文字说明翻译过来。当那奔放激昂的主旋律响起，他挥着手臂，好像在指挥小提琴家及其乐队。多像一只风中的鸟，冲向天空，爬升到新的高度，又掉下来，但它多么不屈不挠，向上，再向上……他自言自语道。

在我们沙龙一切财产属于大家，不存在什么转借不转借的问题。顺理成章，这张唱片让康成装进书包，骑车带回家去了。

一天早上我来到月坛北街的铁道部宿舍。我突然发现，在康成和他弟弟住在二层楼的小屋窗口，有警察的身影晃动。出事了，我头上冒汗脊背发冷。我马上通知一凡和其他朋友，商量对策。

我们正在发愁，康成戴着个大口罩神秘地出现。

原来这一切与帕格尼尼有关。师大女附中某某的男朋友某某是个干部子弟，在他们沙龙也流传着同样一张唱片，有一天突然不见了。他们听说有人在康成家见过，断言是他偷的。他们一大早结伴找上门来。康成和他弟弟正在昏睡，只见酱油瓶醋瓶横飞。正当火爆之时，"小脚侦缉队"火速报了案警察及时赶到现场，不管青红皂白先把人拘了再说。帕格尼尼毕竟不是反革命首领，那几个人以"扰乱治安"为名关了几天，写检查了事。

我最近在听活力（Dynamic）唱片公司的一张 CD，是由瓜尔塔

(Massimo Quarta)演奏的帕格尼尼的第三第四小提琴协奏曲。也许特别值得一提的是,他用的是帕格尼尼的小提琴,这把琴是一七四二年由瓜尔内里家族制作的,比帕格尼尼早诞生了整整四十年。这把琴现在属于帕格尼尼的故乡热那亚市政府。重听这首协奏曲,被早年的激动所带来的激动而分神。帕格尼尼怎么也不会想到,他的音乐将以一种特殊的物质形式广为流传,并在流传中出现问题:大约在他身后两百年,几个年轻的中国人为此有过一场血腥的斗殴。

(选自《青灯》,江苏文艺出版社,2008 年)

闲话老唱片

赵　珩

关于唱片，我可以说是外行。想到这个题目，是因为今年是中国唱片诞生一百周年，前时电视台专门播出了这方面的专题片。这个专题片拍得很好，介绍了很多鲜为人知的资料，尤其是对三四十年代中国流行歌曲的情况，作了非常公正、客观的评价，还历史本来面目，而就这段音乐史料而言，离开唱片，也就无从谈起了。

从《洋人大笑》说起

关于中国戏曲唱片的历史，近年来看到叙述最详的是罗亮生先生的《戏曲唱片史话》和吴小如先生的《罗亮生先生遗作〈戏曲唱片史话〉订补》，两文互为参补，是了解近百年中国戏曲唱片出版历史最好的材料。

唱片最早传入中国，是伴随着留声机一起来的，多为西洋音乐、歌曲唱片,很多是胜利(Victor,中文音译为"物克多")公司和歌林(即哥伦比亚,Columbia)公司发行。这两家唱片公司都是美国的产业,进入中国后多在洋行和乐器行销售,销售量并不很大。原因是中国人对西洋音乐所知甚少,兴趣也不大。我小的时候听过一张《洋人大笑》的唱片,说一句英文,底下就是许多人哈哈大笑,大约今天七十岁以下的人都没有听过,这张唱片在中国却十分有名。《洋人大笑》的名字是中国人起的,正因为不知所云,于是就叫它"洋人大笑"。老舍先生的《茶馆》第二幕,就采用了这张唱片为背景音乐,与那个时代也很吻合,王利发在民国初年改良"老裕泰",正是《洋人大笑》流布京城的时代。

中国唱片的前身是蜡筒录音,在留声机上放送时需接上几根橡皮管子,听者将管子塞在耳朵上才能听到。当时北京的东安市场、隆福寺,上海的城隍庙,都有这样的留声机摊子,花上几文钱,就可以听上一段,有点像听觉上的拉洋片。在蜡筒时代,商人就开始注意到蜡筒的市场效应。同光以来,京剧处于鼎盛时期,于是蜡筒专门请名角儿录音,"后三鼎甲"中的谭鑫培、汪桂芬都录过蜡筒,据说惟有孙菊仙(津人称为"老乡亲")从不灌唱片、灌蜡筒,市场上流行的孙菊仙蜡筒多为赝品,其中多数假借孙菊仙之名,其实是找人代唱的。中国唱片定为一百年历史,恰是以 1904 年孙菊仙所灌唱片为标志。对孙是否灌过唱片,历来争议颇多。有一种说法认为,孙是灌过唱片的,或认为是冯二狗代孙唱的。且不论真伪,以孙菊仙名义灌的唱片确实有一百年了。据罗亮生先生说,他在同仁堂乐家听过汪桂芬所灌的两个蜡筒,保存了二十余年,声音仍然很好。

　　由蜡筒过渡到钻针、钢针唱片，是美国哥伦比亚公司的一项重要技术革命，使听觉传媒有了更多的受众。自从有了钻针唱片，中国唱片市场空前繁荣，而录制的范围也更为广泛了，除了京剧占有最大的比重外，其他如地方戏、曲艺、歌曲、广东音乐、江南丝竹、西洋音乐无所不有。

"百代"念成"伯逮"

　　物克多（Victor）公司是最早进入中国的唱片业，所收录当时名角唱片最多，但赝品也不少，有些赝品也有争议，如谭鑫培的几张唱片，有人说是谭自己唱的，也有说是王又宸代唱的。当时老谭名噪大江南北，又值晚年，且并不重视灌录唱片，疏懒而又不好推却时，如由其婿代劳，也是情理之中。

　　早期钻针唱片是由内向外转的，据我所知，目前中国艺术研究院和国家图书馆、首都图书馆都保存着一些这样的钻针唱片。后来钢针唱片改成由外向内转，这种唱片就退出了市场。我在50年代的隆福寺看到用这种唱片制的盘子，唱片中间的小圆孔被胶木堵住了，周边弯成圆形，成了茶盘，可谓废物利用了。

　　物克多公司也是唱机公司，最早进入中国的西洋唱机大多是物克多公司的产品。我小时候家中有三个唱机，一个是最老式的带喇叭的盒式唱机，好像是坏了，家里从来没有用过。一个是柜式落地唱机，上面掀盖儿的，打开盖子是唱盘和唱头，下面是对开门的柜子，分成若干层，可以放唱片用，整个柜子是桃花芯木制成的，很漂亮。这个唱机也很少用。最常用的则是一个新式的盒式唱机，没有扬声喇叭，但有摇把儿上弦。这三个唱机都是美国物克多公司的产品，商标图案是一只狗和一个带扬声喇叭的唱机，那只狗好像在听留声机。

物克多唱片最早在片心上印有上述图案，仅标有英文 Victor，没有"胜利"两字。但下方演员和所演唱剧目则使用中文。20 年代初，物克多经短期休整，交由中国人经营，经理是上海胜利公司老经理徐乾麟之子徐小麟。罗亮生先生也参与了物克多公司的经营活动，此外还有梅花馆主郑子褒先生，这几位都是行家，因此在唱片出版的选题方面颇能迎合市场需求。当时公司设在上海四马路（即今上海福州路），是物克多公司的全盛时代。30 年代前夕，物克多公司在唱片心的商标上去掉了英文 Victor 字样，干脆标明中文"胜利"二字，以更适应中国市场。

与胜利公司并驾齐驱的当属百代公司，百代光绪末年即在中国出现。吴小如先生认为，吴晓铃先生考订百代公司自 1906 年在中国开始经营比较可信。百代（Pathe）是法商产业，民国后与华人合资经营，最初的华人经理是张长福。百代自在中国伊始，就将目光对准戏曲市场，所灌录的产品以京剧皮黄唱段为主，同时也有少量梆子和曲艺唱片。百代公司片心商标图案是一只报晓的雄鸡，设计颇有创意，致使这个图案家喻户晓，一望而知是百代的产品。百代公司唱片大多在开始前有报幕，如首段先说："百代公司特请余叔岩老板唱《捉放曹》。"背面则很简洁："接唱二段。"我印象最深的是"百代"二字念成"伯逮"，且报幕人多为烟嗓儿，据说有演员自报的，也有是随便请"文场"成员报的。我小时候以能模仿百代公

蓓开公司出品余叔岩"倒仓"前录制的唯一一张唱片，为《碰碑》唱段。片心"小余三胜"系"小小余三胜"之误

司报幕人的发音为乐,学得惟妙惟肖。百代公司的唱片录音大多是在北京完成的,因此众多京剧名家都在百代公司灌过唱片,我家曾收藏各种唱片三百余张,其中京剧唱片有近一半是百代公司的产品。

与胜利、百代齐名的大公司还有高亭(Odeon)和蓓开(Beka)。高亭公司的片心图案是一座亭型西式屋顶,而蓓开最初产品不标中文,仅有 Beka 字样,后来才换成蓓开两字。高亭公司唱片也有报幕人,但报幕语言较清晰,一字一顿,不像百代那样一带而过,含混不清。蓓开公司在片头不使用报幕方法,这两家公司的历史也很长,现存首都图书馆的一张余叔岩早期唱片(余年轻时嗓音未"倒仓"前录制的)《碰碑》,片心为淡蓝色,剧名《碰碑》,但演唱者错标"小余三胜",落掉了一个"小"字,应为"小小余三胜"。弥足珍贵。

订做羊皮封套

除以上四家大公司之外,尚有开明公司(瑞士商人经营,音质上乘,但产品不多)、大中华公司(原为日本产业,由中国人盘下,改名"孔雀")、得胜公司等,这几家公司的唱片我家也都有,但数量很少。我小时候最喜欢的是长城公司的出品,长城公司是最晚出现的一家唱片公司,创办于 1931 年,是德商产业,中方经理是天津人,名字叫叶庸方。长城公司的产品是在国内录音,送回德国用虫胶制片,纹理较细,音质较早期其他公司唱片好得多,据说售价也较贵,片心是红色,有一段长城敌楼图案。我小时最珍爱一套梅兰芳、杨小楼合作的《霸王别姬》唱片,记得好像是五张,正反共十面,音质极佳,近年出现的录音带和光盘都是根据长城公司这套唱片翻制的。当时唱片类似五张一套的很少,加上这套唱片质量极佳,我特地在人民市场后场(隆福寺50年代中期改为人民市场,东西前场为百货,后场为旧货和"老虎摊")订做了一部套子,五张唱片套订在一起,前后有封面和封底,是羊皮做的。"四大名旦"的《四五花洞》也是长城公司的出品,正反两面,梅、尚、程、荀每人一句,各显风采。这出戏自50年代以后很少在剧场演出,我是直到1988年12月5日才在中山公园音乐堂看到的,那是中国戏曲学院校友为母校教育基金会集资演出,由刘长瑜、张曼玲、曲素英、沈健瑾、秦雪玲、王蓉蓉、白玉玲(原安排为刁丽,后由白玉玲代)、陈琪(原安排为王学勤,后由陈琪代)八位旦角和司驿等八位丑角演出的"八五花洞"。《五花洞》本来是出荒诞不经的玩笑戏,但由梅、尚、程、荀通力合作,又由长城公司出品,遂为经典唱片。长城唱片所用虫胶质量上乘,每张的重量也较旧时高亭、百代唱片要轻,片面亮度也好些。

从物克多到长城,中间经过了从钻针到钢针的技术革命,音响效果越来越好,而唱片的规格却基本上保持了直径12英寸的形制(少数也有10英寸的),一般唱机都可通用,偶有14英寸的大片,有些唱机就不能使用了。我家那架落地式唱机的唱盘与唱头距离较远,是可以安放14英寸大片的,但并没有使用过。吴小如先生和罗亮生先生在他们的文中还提到若干家小公司,有些是大公司的分号,如宝塔、丽歌等等,宝塔的我没有见过,但丽歌出品的倒有一两张。此外，我还见到过两位先生都没有提到的一种鹦鹉公司唱片，其中有该公司灌制的荀慧生《玉堂春》和言菊朋《法门寺》，我的印象深刻。这两张片子录制较晚，但音质却不很好。

老唱片的转速都是每分钟 78 转，一张唱片放送时间大约三四分钟，如不够三四分钟的唱段，片心可以加大；过长的唱段，片心则缩小，于是片心的大小成了观察放送时间长短的标志。我玩儿唱片时，都是由外转内的，没有赶上由内转外的唱片，同时也步入了钢针时代。由于时间长度所限，许多戏曲唱片在灌制时都做了修改，如减少"过门儿"，减去锣鼓过场，甚至唱速加快，与舞台戏曲演出有很大不同。一段《空城计》慢三眼，要分正反两面才能放完，影响了整体效果，这都是旧式唱片受到技术局限所造成的缺憾。

唱片放送要依靠唱针，这种唱针都是锤形的，一头按在唱头下端，旁边有一螺母，可松可紧，用以固定唱针。一般每听两三张唱片就要更换一次唱针，时间长了，唱针头磨粗，就会影响到音质。50 年代凡卖唱片的地方都代售唱针，当时以国产唱针为多，但市场上也能买到进口唱针，质量要高于国产的，有时可以听四五张唱片不换针。我曾在隆福寺后场的"老虎摊儿"上买到过一打（12 盒）美国哥伦比亚公司的唱针，大约是 40 年代初制作，用了很长时间。我还发现过一种木质唱针，三棱形，下端是尖的，有的唱头可以装上，有的却装不上，这种木针只能听一两张唱片，很不禁使。

"狗马央红"

我对于唱片有种特殊的情结,那是我幼年时最好的玩意儿,也是我接触戏曲与音乐最直接的工具。家中所有的三四百张唱片,真可以说是五花八门,有的唱片来源于何处,也不得而知。其中戏曲唱片约占 70% 以上,另外有 20% 是音乐唱片,还有 10% 是曲艺或类似"洋人大笑"之类莫名其妙的东西。

在戏曲唱片中,我最钟爱的除了梅、杨合作的《霸王别姬》之外,尚有百代灌制的杨小楼的《恶虎村》,那种大武生的念白淋漓酣畅,神完气足,可以说是后无来者。金少山在长城公司录制的《锁五龙》《牧虎关》也堪称是黄钟大吕。再有梅兰芳与姜妙香的《穆柯寨》,一段花衫京白,字字脆亮,是梅先生青年时代最精彩的京白段子。余叔岩的十八张半唱片,我家大概存有一半,其中有《沙桥饯别》《搜孤救孤》《珠帘寨》《洪洋洞》《桑园寄子》《打棍出箱》等多种。其他如高庆奎的《辕门斩子》《斩黄袍》,言菊朋的《上天台》《卖马》等,此外还有时慧宝、王又宸、王凤卿、贯大元等人。值得一提的是京剧名票天津夏山楼主韩慎先先生灌制的几张唱片,韵味富有书卷气,苍劲拙朴,是难得的京剧录音文献。

老生唱片中最多的,当属马连良。无论胜利、百代、高亭、蓓开,都有马连良的作品。我最喜欢其中《审头刺汤》念白的一张两面,是哪家公司出品的已经记不清了。那句"你在我这大堂之上摆来摆去,我又不买你的字画呀",我彼时也可以学得很像,尤其是

"之"字略带舌音,更突出了马连良的特点。由于幼年对旦角兴趣不大,所以凡属青衣类唱片听的时候很少。很可惜的是,海派演员的唱片几乎没有,如三麻子、周信芳、林树森等人,是我后来从录音带的转录中才接触到的。说到周信芳,倒是有一张他的《斩经堂》,我总觉得与其他老生唱段大相径庭,被视作另类。

在曲艺类唱片中,留存最多的是刘宝全的京韵大鼓。我最喜欢他的袍带书,如《战长沙》、《截江夺斗》、《单刀会》等。相声唱片很少,有一张焦德海、刘德禄合说的《洋药方》,倒是印象颇深。在广东音乐唱片中,有一张《汉宫秋月》和一张《走马英雄》,那张《走马英雄》也是百代公司出品,前面也有报幕人,用的是粤语,我常常学着他,将《走马英雄》读成"狗马央红"。

那时的唱片包装十分简陋,只有一个牛皮纸套子,中间有个窟窿,露出商家品牌和唱片内容,有的唱片最多附有一张唱段词句的说明文字。用的时间久了,唱片套子就破烂不堪,唱片也会很快磨损。

在这三百多张唱片中,有一小部分是外国音乐。凡单张唱片,多是一些独奏小品,如小夜曲之类,正反两面,基本上在三四分钟时间之内。记得有两部大型作品,即贝多芬的《月光》奏鸣曲(即《第十四钢琴奏鸣曲》)和他的《第五交响曲》(《命运》),这两套唱片分别装在两个大本子里,都是 14 英寸的片子,每套五六张之多,本子像是两本大精装书,紫红和深蓝的羊皮套子,外面是烫金的英文。这两部唱片只能放在落地式唱机上听,一部大型音乐作品要反复换十来回片子,今天听来不可思议,但在当时已经是很好的享受了。由于幼年时这部经典反复听,深深地印在脑海之中,《月光》

庄严清丽,《命运》激昂奋进,几十年来,每当这两部作品响起,无论是月光的梦幻流连,还是命运之门叩响的震撼,都会使我想起童年时代。

音乐唱片中有一部分是三四十年代最流行的作品。一类是外国音乐,有《蝴蝶夫人》中《晴朗的一天》,《茶花女》中《饮酒歌》,《天鹅湖》中《拿波里舞曲》,以及托赛里和德里格的小夜曲,这些都是初涉西洋音乐的启蒙唱片。再有是爵士乐类作品,好像都是美国哥伦比亚公司出品,其中小号和萨克斯部分很突出,节奏感很强,也有一些伦巴和桑巴舞曲。我最喜欢的是两张夏威夷吉他独奏,一张是《再见夏威夷》,一张是《蓝色的夏威夷》,1962 年我开始学吉他,这两张片子是反复听的。另一类是流行歌曲唱片,也就是最近那部电视片中涉及的三四十年代流行歌曲,其中不少是周璇唱的,也有王人美、陈燕燕等人演唱的。有几张李香兰的歌曲,大约是敌伪时期录制的唱片,记得有《特别快车》、《卖糖歌》等。50 年代以来,这一类音乐统统被称为"靡靡之音",尤其是像《桃花江》、《香槟酒满场飞》、《夜上海》、《何日君再来》之类,是我偶尔偷着听的,至今耳熟能详。

第一次接触"电转儿"

我听唱片的年代,家中已经没有人再去听它,因此两个能用的唱机和三四百张唱片均归我所有。那些京剧唱片是我和家厨福建祥一起常听的,而音乐唱片则是我一个人听。由于当时家中那种宽松和自由的生活空间,使我成了那个特殊年代中的另类。

78 转的老唱片早已成了文物,今天,除了音录部门用它来翻制一部分文献史料之外,再就是图书馆作为一个类别保存着,此外没有什么实用价值了。我家那三四百张唱片经过"文革"浩劫,早已荡然无存,留下的只是一些浮光掠影的印象。

50 年代初,上海唱片公司成立,不久在此基础上创办中国唱片公司,出版了大批新唱片。除了新录制的戏曲唱片之外,音乐类唱片逐年增多,包括西乐、民乐、歌曲、器乐演奏和曲艺等。这一时期的唱片均为红色片心,有天安门和华表图案,印有"中国唱片"四字,都由中国唱片公司一家经营。当时梅、尚、程、荀、马连良、谭富英、杨宝森、奚啸伯、周信芳、裘盛戎、叶盛兰、张君秋、李多奎等著名演员都在中唱录制了新唱片,音质也较前有很大程度提高,但仍属于钢针唱片范围。我家留存的旧唱片中也逐渐增加了一部分中国唱片公司的新版唱片。

当时唱片多在专门的唱片社出售,新华书店也有卖的。一部分乐器行和百货公司的留声机柜台也卖唱机。公私合营之前,在东安市场、西单商场、前门大街、隆福寺等地还有一些规模很小的私营唱片社,除了售卖新唱片之外,某些胜利、百代、高亭、蓓开的唱片仍有售卖。我印象最深的还是开在东安市场南花园和丹桂商场的唱片社,出售品种不少,同时出售国产轻便留声机。这一时期我还太小,自己没有买过唱片。其实早在 50 年代初,密纹唱片已在国外风行,至于放送密纹唱片的电动留声机(当时俗称"电转儿")在国内出现,已经是 60 年代初了。

自小学五年级以后我就很少听唱片了,那部老式手摇留声机也束之高阁。几年之后，家里有了电动留声机。是"熊猫"牌的。那留声机样子很漂亮，上面有一层木盖，中间嵌有一块玻璃，后面是电源插头，还有一根线接在收音机上，声音从收音机的扬声器放送出来。

说起添置"电转儿"，是因为对西洋古典音乐发生兴趣的缘故，那要从在刘念信先生家听音乐开始。刘念信先生是上海实业家刘鸿生之子，刘鸿生的子女均以"念"字排行。刘念信先生的夫人陈小曼女士在商务印书馆做编辑工作，是我父母的好朋友，当时他们家住在东城八面槽韶九胡同。刘念信夫妇多次邀我父母和我去家中听音乐，那也是我第一次接触到"电转儿"这玩意儿。刘家的电转儿好像是进口的，什么样子不记得了。他家唱片很多，有一个装唱片的柜子，里面全是西洋古典音乐。我还记得有两三次去他家听了贝多芬第六（《田园》）交响乐、舒伯特第八（未完成）交响乐，以及许多管弦乐作品。我当时非常奇怪一张唱片可以听上二十分钟而不换面，那唱片看上去也不过 12 英寸。还有 6 英寸的小唱片，竟然也能听上十几分钟，真是不可思议。刘先生家有一本唱片目录，我从头至尾认真翻阅一遍，看到贝多芬、莫扎特、肖邦、李斯特、门德尔松、勃拉姆斯，无所不包，大约有百十个曲目，令我非常羡慕。也是由于这个原因，家里才买了"电转儿"，从此开始了我对唱片的第二次热情。

那些周末的下午

　　1963 至 1964 年,我几乎每个星期六都去王府井八面槽路西的外文书店盘桓一个下午。那时周末下午不上课,于是有充裕的时间去那里买唱片。说是买唱片,毋宁说是听唱片。当时密纹唱片的价格很贵,国产密纹唱片也要四五元钱一张,进口的东欧唱片更贵一些。在那里待上一下午,最多买上一两张,但可以试听许多唱片。当时的外文书店唱片门市部很清静,因为那时电动留声机还不很普及,买一台"电转儿"的钱,是买一台电视机的二分之一,有钱的人宁愿去买一台苏联制的电视机或北京牌电视机,而很少愿意买"电转儿"的。"电转儿"是个无底洞,要买许多唱片填在里面,可谓永无休止。这就是外文书店唱片门市部很少有顾客的原因。正因为如此,这里成了一个听音乐的好地方。加上那里有两套东德的音响设备,音色极好,远远超过家中经电子管收音机输出的声音。久而久之,那里的几位营业员都认得我了,很愿意为我试放唱片。我至今还记得有两位营业员粗通外文,有一位俄文很好,帮了我不少忙。

　　外文书店当时出售的唱片大半为苏联和东欧国家的。其中质量最好的当属东德和捷克,苏联出品的质量差一些,而匈牙利、波兰的品种不多,更没有看到过罗马尼亚和保加利亚唱片。这些密纹唱片多为 $33\frac{1}{3}$ 转,也有 45 转,$16\frac{1}{2}$ 转速的很少。唱片套子非常漂亮,是硬卡铜版纸彩印的。国产密纹唱片的质量也有很大提高,西洋古典音乐、民乐、歌曲和轻音乐都有,外文书店当时是不卖戏曲和曲艺唱片的。那一时期还录制了许多亚洲和拉丁美洲音乐,我还记得当时有一张用民族乐器演奏的亚洲和拉美音乐唱片,是彭修文指挥和改变配器的,可谓别开生面,使人耳目一新。我曾在外文书店买过两套《天鹅湖》唱片,一套是苏联的,质量并不太好,另一套是国产的,共两张,由中央歌剧舞剧院管弦乐团演奏、黎国荃指挥。唱片套子是蓝色调的油画,设计得很好。此外如顾圣婴、李名强的钢琴独奏,马思聪的小提琴独奏和中央乐团的管弦乐、交响乐唱片都能买到。中国首次出版的贝多芬第九(合唱)交响乐,是由中央乐团演奏的,第四乐章的合唱、四重唱都达到当时国内最好水平。我最珍爱的是顾圣婴录制的四张钢琴独奏唱片,那是她刚刚在日内瓦国际音乐比赛中获女子钢琴最高奖归来,录制了舒曼、肖邦、李斯特和德彪西等名家作品。顾圣婴在"文革"中的 1967 年被迫害致死,年仅 29 岁,实在令人惋惜。

唱片逐渐成了文物

说到 60 年代中国密纹唱片封套的设计,想起前年请黄苗子先生和夫人郁风、丁聪先生和夫人沈峻在家中吃饭的一件趣事。我们在聊天中说到郁风阿姨的美术设计,我说:"我第一次知道郁风这个名字是在 60 年代,从唱片套上看到的。"郁风阿姨睁大眼睛发愣说:"唱片套? 你让我想想。"她沉吟片刻,然后说道:"太对了! 我是为唱片公司设计过两次唱片封面,这事儿我真的完全忘记了。"旁边的苗子先生和丁聪先生同时诧异地说:"啊?你还设计过唱片封面?"郁风阿姨说:"对!对!现在想起来了!今天最大收获是你提起这件事,我把这事全忘了。"其实,那时的中国唱片封面比进口唱片一点也不逊色,许多都是名家设计的。有一张古筝的《渔舟唱晚》,封面是幅水墨画,清新淡雅,别具风格。

1962 到 1964 年是中国唱片的全盛时代,为音乐普及和传播起到了重要作用。由陈钢、何占豪创作,俞丽拿演奏的小提琴协奏曲《梁祝》就是那一时期销量最大的唱片,而《梁祝》能家喻户晓,也有唱片的功劳。那时欧美密纹唱片几乎看不到,也没有进口渠道。我倒是在东单三羊信托商行买到过两次,都是人家在那里寄售的,可能是私人从国外带来的。有一次竟然买到一包,约有二十来张,仅售 30 元,其中有西德、法国和英国的唱片,包括海顿的《C 小调奏鸣曲》《降 E 大调奏鸣曲》、斯美塔那的标题交响诗《理查三世》、西贝柳斯的《芬兰颂》和舒伯特的《鳟鱼》五重奏等。虽然是转手的旧唱片,但显然没有听过多少次,还是崭新的。

唱片已经进入到 CD 时代,从蜡筒到钻针,从钻针到钢针,转速也从 78 到 45、$33\frac{1}{3}$ 和 $16\frac{1}{2}$,再由唱片到 CD,一百多年的历史留下了多少铭刻在人们心中难以磨灭的声音。一位在英国的老同学对我说,在伦敦市场上仍可以见到唱片,不论什么品种,都是一英镑一张,却很少有人买,逐渐成了文物。据他说,实际上唱片声音的层次感是远远超过 CD 的。

(选自《毂外谭屑》,生活·读书·新知三联书店,2006 年)

儿童玩具

王安忆

从小，我就是个动作笨拙的孩子。儿童乐园里的各项器械，我都难以胜任。秋千荡不起来，水车也踩不起来，跷跷板，一定要对方是个老手，借他的力才可一起一落，滑梯呢，对我又总是危险的，弄不好就会来个倒栽葱。而且，我很快就超过了儿童乐园所规定的身高，不再允许在器械上玩耍。所以，我记忆中，乐园里的游戏总是没我的份。但是，不要紧，我有我的乐子，那就是儿童乐园里的沙坑。

那时候，每个儿童乐园里，除了必备的器械以外，都设有几个大沙坑，围满玩沙子的孩子们。去公园的孩子，大都备有一副玩沙子的工具：一个小铅桶和一把小铁铲。沙坑里的沙子都是经过筛洗的，黄黄的，细细的，并且一粒一粒很均匀。它在我们的小手里，可变成我们想要的任何东西。它可以是小姑娘过家家的碗盏里的美餐，它可以是男孩子们的战壕和城堡。最无想象力的孩子，至少也可以堆积一座小山包，山头上插一根扫帚苗作旗帜，或者反过来,挖一个大坑,中间蓄上水作一个湖泊。或者,它什么也不作,只是从手心和手指缝里淌过去,手像鱼一样游动在其中的,细腻、松软、流畅的摩擦。

不知道是从什么时候开始,儿童乐园里的沙坑渐渐荒凉,它们积起了尘土,原先的金黄色变成了灰白。然后,它们又被踩平踏实,成了一个干涸的土坑。最后,干脆连同儿童乐园一同消失了,取而代之的是大型或者小型的游乐场。过山车,大转盘,宇宙飞船,名目各异,玩法一律是坐上去,固定好,然后飞转,疾驶,发出阵阵尖声锐叫,便完了。

那时候,南京路与黄河路交接的路口上,有一幢三层高的玩具大楼,是星期天里,父母经常带我们光顾的地方。印象中,整个三楼都是娃娃柜台,各式衣裙的娃娃排列在玻璃橱里,看上去真是五彩缤纷。这时候的娃娃样式基本一致,陶土制的脸和四肢,涂着鲜艳的肉色,轮廓和眉眼都很俊俏,身体是塞了木屑的布袋制成。头戴荷叶边的花帽子,身着连衣裙。彼此间的区别主要是形状的大小,衣裙的样式颜色以及华丽的程度。其时,还没有塑料,娃娃的形象多少有些呆板,衣裙是缝制在身上的,不能脱卸,可这却一点不妨碍我们对它们的信赖,信赖它们的真实性。每个女孩子似乎都至少要有一个娃娃,它是我们的忠实的朋友和玩伴。

当时有一种赛璐珞的娃娃,造型很写实,形状几乎和一个真实的婴儿一般大,裸着身体,可给它穿自制的衣服,鞋袜。可是我的父亲一直记得,他小时候在南洋时,看见过一个女孩子将赛璐珞娃娃系在背上,学习那些劳作的闽南妇女的模样,一个调皮的男孩恶作剧地,用火柴点着了娃娃,结果是女孩和娃娃同归于尽,葬身火海。因而,我们对赛璐珞娃娃始终怀着恐惧的心情。再加它通体都是一种透明的肉色,眉眼只有轮廓,却不着色,就好像是一个胚胎,这也叫人心生恐惧,所以,我们从来也没有向往过这种娃娃。

后来,我和姐姐得到过一对丽人娃娃,一男一女。他们的形象非常逼真,女孩梳了发辫,不是画在头颅上的,而是真正的毛发编织而成,打着蝴蝶结。在他们比例合格的身体上,穿着绸缎的中式衣裤,衣襟上打着纤巧的盘纽,还有精致的滚边。尤其是足上的一双鞋,是正经纳了底,上了帮,鞋口也滚了边,里面是一双细白纱袜。它们虽是娃娃,看上去却似乎比我们更年长,它们更像是舞台上的一对供观赏的演员,不怎么适合作玩伴的。在最初的惊喜过去之后,它们便被我们打入了冷宫。我们玩得最持久的是一个漆皮娃娃,是我姐姐生日时得到的。许多娃娃都不记得了,惟独这个,记忆深刻。它穿着大红的连衣裤和帽子,衣裤帽子全都是画上去的。它的头很大,肚子也很大,额头和脸颊鼓鼓的。它要比一般娃娃都要肥硕一些,也不像一般娃娃那么脂粉气重,它有些憨,还有些愣,总之,它颇像一个真正的小孩。抱在怀里,满满的一抱。我姐姐整天抱着它,像个小妈妈似的,给它裹着各种衣被。后来,我姐姐生了个男孩,我总觉得这个男孩与那个漆皮娃娃非常相似,也是大脑袋,额头脸颊鼓鼓的。

这时节,电动玩具出场了。我以为,电动玩具是儿童玩具走上末路的开始,它将玩耍的一应过程都替代,或者说剥夺了。我最先得到的电动玩具是一辆小汽车,装上两节电池,便可行驶,并且鸣响喇叭。它和真的汽车一样有着车灯,向前行驶亮前灯,一旦遇障碍物倒退,则亮尾灯。它还会自动转弯,左边遇障碍物朝右转,右边遇则朝左转。它当然是希罕的,是我向小伙伴炫耀的宝贝。但内心里,我对它并没有兴趣,我宁可玩我原先的一辆木头卡车。它的样子笨笨的,可是非常结实。它有着四个大木轮子,车斗也很宽大。我和姐姐各有一辆,她是红的,我是绿的。我以为,父母实际上在心里准备我是一个男孩,所以总是分配给姐姐红的,而我是绿的。在装束上,姐姐留长发,我则是短发。这辆卡车没有任何机械装置,我就在车头上拴一根绳子,拖着走。车斗里坐了我的娃娃,以及它的被子、碗盏,还有一些供我自己享用的糖果饼干,然后,就可上外婆家了。

那种机械装置的玩具,其实也是单调的。有一次,爸爸带我去方才说的那家玩具大楼买玩具。他为我买了一个莲花里的芭蕾舞女,就是说,一朵合拢的莲花苞,一推手柄,莲花便旋转着盛开了,里面是一个立着足尖跳舞的女演员。还买了一个翻筋斗的猴子。我爸爸给我们买玩具,不如说是给他自己买玩具,是出于他的喜好。曾有一次,他给我买了一只会喝水的小鸭子。这鸭子身上有一个循环的装置,可不停地低头喝水,水呢,从嘴里进去,再流入杯中,永远喝个没完。他大感惊讶,赞叹不已,立即又去买了一只,让它们面对面立着,一个起一个落地从一个冰淇淋杯中汲水喝。而我看不多久便觉索然,它们喝得再棒我也插不进手去,终是个旁观者。这一天的情形也大致相同。买了玩具,我们又去对面的著名粤菜馆新亚饭店吃饭。一边等着上菜,一边我就迫不及待打开纸盒,坐在火车座旁的地板上玩了起来。那猴子劈里啪啦地翻着斤斗,从这头翻到那头,抢着圆场。没等一圈发条走完,我已经腻了,走了开去,剩下爸爸和饭店里跑堂的,背着手饶有兴趣地欣赏着。

这时节,玩具做得越发精致了,记得有一套小家具。全是木制的,大橱就像火柴盒大小,橱门可关阖,五斗橱的抽屉均可推拉,每一关节,都细致地打着榫头,严丝密缝。还有一副小餐具,其中的一把筷子竟是真正的漆筷,头和梢是橘红色的,中间则是黑底盘丝花。但这些说是玩具,更像是工艺品。看起来很好,却没有什么玩头,你能拿它作什么?

许多好玩的玩具都是简单的,比如积木,是我永远玩不腻的。还有游戏棒,它也有着奇异的吸引力。从错综交叠的游戏棒中,单独抽出一根,不能触动其他,无疑是个挑战。要求你镇静,稳定,灵巧,并且要有准确的判断力,判断哪一根游戏棒虽然处境复杂,可其实却是互不干扰的一根,或者正反过来,某一根看上去与周遭不怎么相干,其实却是唇齿相依,一枝动百枝摇。还有万花筒,它随着手的轻轻转动变幻出无穷无尽,永不重复的图案,这一刻无法预测下一刻。从一个小眼里望进去的,竟是那样一个绚丽的世界。后来,万花筒里的碎玻璃被塑料片取代了,这世界便大大逊色,不再有那么金碧辉煌的亮色。塑料片不仅没有碎玻璃的晶莹,也没有碎玻璃的多棱面,那种交相辉映的灿烂便消失殆尽。塑料工业的诞生其实是极大地损伤了儿童玩具,它似乎有着摹仿一切的性能,事实上,却是以歪曲本质为代价的。万花筒就是一个明证。

上小学的时候,我们曾经在一家街道工厂进行课外劳动。这家厂就是生产塑料娃娃,从模子里压出的各色娃娃盛在纸箱里,一大箱一大箱的,工场又是在一个通风不良的阁楼上,于是,便壅塞着塑料的古怪的甜腥气。一个有腿疾的男工,迈着不能合拢的八字状的双腿,吃力地搬动着这些纸箱。整个情景都是令人沮丧,并且心生抑郁。

就像方才说的，父母无意中分配我和姐姐担任不同的角色，姐姐一定是女孩无疑，他们特别纵容她的女孩子的特性，他们给她买珠子。这些珠子实在美丽极了，形状颜色各异，分门别类地安放在一个大玻璃盒里。当然，除了这样昂贵的珠子外，还有许多散装的珠子，廉价一些的，但也同样多姿多色。时常也带她去挑选一些，扩充她的珠子的库存。她拿根针，引根线，将珠子穿成各种饰物。而爸爸妈妈似乎从来不以为我也是需要珠子的，我只能蹭着玩一点，暗中满足一下自己被忽略的需要。父母分配给我的爱好是一套建筑积木，是一整座中苏友好大厦，也就是现在的上海展览馆的模型，全由白木做成。记得定价是十五元，这在当时称得上是天价。事实上，这套建筑积木从来没有属于过我，它一直陈列在淮海路，我家附近的一间文具店里。实在说，它已不仅仅是一副玩具了，而是近似于船模航模一类的，训练性质的模具。母亲许诺我，倘若我能考上市重点中学，上海中学，便送给我。可是，没等到考中学，"文化大革命"就开始了，学校停课。这套模具不知什么时候收起了，反正我再也没有看见它了。

至于南京路黄河路口的那座玩具大楼，"文化革命"中我和妈妈还去过一回，它已经成了一家百货性质的商店，但还保留有相当面积的玩具柜台，柜台里其实也萧条得很了。还记得有三尊娃娃，分别是样板戏《红灯记》里的李奶奶，李玉和，李铁梅。妈妈被李玉和逗乐了，说了声"这个小干部！"现在，这已经变成了一家工艺品商店。所谓的工艺品就是一些机绣的桌布手绢，粗制的玻璃器皿，以及民族服饰等等。

　　我们还曾经有过一样特别有趣的玩具，那是一架投影幻灯机，是我们的三舅舅送给我们的。我三舅舅是个对生活很有兴致的人，他经常别出心裁地制作一些小玩意。那时候，一般家庭都没有冰箱，到了盛夏，剩菜很不容易保存。他就用几个饼干箱的铁皮圆盖，钻三个眼，一节一节地串起来，每一层可放一碗菜，然后挂在风口。他还喜欢拍照，拍过之后，再将照相机镜头取下来，临时制作一架扩大机，冲洗扩印照片。这一回，他送我们的投影幻灯机也是自己制作的，幻灯片是从什么地方淘来的，电影厂的废胶片。他很耐心地将这些废胶片挑选出来，按着电影的名目分别组合，并且尽可能根据电影情节的顺序，制成一条条的幻灯片。其中有越剧《红楼梦》、《追鱼》，张瑞芳主演的《万紫千红》，等等。此时，将临"文化大革命"，市面上已经没多少电影可看，所以，这台幻灯机使我们不仅在孩子里，也在大人中间，大出风头。我们常常在家中开映，电灯一关，人们立刻噤声，电影就开场了。这台幻灯机伴随了我们很多时间，在"义化大革命"中的那些寂寞的日子，没有娱乐可言，我们就看幻灯片。那时候，我们的玩伴中有三姐妹，是上海电影厂的一位著名编剧的孩子，她们家历经数次抄家，竟还遗留下一些《大众电影》画报。那些天，我们就是这样，拉上窗帘，躲在幽暗的房间里，看着电影画报，和墙上映出的幻灯投影，讨论着旧电影中的细节和男女明星，渐渐地结束了我们的儿童时代。

1998 年 7 月 21 日　上海

（选自《王安忆散文》，人民文学出版社，2008 年）

失落的弹珠台游戏

骆以军

周日的午后，坐在台大侧门新生南路对面的西雅图咖啡馆最里侧的吸烟区，透过一道作为隔间玻璃门，再穿过外间一桌桌年轻学生的人头轮廓，以及吧台上方垂下一列的细荷叶裙边圆日灯盏，黑色天花板，黑色墙面将那摇晃的光晕和零星的投影灯的光源悉尽吸去……这样透视出去，截面大街那曝置在白灼日光下的校园砖墙、校园里的绿树、旧铁栏杆，以及从对面穿越马路拿着书本顶住头遮光的男孩女孩们……像是冰冷黑暗的电影院正投影一部以强曝光作为影像风格之纪录片什么的。

有时我会这样想：作为一吃梦者，作为，窥视、偷听、窃取破碎身世并欢快拼组之的，在一座城市里曲意承欢或扁薄成影子，只为了像折纸那样手指跟着眼花缭乱复写出一座比例缩小之城吗？作为隐喻，作为时间的牲礼而砍下的头颅——里面蛆虫般爬满玷污嚼食灰白质的各式八卦、政争谋略、股市、躁郁症杀人、失败生意的合伙人谈判破裂后抱着对方的六岁小女儿从十四楼大楼顶跳下……

这样的折叠、压缩,像繁花圣母,像妓女,吸吮着整座想象性城市(罪恶城市? 欲望城市?)灰稠忧郁的梦魇,究竟值不值得呢?

后来村上春树变成人手一本。有些偏执的家伙甚至炫耀性地找到他提过的那些绝版爵士唱片。那样按图索骥的目录学精准气氛多少令我沮丧,像是所有人的左腕皆戴了一只不同款式不同型号的 SWATCH 手表。你既疏离却又不专业地也是"爱用族"里的一员。但你偏偏没有一本型录以鉴往知来它所有琐细历史和琳琅炫目却持续生产的经典纪念款背后一个大致轮廓。在这样被稀释的"我类认同"里,极难找到一个关于"我"的,不能被替代的投射和串演。

一如 pub 里那些迷信香草食谱和精油疗法、穿着低腰露脐牛仔裤的马子,人人皆能顺口背诵一段张爱玲最冷僻的段落;穿着三宅一生裙装染金发打烟出来是 Davidoff 凉烟的死痞子,开了他的Smart 小车载我便车,一路华丽流畅地大谈班雅明和纳博可夫……这总令我诧异且惊怒:那是如何做到……? 怎么可能?

我这一代的城市过客,许多的现代气氛,是在一种实体和虚拟的巨大漏裂缝隙中,狼狈草率地找寻衔接黏补的拼装方式。譬如说:在台北尚未有捷运地铁的十年前,我们或许是以公馆或信义路人行地下道里弹;弦琴乞婆、卖十元一枚的仿制卡通发饰之皮箱地摊,或是有一只日光灯必定坏掉跳闪不已的残蔽场景,来想象诸多小说中描绘之,"隐匿在城市下面的冰冷黑暗世界"。在超高层可俯瞰台北市全景的新光大楼出现之前,我们无法站在一绝对制高点,想象罗兰·巴特的《艾菲尔铁塔》是如何藉由鸟瞰城市全景历史层层覆盖的时间地图,去达成"城市入族式"。妥协之方式通常是搭 260 公车,昏天暗地上阳明山看一片灯海的台北夜景。在 Starbucks 出现之前,街角常是被修车厂、瓦斯店,或是银行骑楼下拄杖卖奖券的老人占据,所谓的"街角咖啡座橱窗"的观看视角和停顿时刻,常以坐在路边摊的板凳吃着切豆干卤蛋海带时,似曾相似地看着穿着正式的上班族面无表情自你身边走过……

有许多和我年纪相仿的"老村上迷",常有点尴尬但顽抗地坚持,村上最让人眷恋怀想的小说集子,还是那尚未如今一般家喻户晓的,《失落的弹珠游戏》与《遇见百分之百的女孩》。那么地超现实,那么地灵光一现且破碎如诗,毋需负担那日后慢跑般沉闷孤寂的书写长度。我总是乡愿地赞同,但确实想不太起来这两部小说究竟是在说些什么?《失落的弹珠游戏》似乎在说一九多少年份的某种型号的弹子台,印象里那个小说像一个冬日废弃的游乐场。那是一个未来感十足的场景。

但是在我的记忆里,与"弹子台"有关的场景,不论是西门町心脏地带的狮子林,或是像永和、板桥这些台北卫星市镇,那缩简版的百货公司综合大楼里的游乐场:总不外乎可乐倒翻或整坨融化的霜淇淋以至于地板总是黑乎乎黏答答,那些长头发黑丝亲衫敞着胸的迤迤少年,一边在弹子台争相竞器的巨大音效中,像梦境中的剪影那样又摇又撞又跩又干令娘骂着那些牲口般的金属机台;一边叼着烟,呸着槟榔(他们搁放在台面上的烟燎熏得玻璃一整片黑疤,他们的槟榔汁喷得投币孔和弹簧拉杆处处有一种肺痨传染病菌的阴晦印象),穿着夹脚拖鞋啪啦和同伙追逐喊打……

那样的城市经历,一旦成了村上的读者,不知为何全成了冷光科幻的"天文馆剧场"之类的印象？

有一些是真的……有一些是假的……有一些是从前的景观硬被未来召唤去充数……有一些则永远永远不会在你眼前的这座城市出现了……

有一次在 pub 听一位前辈诗人说起上海，他多少对这一阵台北文化界人人趋之若鹜往上海跑，或是充满艳遇地谈论上海的现代化感到不耐。他说，那一回他和一位人渣好友为了什么事只去上海一天，就只待一天，所以也就没兴趣去传闻中的繁华所在看看逛逛。他的人渣朋友出去晃了半天，回来非常兴奋神秘地拉他去"一处好玩的地方"。……"结果你知道是去干吗？"像提着裤脚蹬踩过那座未来之城以名牌橱窗豪华饭店花岗石玻璃材质作为换时线的切面，他们闯进那个城市某一个午后的过去时刻：他带着他绕进人家弄堂后巷的一间小洗发铺，并学着里面十六七岁素净的苏州少女的腔调——"ㄒ丨一‧ㄍㄜㄊ——儿ˊ——ㄡ——"洗个头。一个人三块钱人民币。梦境一样的午后，阳光斜懒垂挂着，他们满头泡沫地仰躺在老旧的躺椅上。没有旖旎遐想，只有苏州少女的手指劲道恰好地在头皮上按着搓着。

这个故事还有个尾巴。他说他那个人渣朋友在上海的那半天，非常兴奋地跑去买了很多的——好听些说是"如今已消逝无踪的、老台北人怀旧的时光物件"——我记得我那位前辈诗人又气又笑地说了许多，但不知怎么，我只记得"美琪药皂"这一样。离开的前一晚，他帮他把那些"垃圾"打包硬塞满一只破皮箱，因为扣锁不时迸开，他们还找了条麻绳来捆绑。

"你知道怎么样？"当他们到了中正机场出关，在领取行李的环形履带平台前等着,那个人渣朋友突然哀鸣一声,喊他的名字,"喂,某某,你看……"

在那些大箱小箱金属壳塑胶壳的行李随着输送履带转动,在人群围绕着,光天化日下,他们的那只皮箱迸裂敞开,所有的那些——我只记得其中有数十块的美琪药皂——像去另一座城市偷取自己这座城市的古老身世的证物,全四散撒落在那持续运转的金属履带上。

(选自《我们》,人民文学出版社,2012 年)

花　园

汪曾祺

在任何情形之下，那座小花园是我们家最亮的地方。虽然它的动人处不是，至少不仅在于这点。

每当家像一个概念一样浮现于我的记忆之上，它的颜色是深沉的。

祖父年轻时建造的几进，是灰青色与褐色的。我自小养育于这种安定与寂寞里。报春花开放在这种背景前是好的。它不至被晒得那么多粉。固然报春花在我们那儿很少见，也许没有，不像昆明。

曾祖留下的则几乎是黑色的，一种类似眼圈上的黑色（不要说它是青的）里面充满了影子。这些影子足以使供在神龛前的花消失。晚间点上灯，我们常觉那些布灰布漆的大柱子一直伸拔到无穷高处。神堂屋里总挂一只鸟笼，我相信即是现在也挂一只的。那只青裆子永远眯着眼假寐（我想它做个哲学家，似乎身子太小了）。只有巳时将尽，它唱一会，洗个澡，抖下一团小雾在伸展到廊内片刻的夕阳光影里。

一下雨,什么颜色都郁起来,屋顶,墙,壁上花纸的图案,甚至鸽子:铁青子,瓦灰,点子,霞白。宝石眼的好处这时才显出来。于是我们,等斑鸠叫单声,在我们那个园里叫。等着一棵榆梅稍经一触,落下碎碎的瓣子,等着重新着色后的草。

我的脸上若有从童年带来的红色,它的来源是那座花园。

我的记忆有菖蒲的味道。然而我们的园里可没有菖蒲呵? 它是哪儿来的,是哪些草? 这是一个无法解决的问题。但是我此刻把它们没有理由地纠在一起。

"巴根草,绿茵茵,唱个唱,把狗听。"每个小孩子都这么唱过吧。有时什么也不做,我躺着,用手指绕住它的根,用一种不露锋芒的力量拉,听顽强的根胡一处一处断。这种声音只有拔草的人自己才能听得。当然我嘴里是含着一根草了。草根的甜味和它的似有若无的水红色是一种自然的巧合。

草被压倒了。有时我的头动一动,倒下的草又慢慢站起来。我静静地注视它,很久很久,看它的努力快要成功时,又把头枕上去,嘴里叫一声"嗯"! 有时,不在意,怜惜它的苦心,就算了。这种性格呀! 那些草有时会吓我一跳的,它在我的耳根伸起腰来了,当我看天上的云。

我的鞋底是滑的,草磨得它发了光。

莫碰臭芝麻,沾惹一身,瞎,难闻死人。沾上身子,不要用手指去拈。用刷子刷。这种籽儿有带钩儿的毛,讨嫌死了。至今我不能忘记它:因为我急于要捉住那个"都溜"(一种蝉,叫得最好听),我举着我的网,蹑手蹑脚,抄近路过去,循它的声音找着时,拍,得了。可是回去,我一身都是那种臭玩意。想想我捉过多少"都溜"!

我觉得虎耳草有一种腥味。

紫苏的叶子上的红色呵,暑假快过去了。

那棵大垂柳上常常有天牛,有时一个,两个的时候更多。它们总像有一桩事情要做,六只脚不停地运动,有时停下来,那动着的便是两根有节的触须了。我们以为天牛触须有一节它就有一岁。捉天牛用手,不是如何困难工作,即使它在树枝上转来转去,你等一个合适地点动手。常把脖子弄累了,但是失望的时候很少。这小小生物完全如一个有教养惜身份的绅士,行动从容不迫,虽有翅膀可从不想到飞;即是飞,也不远。一捉住,它便吱吱扭扭地叫,表示不同意,然而行为依然是温文尔雅的。黑地白斑的天牛最多,也有极瑰丽颜色的。有一种还似乎带点玫瑰香味。天牛的玩法是用线扣在脖子上看它走。令人想起……不说也好。

蟋蟀已经变成大人玩意了。但是大人的兴趣在斗,而我们对于捉蟋蟀的兴趣恐怕要更大些。我看过一本秋虫谱,上面除了苏东坡米南宫,还有许多济颠和尚说的话,都神乎其神的不大好懂。捉到一个蟋蟀,我不能看出它颈子上的细毛是瓦青还是朱砂,它的牙是米牙还是菜牙,但我仍然是那么欢喜。听,矐矐矐矐,哪里?这儿是的,这儿了!用草掏,手扒,水灌,矐,蹦出来了。顾不得螺螺藤拉了手,扑,追着扑。有时正在外面玩得很好,忽然想起我的蟋蟀还没喂呐,于是赶紧回家。我每吃一个梨,一段藕,吃石榴吃菱,都要分给它一点。正吃着晚饭,我的蟋蟀叫了。我会举着筷子听半天,听完了对父亲笑笑,得意极了。一捉蟋蟀,那就整个园子都得翻个身。我最怕翻出那种软软的鼻涕虫。可是堂弟有的是办法。撒一点盐,立刻它就化成一摊水了。

有的蝉不会叫,我们称之为哑巴。捉到哑巴比捉到"红娘"更坏。但哑巴也有一种玩法。用两个马齿苋的瓣子套起它的眼睛,那是刚刚合适的,仿佛马齿苋的瓣子天生就为了这种用处才长成那么个小口袋样子,一放手,哑巴就一直向上飞,决不偏斜转弯。

蜻蜓一个个选定地方息下,天就快晚了。有一种通身铁色的蜻蜓,翅膀较窄,称"鬼蜻蜓"。看它款款地飞在墙角花阴,不知甚么道理,心里有一种说不出来的难过。

好些年看不到土蜂了。这种蠢头蠢脑的家伙,我觉得它也在花朵上把屁股撅来撅去的,有点不配,因此常常愚弄它。土蜂是在泥地上掘洞当作窠的。看它从洞里把个有绒毛的小脑袋钻出来(那神气像个东张西望的近视眼),嗡,飞出去了,我便用一点点湿泥把那个洞封好,在原来的旁边给它重掘一个,等着,一会儿,它拖着肚子回来了,找呀找,找到我掘的那个洞,钻进去,看看,不对,于是在四近大找一气。我会看着它那副急样笑个半天。或者,干脆看它进了洞,用一根树枝塞起来,看它从别处开了洞再出来。好容易,可重见天日了,它老先生于是坐在新大门旁边息息,吹吹风。神情中似乎是生了一点气,因为到这时已一声不响了。

祖母叫我们不要玩螳螂,说是它吃了土谷蛇的脑子,肚里会生出一种铁线蛇,缠到马脚脚就断,什么东西一穿就过去了,穿到皮肉里怎么办?

它的眼睛如金甲虫,飞在花丛里五月的夜。

故乡的鸟呵。

我每天醒在鸟声里。我从梦里就听到鸟叫，直到我醒来。我听得出几种极熟悉的叫声，那是每天都叫的，似乎每天都在那个固定的枝头。

有时一只鸟冒冒失失飞进那个花厅里，于是大家赶紧关门，关窗子，吆喝，拍手，用书扔，竹竿打，甚至把自己帽子向空中摔去。可怜的东西这一来完全没了主意，只是横冲直撞地乱飞，碰在玻璃上，弄得一身蜘蛛网，最后大概都是从两椽之间空隙脱走。

园子里时时晒米粉，晒灶饭，晒碗儿糕。怕鸟来吃，都放一片红纸。为了这个警告，鸟儿照例就不来，我有时把红纸拿掉让它们大吃一阵，到觉得它们太不知足时，便大喝一声赶去。

我为一只鸟哭过一次。那是一只麻雀或是癞花。也不知从甚么人处得来的，欢喜得了不得，把父亲不用的细篾笼子挑出一个最好的来给它住，配一个最好的雀碗，在插架上放了一个荸荠，安了两根风藤跳棍，整整忙了一半天。第二天起得格外早，把它挂在紫藤架下。正是花开的时候，我想是那全园最好的地方了。一切弄得妥妥当当后，独自还欣赏了好半天，我上学去了。一放学，急急回来，带着书便去看我的鸟。笼子掉在地下，碎了，雀碗里还有半碗水，"我的鸟，我的鸟呐！"父亲正在给碧桃花接枝，听见我的声音，忙走过来，把笼子拿起来看看，说："你挂得太低了，鸟在大伯的玳瑁猫肚子里了。"哇的一声，我哭了。父亲推着我的头回去，一面说，"不害羞，这么大人了"。

有一年，园里忽然来了许多夜哇子。这是一种鹭鸶属的鸟，灰白色，据说它们头上那根毛能破天风。所以有那么一种名，大概是因为它的叫声如此吧。故乡古话说这种鸟常带来幸运。我见它们吃吃喳喳做窠了,我去告诉祖母,祖母去看了看,没有说什么话。我想起它们来了,也有一天会像来了一样又去了的。我尽想,从来处来,从去处去,一路走,一路望着祖母的脸。

园里什么花开了,常常是我第一个发现。祖母的佛堂里那个铜瓶里的花常常是我换新。对于这个孝心的报酬是有需掐花供奉时总让我去,父亲一醒来,一股香气透进帐子,知道桂花开了,他常是坐起来,抽支烟,看着花,很深远地想着甚么。冬天,下雪的冬天,一早上,家里谁也还没有起来,我常去园里摘一些冰心腊梅的朵子,再掺着鲜红的天竺果,用花丝穿成几柄,清水养在白瓷碟子里放在妈(我的第一个继母)和二伯母妆台上,再去上学。我穿花时,服伺我的女佣人小莲子,常拿着掸帚在旁边看,她头上也常戴着我的花。

我们那里有这么个风俗,谁拿着掐来的花在街上走,是可以抢的,表姐姐们每带了花回去,必是坐车。她们一来,都得上园里看看,有甚么花开得正好,有时竟是特地为花来的。掐花的自然又是我。我乐于干这项差事。爬在海棠树上,梅树上,碧桃树上,丁香树上,听她们在下面说:"这枝,哎,这枝这枝,再过来一点,弯过去的,嗻,哎,对了对了!"冒一点险,用一点力,总给办到。有时我也贡献一点意见,以为某枝已经盛开,不两天就全落在台布上了,某枝花虽不多,样子却好。有时我陪花跟她们一道回去,路上看见有人看过这些花一眼,心里非常高兴。碰到熟人同学,路上也会分一点给他们。

想起绣球花,必连带想起一双白缎子绣花的小拖鞋,这是一个小姑姑房中东西。那时候我们在一处玩,从来只叫名字,不叫姑姑。只有时写字条时如此称呼,而且写到这两个字时心里颇有种近于滑稽的感觉。我轻轻揭开门帘,她自己若是不在,我便看到这两样东西了。太阳照进来,令人明白感觉到花在吸着水,仿佛自己真分享到吸水的快乐。我可以坐在她常坐的椅子上,随便找一本书看看,找一张纸写点甚么,或有心无意地画一个枕头花样,把一切再恢复原来样子不留甚么痕迹,又自去了。但她大都能发觉谁来过了。到第二天碰到,必指着手说:"还当我不知道呢。你在我绷子上戳了两针,我要拆下重来了!"那自然是吓人的话。那些绣球花,我差不多看见它们一点一点地开,在我看书做事时,它会无声地落两片在花梨木桌上。绣球花可由人工着色。在瓶里加一点颜色,它便会吸到花瓣里。除了大红的之外,别种颜色看上去都极自然。我们常以骗人说是新得的异种。这只是一种游戏,姑姑房里常供的仍是白的。为甚么我把花跟拖鞋画在一起呢?真不可解。——姑姑已经嫁了,听说日子极不如意。绣球快开花了,昆明渐渐暖起来。

化园里旧有一间花房,由一个花匠管理。那个花匠仿佛姓夏。关于他的机伶促狭,和女人方面的恩怨,有些故事常为旧日佣仆谈起,但我只看到他常来要钱,样子十分狼狈,局局促促,躲避人的眼睛,尤其是说他的故事的人的。花匠离去后,花房也跟着改造园内房屋而拆掉。那时我认识花名极少,只记得黄昏时,夹竹桃特别红,我忽然又害怕起来,急急走回去。

我爱逗弄含羞草。触遍所有叶子,看都合起来了,我自低头看我的书,偷眼瞧它一片片地开张了,再猝然又来一下。他们都说这是不好的,有甚么不好呢。

荷花像是清明栽种。我们吃吃螺蛳,抹抹柳球,便可看佃户把马粪倒在几口大缸里盘上藕秧,再盖上河泥。我们在泥里找蚬子,小虾,觉得这些东西搬了这么一次家,是非常奇怪有趣的事。缸里泥晒干了,便加点水,一次又一次,有一天,紫红色的小觜子冒出来了水面,夏天就来了。赞美第一朵花。荷叶上哗啦哗啦响了,母亲便把雨伞寻出来,小莲子会给我送去。

大雨忽然来了。一个青色的闪照在槐树上,我赶紧跑到柴草房里去。那是距我所在处最近的房屋。我爬上堆近屋顶的芦柴上,听水从高处流下来,响极了,訇——,空心的老桑树倒了,葡萄架塌了,我的四近越来越黑,雨点在我头上乱跳。忽然一转身,墙角两个碧绿的东西在发光!哦,那是我常看见的老猫。老猫又生了一群小猫了。原来它每次生养都在这里。我看它们攒着吃奶,听着雨,雨慢慢小了。

那棵龙爪槐是我一个人的。我熟悉它的一切好处,知道哪个枝子适合哪种姿势。云从树叶间过去。壁虎在葡萄上爬。杏子熟了。何首乌的藤爬上石笋了,石笋那么黑。蜘蛛网上一只苍蝇。蜘蛛呢?花天牛半天吃了一片叶子,这叶子有点甜么,那么嫩。金雀花那儿好热闹,多少蜜蜂!波——,金鱼吐出一个泡,破了,下午我们去捞金鱼虫。香橼花蒂的黄色仿佛有点忧郁,别的花是飘下,香橼花是掉下的,花落在草叶上,草稍微低头又弹起。大伯母掐了枝珠兰戴上,回去了。大伯母的女儿,堂姐姐看金鱼,看见了自己。石榴花开,玉兰花开,祖母来了,"莫掐了,回去看看,瓶里是甚么?""我下来了,下来扶您。"

槐树种在土山上,坐在树上可看见隔壁佛院。看不见房子,看到的是关着的那两扇门,关在门外的一片田园。门里是甚么岁月呢?钟鼓整日敲,那么悠徐,那么单调,门开时,小尼姑来抱一捆草,打两桶水,随即又关上了。水东东地滴回井里。那边有人看我,我忙把书放在眼前。

家里宴客,晚上小方厅和花厅有人吃酒打牌(我记得有个人吹得极好的笛子)。灯光照到花上,树上,令人极欢喜也十分忧郁。点一个纱灯,从家里到园里,又从园里到家里,我一晚上总不知走了无数趟。有亲戚来去,多是我照路,说哪里高,哪里低,哪里上阶,哪里下坎。若是姑妈舅母,则多是扶着我肩膀走。人影人声都如在梦中。但这样的时候并不多。平日夜晚园子是锁上的。

小时候胆小害怕,黑魆魆的,树影风声,令人却步。而且相信园里有个"白胡子老头子",一个土地花神,晚上会出来,在那个土山后面,花树下,冉冉地转圈子,见人也不避让。

有一年夏天,我已经像个大人了,天气郁闷,心上另外又有一点小事使我睡不着,半夜到园里去。一进门,我就停住了。我看见一个火星。咳嗽一声,招我前去,原来是我的父亲。他也正因为睡不着觉在园中徘徊。他让我抽一支烟(我刚会抽烟),我搬了一张藤椅坐下,我们一直没有说话。那一次,我感觉我跟父亲靠得近极了。

四月二日。月光清极。夜气大凉。似乎该再写一段作为收尾,但又似无须了。便这样吧,日后再说。逝者如斯。

(选自《人间草木》,山东画报出版社,2006 年)

消失的钟楼

刘　岩

关于新中国为社会主义工业化而进行的城市改造,一个具有意识形态效果的轶闻是,彭真曾向反对拆除北京城墙的梁思成转述毛泽东的愿望:站在天安门城楼上,将看到成片的烟囱。在许多"文化人"和媒体的津津乐道中,城市古建筑的大规模破坏,已成为描述毛泽东时代的"原罪"神话之一,当年将工厂和工业人口布局在历史悠久的古城里,也因此全然像是一个荒诞的错误。二十世纪九十年代以来,这种意识形态想象直接助推了中国各地以去工业化为条件、以建构消费性历史景观为目的的传统城市风貌"复原"。景观化"(民族或地方)传统"的神话屏蔽着真实的历史问题:社会主义工业化给古城空间造成的实质改变究竟是什么?为这个问题去蔽,首先需要还原中国城市古建体系解体的"现代化"情境。

早在一九四四年,梁思成便已慨叹,与文物毁于战火同样令人痛心的是,在破坏性的发展趋势下,国内"主要城市今日已拆改逾半","纯中国式之秀美或壮伟的旧市容,或破坏无遗,或仅余大略"

（《为什么研究中国建筑》）。老北京城墙和牌楼的消失，其实是这位古建筑保护者的经常性失败的尾声，相比之下，最初个案发生的城市，更能完整展现一九四九年后的古城改造与之前的一般"现代化"趋势的联系和差别。如费慰梅（Wilma Fairbank）所指出，梁思成的悲壮努力始于二十年代末在东北大学任教期间：他反对拆除盛京钟鼓楼的意见遭到了沈阳市长的拒绝。

盛京钟楼和鼓楼不仅是两个具有文物价值的单体建筑，而且是一座古代都城的标志。十七世纪前叶，清太宗皇太极将国都沈阳更名"盛京"，并改明沈阳中卫城的四门"十"字街为八门"井"字街格局；后又下旨在"井"字街上横与左右两竖交叉点分别修建鼓楼和钟楼，击鼓定更，鸣钟报晓，以规范都城作息时序，同时将两楼之间的土地辟为商业区，名曰"四平街"（今中街）。四平街南向傍依皇宫，按《周礼·考工记》所载的营建原则，形成"前朝后市"格局。一六八〇年，四方形的盛京城外又增筑圆郭，郭门与内城的八个城门一一对应，称为"八关"。按照沈阳城建史学者广泛引述的一种清人说法，内方外圆、八门八关的格局使钟鼓楼成了一个更富玄学意味的城市建筑体系中的关键符码——体现《周易》宇宙生成观的"八卦城"中的"两仪"。而钟鼓楼的拆除也与整个体系的瓦解密切相关。

从清末到一九三〇年，四平街的道路、建筑被不断改造翻新，最初用三合土砸成的路面先后修筑为石子和沥青马路，并拓宽了一丈有余，沿街主要商号的传统中式瓦房也纷纷改建为欧式洋楼，古老故宫的背后蜕变出了一条现代商业街。此时钟鼓楼的实际功用早已为西洋机械钟取代，但行人从四平街两端进出，仍需从它们

盛京钟楼

下面的门洞穿行,使当局视之为必须清除的障碍。奉系军阀统治末期,为改善城市交通,不仅拆掉了钟鼓楼,更将内城大西门(怀远门)、小西门(外攘门)和大东门(抚近门)接连拆除,而早在一九二三年,外城(郭墙)便开始被有计划地夷平。沈阳沦陷后,日伪当局除了一九三六年拆毁大西门剩余的瓮圈,在城市整体发展规划的框架下,又从一九四一年起部分实施了"奉天城墙拆除五年计划"。与此同时,经过半世纪变迁而形成的现代沈阳市区,已远远超出了内方外圆的城郭范畴。从俄日殖民者对中东铁路(满铁)附属地的先后营建,到清政府向列强开放商埠地,直至民国和伪满时期大规模兴建工业区,新的市区轮廓源自不同时期为不同目的而开发的地块的累加,旁逸斜出式的扩张使其丧失了盛京形制的严整和均衡。

以上述情境为参照,五十年代沈阳拆除残缺的城墙,既是二十世纪上半叶"现代化"趋势的赓延,也是盛京形制的持续毁坏的终结。城墙消失后,东西南北四条沿垣址而建的道路仍清晰标画着内城的四方轮廓,这个四方形的区域被当代沈阳人称作"方城",方城的"井"字街格局完整保持至今。在一九四九年后成为新中国工业基地的沈阳,社会主义工业化是在既有城建区划中进行的,一方面,民国和伪满时期在城市东西两侧开发的工业区为五十年代接受苏联援助项目、发展重工业提供了空间基础;另一方面,在传统意义上的"城里",新中国成立后的工业建设基本没有改变此前历史中形成的街巷和建筑格局。如果说,钟鼓楼的拆毁意味着,清代盛京城的建筑符码体系早在新中国成立前即已解体,那么,社会主义工业化对古城空间的重新编码,仍需从一座钟楼说起。

距盛京钟楼消失约四十年后,从其旧址沿朝阳街("井"字街右竖)向南四百余米,抵达故宫门面所在的沈阳路("井"字街下横),会看到十字路口东南建起了一座新的钟楼——沈阳钟厂钟楼。沈阳钟厂肇建于一九五六年,前身是太原街(原满铁附属地的春日町)的一些手工业师傅在社会主义改造中组成的钟表修配合作社。六十年代前期,国家调配大量人员、设备,将其改(扩)建为国营工厂,并重新布局在方城"井"字街的中心地带,厂址在历史上曾先后是清初吏部、清盛京将军衙门、民国奉天省财政厅和伪满城内警察署。旧官署消失,代之以工、商、文化和科研单位,是新中国成立后方城的一个显著变化。到七十年代,沈阳钟厂已与上海、烟台和长春的老厂并称为中国"四大钟厂",职工人数最多时近两千人。一九七二年,沈阳钟厂临街北楼的顶端安装了一个巨型机械四面钟,为当时沈阳唯一整点播放《东方红》报时的所在。钟厂钟楼成了方城中的新地标,它标志着这一古老空间在毛泽东时代经历的社会主义工业化改造。

在今天将毛泽东时代的城市描述为生产型城市的历史叙述,以及对老工业基地进行"物质现实复原"的电影中,排放工业废气的烟囱都往往被当作社会主义历史的中心意象,这种单一的工业空间想象不仅遮蔽了五十至七十年代的工厂形态及其地理环境的丰富性,也使古城空间在社会主义工业化中发生的真正变化处于不可见的盲区。不同于沈阳市区侧翼巨型烟囱耸立的重工业区,方城中的工厂主要是轻工业的中小型企业。与重工业区那些万人以上的大厂相比,这些邻近古建文物和商业中心的工厂除了生产空间更受环境限制,单位的后勤和文化活动场所也不尽完备,在此

1984 年版《沈阳市街图》中的方城区域

条件下,工人的日常生活与方城中其他不同历史时期的建筑形成了有机的联系。

据一九七五年到钟厂一车间做铣工的史师傅回忆,当时车间实行三班倒的工作制度,工厂食堂晚上不开伙,上夜班的工人如果没有自带饭盒,便会在工歇时结伴去中街北侧的沈河饭店(新中国成立后建立的大型国营饭店)吃夜宵。她至今记得当时的情景:工人们关掉机器,走出工厂,三五成群地一路喧哗,路灯下的朝阳街显得既静寂又热闹。除了伙食,喜欢读书的钟厂工人也很少去厂图书室,因为工厂南侧便是沈阳市图书馆,图书馆建筑为一九〇九年始建、一九二一年扩建的原日本满铁奉天公所,而再向西南步行五分钟,则会看到利用原张作霖父子大帅府为藏阅空间的辽宁省图书馆。钟厂附近还有两个建于三十年代的电影院——中街的光陆电影院和故宫东北侧的天乐电影院,后者在解放初期先后更名"大众俱乐部"、"大众电影院",一九五八年又改称"儿童电影院",以放映少年儿童影片为特色。史师傅对儿童电影院的印象尤为深刻,不只因为她在钟厂工作时是这里的观众,也不只因为读书时,学校常组织在此观影,更为重要的是,这个曾以"大众"命名的电影院就位于她从小生活的社区——中央路大众里。

大众里在三百多年前曾是努尔哈赤次子代善的礼亲王府。清初崇德至顺治年间,盛京城内共建有十一座王府,清迁都北京后,以盛京为留都,保持旗民分治,除留都皇宫外,王府和八旗亲贵宅邸长期是城内住宅建筑的主体。民国和伪满时期,方城里的前清王府尽皆颓没,取而代之的是新特权阶层的各种规模的公馆。一九四八年沈阳解放后,人民政府颁布一系列法令,接收或没收敌伪、军阀和官僚资本家房产,并将代管逾期房产收归公有,重新分配使用。在此过程中,许多"公馆"变成了普通工人聚居的宅院,史师傅家所在的大众里十六号便是其中之一。

五十至八十年代初的方城大体延续着此前历史时期形成的建筑格局,社会主义工业化造成的实质改变,不在建筑的物质形态,而在其符号性存在:沈阳最古老的城区第一次成为以工人阶级为主体的空间体系。沈阳钟厂生产的机械摆钟在中街的商场里出售,而钟厂工人本身就是这条商业街上的消费者,另一方面,像购买其他很多商品一样,工人买自己生产的钟,也需要凭票和排队。马克思将生产者的物质匮乏看作"异化劳动"的表现,产品、工厂、城市乃至劳动本身都成了否定工人的异己之物,原因在于他者对这一切的占有:"如果劳动产品不是属于工人,而是作为一种异己的力量同工人相对立,那么这只能是由于产品属于工人之外的他人。"(《1844 年经济学哲学手稿》)但对沈阳方城的工人阶级而言,并不存在这样一种"工人之外的他人"。生产者们把工厂称作"咱厂"或"咱家",又同时是商业街上的消费者、图书馆里的读者、电影院中的观众和市中心社区的居民,在相对匮乏却不疏离的状态下,共享着属于自身的空间体系。而这一体系的解体,则是源自所谓"短缺经济"向不断制造相对过剩的机制的转变。

一九八九年,中国经济在改革后第一次出现市场疲软,沈阳钟厂恰在此时深陷"过剩"危机,翌年全面停产。在九十年代,钟厂主要依靠变卖资产、出租厂房来维持生存和部分解决职工工资问题,作为昔日方城地标的钟厂钟楼在各种商户门市的包夹中显得日益凋敝。一九九八年,与沈阳最大规模的国企工人下岗几乎同时,这个社会主义工业化的标志最终消失在城市符号秩序的重构中。是年六月，沈阳市政府启动"清代一条街"改造工程，位于沈阳路和朝阳街交叉路口的钟厂大钟被拆，北楼被飞檐朱柱的立面重新包裹，成为西起怀远门、东至抚近门（两个最早被拆除的城楼又最先被复建）的新兴"古建筑"群中的一员。时隔数十年后，梁思成的整体保护理念颇具反讽意味地被重新认可和实践，地方政府为"恢复"故宫周边的古建环境而不断大兴土木，并使之与商业开发并行不悖地结合起来。二〇〇四年，沈阳故宫与"关外三陵"打包列入《世界遗产名录》，一位参与"申遗"的故宫专家事后不无惊异地回顾道：在八十年代末以降的"旅游开发热"、"旧城改造热"中，"沈阳故宫不仅没有受到破坏，反而在保护工作方面有了几十年来未曾有过的迅速发展"（佟悦：《走向世界遗产之路》）。对故宫建筑环境的"恢复"或"保护"从属于更大范围的消费空间建构，最初因"前朝后市"而建的沈阳路和中街已被整体改造为"前后皆市"，作为集观光、购物、餐饮为一体的实际上的商业街，前者与后者的区别仅仅在于，这里的特色商品具有"文化遗产"的包装。

"保护历史建筑"及商业开发的一个必需步骤，是拆除周边"煞风景"的老居民区。九十年代到新世纪初，中街、故宫、张氏帅府附近的居民被大规模动迁。二〇〇六年，大众里作为较晚拆迁的老社区消失在中街商业区的扩张中，社区内建于一九三四年的天乐电影院也被一同拆掉。拆迁无疑极大缓解了方城内长期累积的居住压力，但这并不是单向的居民搬离过程，而毋宁说是"小众"对"大众"的替换。二〇一三年夏天，笔者陪史师傅重访故地，在已改造为商业广场的大众里旧址和故宫的红墙之间，蓦然撞见她在九十年代回娘家时不曾见过的"盛京花园"——一个由十来栋低层楼房组成、在闹市中显得格外清幽的小区。怀着好奇向房屋中介询问小区的房价和房龄,工作人员在向"顾客"热情介绍后,特意补充:"这里的住户都很高端。""高端"或许只是广告词,但正像"大众里"这个地名的湮灭一样,身份修辞的变化契合着钟厂钟楼消失之后方城建筑的符号性现实:以工人阶级为主体的空间体系已不复存在。

沈阳钟厂在二○○四年正式破产,厂区进行整体拍卖,先后六次流拍。由于钟厂的工业用地转为商业用地需要额外支付三千万元土地用途变更费,以及邻近故宫无法修建高层建筑,这个市中心寸土寸金的位置并没有地产开发商接手。直至二○一三年,钟厂仍为各种商户租用,除了北楼被改造成仿古建筑,厂区的其他部分皆显现为衰败的工业遗存,而"故宫(东华门)"公交车站就在工厂门前,游客于此下车,在看他们想看的"世界文化遗产"之前,首先和社会主义工业化的历史幽灵不期而遇。这个幽灵成了最新一轮"旧城改造"亟须处理的问题。

二○一三年六月之后,按照沈阳市及沈河区政府的方城改造规划,沈阳钟厂的各承租商户被全部清出,厂区开始进行全面改造。包括钟厂改造方案在内,整体改造方城的计划是近年来沈阳本地媒体持续关注的焦点,媒体以"满清民国风"来形容这一轮改造追求的整体风格,地方政府公布的《沈阳市城市总体规划(2011—2020)》(草案)也明确提出,在方城及其周边,"新建、改建的建筑要延续满清、民国建筑文化的特色"。在这种整体氛围中,沈阳钟厂的新蓝图显得别有意味:厂区将改建为文化创意产业园,

2012年7月的钟厂北楼

临街建筑按照立面模拟的不同时期风格区分为若干部分,代表清朝以降的各个时代。以创意景观来表征历史的赓续,恰恰意味着真实历史纵深的消失。

　　盛京古城自二十世纪初以来经历了剧烈的变迁,但直到景观化时代在世纪之交降临之前,从不存在为消费性观看而进行的城市改造,各时期建筑的在场与缺席构成了丰富的历史褶皱,保存着对真实变迁过程的记忆。史师傅的儿子小时候常常疑惑,为什么"钟楼"公交车站不在母亲单位的钟楼下面,而在靠近中街路口的下一站,他循着由近及远、由今及古的自然顺序,逐渐进入"我城"的历史。这种远近关系在今天正好颠倒过来:面对沈阳路上真真假假的"古建筑",仿佛一下子"穿越"到了清朝,母亲及外祖父的时代却杳不可寻。"历史"景观湮没了作为理解历史的基础的当代史。据当地媒体报道,在由钟表博物馆、老字号风味餐馆、主题酒吧和电影院等构成的创意产业园中,沈阳钟厂本身的历史也将再现为某种景观。未来方城的消费者在"满清民国风"中漫游,走到创意产业园时,或许仍会发现一座"工厂"。但这一发现的前提是,对属于工人阶级的城市空间体系及其兴衰过程的记忆已被放逐。

（原载《读书》,2014 年第 4 期）

辑七

舌尖记忆

故乡的野菜

周作人

　　我的故乡不止一个,我住过的地方都是故乡。故乡对于我并没有什么特别的情分,只因钓于斯游于斯的关系,朝夕会面,遂成相识,正如乡村里的邻舍一样,虽然不是亲属,别后有时也要想念到他。我在浙东住过十几年,南京东京都住过六年,这都是我的故乡;现在住在北京,于是北京就成了我的家乡了。

　　日前我的妻往西单市场买菜回来,说起有荠菜在那里卖着,我便想起浙东的事来。荠菜是浙东人春天常吃的野菜,乡间不必说,就是城里只要有后园的人家都可以随时采食,妇女小儿各拿一把剪刀一只"苗篮",蹲在地上搜寻,是一种有趣味的游戏的工作。那时小孩们唱道:"荠菜马兰头,姊姊嫁在后门头。"后来马兰头有乡人拿来进城售卖了,但荠菜还是一种野菜,须得自家去采。关于荠菜向来颇有风雅的传说,不过这似乎以吴地为主。《西湖游览志》云:"三月三日男女皆戴荠菜花。谚云:三春戴荠花,桃李羞繁华。"顾禄的《清嘉录》上亦说:"荠菜花俗呼野菜花,因谚有三月三蚂蚁上灶山之语,三日人家皆以野菜花置灶陉上。以厌虫蚁。侵晨村童叫卖不绝。或妇女簪髻上以祈清目,俗号眼亮花。"但浙东人却不很理会这些事情,只是挑来做菜或炒年糕吃罢了。

黄花麦果通称鼠曲草,系菊科植物,叶小微圆互生,表面有白毛,花黄色,簇生梢头。春天采嫩叶,捣烂去汁,和粉作糕,称黄花麦果糕。小孩们有歌赞美之云:

> 黄花麦果韧结结,
> 关得大门自要吃;
> 半块拿弗出,一块自要吃。

清明前后扫墓时,有些人家——大约是保存古风的人家——用黄花麦果作供,但不作饼状,做成小颗如指顶大,或细条如小指,以五六个作一攒,名曰茧果,不知是什么意思,或因蚕上山时设祭,也用这种食品,故有是称,亦未可知。自从十二三岁时外出不参与外祖家扫墓以后,不复见过茧果,近来住在北京,也不再见黄花麦果的影子了。日本称作"御形",与荠菜同为春的七草之一,也采来做点心用,状如艾饺,名曰"草饼",春分前后多食之,在北京也有,但是吃去总是日本风味,不复是儿时的黄花麦果糕了。

扫墓时候所常吃的还有一种野菜,俗名草紫,通称紫云英。农人在收获后,播种田内,用作肥料,是一种很被贱视的植物,但采取嫩茎瀹食,味颇鲜美,似豌豆苗。花紫红色,数十亩接连不断,一片锦绣,如铺着华美的地毯,非常好看,而且花朵状若蝴蝶,又如鸡雏,尤为小孩所喜。间有白色的花,相传可以治痢,很是珍重,但不易得。日本《俳句大辞典》云："此草与蒲公英同是习见的东西，从幼年时代便已熟识。在女人里边，不曾采过紫云英的人，恐未必有吧。"中国古来没有花环，但紫云英的花球却是小孩常玩的东西，这一层我还替那些小人们欣幸的，浙东扫墓用鼓吹，所以少年常随了乐音去看"上坟船里的姣姣"；没有钱的人家虽没有鼓吹，但是船头上篷窗下总露出些紫云英和杜鹃的花束，这也就是上坟船的确实的证据了。

一九二四年二月

（选自《雨天的书》，北京十月文艺出版社，2011 年）

吃　茶

周作人

　　前回徐志摩先生在平民中学讲"吃茶"，——并不是胡适之先生所说的"吃讲茶"，——我没有工夫去听，又可惜没有见到他精心结构的讲稿，但我推想他是在讲日本的"茶道"（英文译作 Teaism），而且一定说得很好。茶道的意思，用平凡的话来说，可以称作"忙里偷闲，苦中作乐"，在不完全的现世享乐一点美与和谐，在刹那间体会永久，是日本之"象征的文化"里的一种代表艺术。关于这一件事，徐先生一定已有透彻巧妙的解说，不必再来多嘴，我现在所想说的，只是我个人的很平常的喝茶观罢了。

　　喝茶以绿茶为正宗。红茶已经没有什么意味，何况又加糖——与牛奶？葛辛（George Gissing）的《草堂随笔》（原名 *Private Papers of Henry Ryecroft*）确是很有趣味的书，但冬之卷里说及饮茶，以为英国家庭里下午的红茶与黄油面包是一日中最大的乐事，支那饮茶已历千百年，未必能领略此种乐趣与实益的万分之一，则我殊不以为然。红茶带"土斯"未始不可吃，但这只是当饭,在肚饥时食之而已;我的所谓喝茶,却是在喝清茶,在赏鉴其色与香与味,意未必在止渴,自然更不在果腹了。中国古昔曾吃过煎茶及抹茶,现在所用的都是泡茶,冈仓觉三在茶之书(*Book of Tea*,1919)里很巧妙地称之曰"自然主义的茶",所以我们所重的即在这自然之妙味。中国人上茶馆去,左一碗右一碗地喝了半天,好像是刚从沙漠里回来的样子,颇合于我的喝茶的意思(听说闽粤有所谓吃功夫茶者自然更有道理),只可惜近来太是洋场化,失了本意,其结果成为饭馆子之流,只在乡村间还保存一点古风,唯是屋宇器具简陋万分,或者但可称为颇有喝茶之意,而未可许为已得喝茶之道也。

喝茶当于瓦屋纸窗下,清泉绿茶,用素雅的陶瓷茶具,同二三人共饮,得半日之闲,可抵十年的尘梦。喝茶之后,再去继续修各人的胜业,无论为名为利,都无不可,但偶然的片刻优游乃正亦断不可少。中国喝茶时多吃瓜子,我觉得不很适宜;喝茶时可吃的东西应当是轻淡的"茶食",中国的茶食却变了"满汉饽饽",其性质与"阿阿兜"相差无几,不是喝茶时所吃的东西了。日本的点心虽是豆米的成品,但那优雅的形色,朴素的味道,很合于茶食的资格,如各色的"羊羹"(据上田恭辅氏考据,说是出于中国唐时的羊肝饼),尤有特殊的风味。江南茶馆中有一种"干丝",用豆腐干切成细丝,加姜丝酱油,重汤炖热,上浇麻油,出以供客,其利益为"堂倌"所独有。豆腐干中本有一种"茶干",今变而为丝,亦颇与茶相宜。在南京时常食此品,据云有某寺方丈所制为最,虽也曾尝试,却已忘记,所记得者乃只是下关的江天阁而已。学生们的习惯,平常"干丝"既出,大抵不即食,等到麻油再加,开水重换之后,始行举箸,最为合式,因为一到即罄,次碗继至,不遑应酬,否则麻油三浇,旋即撤去,怒形于色,未免使客不欢而散,茶意都消了。

吾乡昌安门外有一处地方名三脚桥(实在并无三脚,乃是三出,因以一桥而跨三汊的河上也),其地有豆腐店曰周德和者,制茶干最有名。寻常的豆腐干方约寸半,厚可三分,值钱二文,周德和的价值相同,小而且薄,虽及一半,黝黑坚实,如紫檀片。我家距三脚桥有步行两小时的路程,故殊不易得,但能吃到油炸者而已。每天有人挑担设炉镬,沿街叫卖,其词曰,"辣酱辣,麻油炸,红酱抹,辣酱搭:周德和格五香油炸豆腐干"。其制法如上所述,以竹丝插其末端,每枚三文。豆腐干大小如周德和,而甚柔软,大约系常品,唯经过这样烹调,虽然不是茶食之一,却也不失为一种好豆食。——豆腐的确也是极好的佳妙的食品,可以有种种的变化,唯在西洋不会被领解,正如茶一般。

日本用茶淘饭,名曰"茶渍",以腌菜及"泽庵"(即福建的黄土萝葡,日本泽庵法师始传此法,盖从中国传去)等为佐,很有清淡而甘香的风味。中国人未尝不这样吃,唯其原因,非由穷困即为节省,殆少有故意往清茶淡饭中寻其固有之味者,此所以为可惜也。

一九二四年十二月

(选自《泽泻集》,北新书局,1933年)

豆汁儿

梁实秋

"豆汁"下面一定要加一个"儿"字,就好像说鸡蛋的时候"鸡子"下面一定要加一个"儿"字,若没有这个轻读的语尾,听者就会不明白你的语意而生误解。

胡金铨先生在谈老舍的一本书上,一开头就说:"不能喝豆汁儿的人算不得是真正的北平人。"这话一点儿也不错。就是在北平,喝豆汁儿也是以北平城里的人为限,城外乡间没有人喝豆汁儿,制作豆汁儿的原料是用以喂猪的。但是这种原料,加水熬煮,却成了城里人个个喜欢的食物。而且这与阶级无关。卖力气的苦哈哈,一脸渍泥儿,坐小板凳儿,围着豆汁儿挑子,啃豆腐丝儿卷大饼,喝豆汁儿,就咸菜儿,固然是自得其乐。府门头儿的姑娘、哥儿们,不便在街头巷尾公开露面,和穷苦的平民混在一起喝豆汁儿,也会派底下人或者老妈子拿砂锅去买回家里重新加热大喝特喝。而且不会忘记带回一碟那挑子上特备的辣咸菜,家里尽管有上好的酱菜,不管用,非那个廉价的大腌萝卜丝拌的咸菜不够味。口有同嗜，不分贫富、老少、男女。我不知道为什么北平人养成这种特殊的口味。南方人到了北平，不可能喝豆汁儿的，就是河北各县也没有人能容忍这个异味而不龇牙咧嘴。豆汁儿之妙，一在酸，酸中带馊腐的怪味。二在烫，只能吸溜吸溜地喝，不能大口猛灌。三在咸菜的辣，辣得舌尖发麻。越辣越喝，越喝越烫，最后是满头大汗。我小时候在夏天喝豆汁儿，是先脱光脊梁，然后才喝，等到汗落再穿上衣服。

自从离开北平，想念豆汁儿不能自已。有一年我路过济南，在车站附近一个小饭铺墙上贴着条子说有"豆汁"发售。叫了一碗来吃，原来是豆浆。是我自己疏忽，写明的是"豆汁"，不是"豆汁儿"。来到台湾，有朋友说有一家饭馆儿卖豆汁儿，乃偕往一尝。乌糟糟的两碗端上来，倒是有一股酸馊之味触鼻，可是稠糊糊的像麦片粥，到嘴里很难下咽。可见在什么地方吃什么东西，勉强不得。

（选自《梁实秋散文》第四集，中国广播电视出版社，1989 年）

干　丝

汪曾祺

南京、镇江、扬州、高邮、淮安都有干丝。发源地我想是扬州。这是淮扬菜系的代表作之一，很多菜谱都著录。但其实这不是"菜"。干丝不是下饭的，是佐茶的。

扬州一带人有吃早茶的习惯。人说扬州人"早上皮包水，晚上水包皮"。"水包皮"是洗澡，"皮包水"是喝茶。"扬八属"各县都有许多茶馆。上茶馆不只是喝茶，是要吃包子点心的。这有点像广东的"饮茶"。不过广东的茶楼是由服务员（过去叫"伙计"）推着小车，内置包点，由茶客手指索要，扬州的茶馆是由客人一次点齐，陆续搬上。包点是现做现蒸，总是等一些时候，一般上茶馆的大都要一个干丝。一边喝茶，吃干丝，既消磨时间，也调动胃口。

一种特制的豆腐干，较大而方，用薄刃快刀片成薄片，再切为细丝，这便是干丝。讲究一块豆腐干要片十六片，切丝细如马尾，一根不断。最初似只有烫干丝。干丝在开水锅中烫后，滗去水；在碗里堆成宝塔状，浇以麻油、好酱油、醋，即可下箸。过去盛干丝的碗是特制的，白地青花，碗足稍高，碗腹较深，敞口，这样拌起干丝来好拌。现在则是一只普通的大碗了。我父亲常带了一包五香花生米，搓去外皮，携青蒜一把，嘱堂倌切寸段，稍烫一烫，与干丝同拌，别有滋味。这大概是他的发明。干丝喷香，茶泡两开正好，吃一箸干丝，喝半杯茶，很美！扬州人喝茶爱喝"双拼"，倾龙井、香片各一包，入壶同泡，殊不足取。总算还好，没有把乌龙茶和龙井掺和在一起。

煮干丝不知起于何时，用小虾米吊汤，投干丝入锅，下火腿丝、鸡丝，煮至入味，即可上桌。不嫌夺味，亦可加冬菇丝。有冬笋的季节，可加冬笋丝。总之烫干丝味要清纯，煮干丝则不妨浓厚，但也不能搁螃蟹、蛤蜊、海蛎子、蛏，那样就是喧宾夺主，吃不出干丝的味了。

北京没有适于切干丝的豆腐干。偶有"大白干"，质地松泡，切丝易断。不得已，以高碑店豆腐片代之，细切下扬州方干一菜，但要选片薄而有韧性者。这道菜已经成了我偶设家宴的保留节目。

美籍华人女作者聂华苓和她的丈夫保罗·安格尔来北京，指名要在我家吃一顿饭，由我亲自做。我给她配了几个菜。几个什么菜，我已经忘了，只记得有一大碗煮干丝。华苓吃得淋漓尽致，最后端起碗来把剩余的汤汁都喝了。华苓是湖北人，年轻时是吃过煮干丝的，但在美国不易吃到。美国有广东馆子、四川馆子、湖南馆子，但淮扬馆子似很少。我做这个菜是有意逗引她的故国乡情！我那道煮干丝自己也感觉不错，是用干贝吊的汤。前已说过，煮干丝不厌浓厚。

（选自《人间草木》，山东画报出版社，2006 年）

粤菜亡矣

古苍梧

　　此次在广州的官式宴会中，充分体会了港菜暴发户式的吃法，开席不到五分钟，桌上已堆上了象拔蚌生片、蒜茸蒸鲜贝、西兰花炒带子、清蒸石斑、药材燉水鱼……每人还各分了一盅菜胆翅。总之，主方认为最体面的菜式，都以最高速度，阵阵而出，叫人目不暇给之外，兼手不暇取，口不暇接。这一席，堪称是海鲜，野味，高胆固醇、高价菜大集汇。幸亏现在已不流行由香港传来的西式分菜法，否则每道菜都会给分到一份，礼貌上要强行下咽，可吃不消了。

　　筵席文化，不但要有好的菜式，还要讲安排配搭，上席的先后，色香味浓淡的层次，食客胃口与心理的适应与变化等等。这虽已是常识，讲究起来也可以是一门复杂的学问。初步经济起飞的商品社会，过去只为贵族或富贵人家享用的美食走向平民化。珍馐百味，人人得以吃之，自然是好事。问题是美食并不只是食物本身，更不只是食物原料的价格。暴发户吃法如孙悟空大嘴王母娘娘蟠桃，狂吞太上老君金丹，吃而不知其味。悟空还好，愈吃愈精神,暴发户则会弄得五脏俱伤。

七十年代初曾在广州北园吃饭,印象深刻,真的体会到粤菜文化。大菜不必说,光提最后一道菜心炒河粉,足以见出粤菜精华。先说点菜者的安排:这是最后一道菜,在吃了前面的美酒佳肴之后如何仍引得起客人的食欲呢? 如又来一盘豉椒牛河或扬州炒饭肯定令人望而生畏。现在是清淡的菜心炒河,碧绿的菜心配雪白的粉条,翡翠白玉,色光照人。菜心柔、嫩、甜,只以素油素盐炒之,以上汤略煨,原味全出;粉条爽、滑、韧,以豉油王、素油清炒;二者汇合,鲜味交融,清香隽永,余韵不绝。粤菜以原味、鲜味为高,不以材料货贵贱为尚,窃以为这不但是粤菜的要诀,也是中国厨艺的奥秘。

港菜继承粤菜,但随商品社会的发展,日益远离粤菜精神。且不说等而下之的味精菜,光是追求贵料一条已与粤菜精神背道而驰。以吃一万元一只大网鲍为荣可说是这种暴发户吃风的典型代表。此种吃法,只是吃得贵,不是吃得好。近日上穗公干,发现广州人暴发户吃风倍于港人:鲍参翅肚,海鲜野味,罗列满桌,和X·O而吞之,亡矣乎粤菜!

(选自《书想戏梦》,生活·读书·新知三联书店,2003 年)

吃是一种记忆

舒国治

台湾的牛肉面之时代与来历

常碰上这样的一种状况：朋友说起他难以忘怀的那碗牛肉面，说什么四十年前台北复旦桥下光武新村的"老张"，说什么哇再也吃不到了！那种香，那种鲜，那种过瘾……另外亦有朋友说起三十多年前永康公园旁有个老头，他的牛肉面怎么怎么好，后来摊子顶给别人，自己换到别处开，真是可惜……

是的，大家心中皆有一碗永远记得却再也不存的美妙至极口味的牛肉面。

在台湾，牛肉面是这样的一种文化。牛肉面是这样的一种记忆。甚至牛肉面是这样的一种时代。没错，时代。那时的台湾，战后不久，或说，播迁不久。许多东西皆在自然寻求融合；本地与携入之融合，权宜与亘存之融合，故牛肉面是融和文化的产物。有一点离乡背井（乡井原没那样一味），又有一点新起炉灶；有一点昔年风味（如豆瓣酱，颇有大后方四川之灵感），却又有一点就地取材（台湾的黄牛肉）。

这里说的"红烧牛肉面"，完完全全的是台湾在一九四九年后的自然融和后的独特发明。所谓独特发明，乃大陆原本无有也。前几年历史学家逯耀东写了一篇考据文章，我恰好未读到，据朋友转述，约因五十年代高雄冈山的豆瓣酱与近处的牛肉屠宰之天成搭配，加上老兵们的就地取材巧思，遂创造了今日的浑号"川味牛肉面"或"红烧牛肉面"的原型。

而此独特发明，其流行之年代，恰有其特别之遭际，便是五十年代末至六十年代末。因为这既是最清贫穷澹的无油水年月，却又是最思过屠门大嚼的尝想偶打牙祭却心中始终有故国缅怀竟只能寄情于某股香辣的那一段最教人印象深刻之年月也。

便因有这样一层"精神深寄"之年代因素，从此牛肉面的打牙祭象征意义方得深植人心；而"牛肉面"三字，直到今日仍是人们谈吃与心生创业之念时极常聊及的项目。

甚至到了九十年代，香港的吃家到台湾吵着要吃牛肉面，而日本的电影工作者到台湾也指名要吃牛肉面。

然则何以是牛肉面，而不是蹄花面？好问题。在此也不妨讲一讲。

先说台北小吃集聚的区块。当牛肉面隐隐然在台北各处角落发迹时，面摊式的外省小吃聚落颇有一些，但尚无纯以牛肉面聚成一条街者；像所谓"师大旁的牛肉面"、所谓"桃源街的牛肉面"等聚落皆兴起得比较晚，总要在六十年代中后期以后。至若我小学时，

"三军球场"（即今北一女旁的"介寿公园"）后、公园路两旁与中山南路所夹的小吃摊贩，卖的便不是牛肉面。另外延平南路一二一巷，基本上是福州干面巷。

为何提蹄花面呢？乃三十多年前在师大的牛肉面摊蔚然成街时，主要有两大口味，一是牛肉，一是蹄花。也就是，当年蹄花面与牛肉面是平分秋色的。那时尚没开出"师大路"，但实是今日师大路的路头贴着师大围墙的这一部分。不知当年是否便是龙泉街（须知今日的龙泉街是迁名过去的）之一段？后来师大路开通后，摊子星散，有一家留了下来，做成店面，便成了"海碗"，最近也收掉了。

蹄花面在六十年代，亦有"打牙祭"之意象，亦颇教人吃来醋肆；我在十岁左右于"圆山新村"（约当七十年代"碧海山庄"、今日"美国俱乐部"旧址）村口面摊吃的那一碗蹄花面教我至今难忘；但何以它后来没有像牛肉面那样脱颖而出呢？

我亦很说不准。但不免揣想，必是一、牛肉是南方原较少吃之肉种，有一种远距之美、之新奇感。二、蹄花相对言之，是猪肉，无奇也。三、红烧牛肉面带有辣味，微有"铤而试险"之异乡情调，发人无限之浪漫遐想也。

总之，面摊面店自六十年代中期后，以"牛肉面"三字为招牌者，已然多极，亦已成定式；而招牌上书"蹄花面"者却不多，江山便此成定局。

如今牛肉面老饕说的"口味"，依我看，必是六十年代中期至后期（牛肉面的全盛时期）台北各店各摊所共同制出风味之逐渐累积成的一股"记忆"。那时除了师大、桃源街（今仍有"老王"），尚有以补习班学生为主的南阳街与火车站周边如馆前路、汉口街等（今仍有开封街十四巷二号的"刘家"），尚有老电力公司（和平东路）后两家（今分别迁至潮州街六十巷五弄口的"林家"与潮州街八十二号的"老王"，甚至公卖局后亦有零星，如前不久球场未拆前的"老熊"）等。我个人在六十年代中后期，正念高中；成功中学对面亦是牛肉面摊林立，今日我能吃到最接近当年"甜香式的红烧"而非近二十年大多店家偏于大料杂加之"黑褐"调味者，唯有一家，便是鼎泰丰的"红牛汤面"（无牛肉者）。

台南有所谓的"现宰牛肉"，即每天半夜杀牛，天一亮便在摊上切成瘦肉片，清烫来吃，可说是原味完全呈现的吃法；我每次皆在想，假如用这样的肉与汤下一碗面，或是面片，或是疙瘩，那不知可有多好！当然，这是另一种滋味，它说什么也不会是我人一径认定的、有时代风意的、甚至深含播迁文化的那种牛肉面。

倘让我一星期选三碗牛肉面吃（或推荐外地客人匆匆游台者），除了鼎泰丰外，尚有：

"清真式"的牛肉面。它不算是台湾之发明，西北（如陕西、甘肃）的回民便是类似的烹法。忠孝东路四段二二三巷四十一号的"清真黄牛肉面馆"是其中最佳者。主要是牛血放得净，汤最清鲜。肉质虽柴，但若能上面前才自大坨切下，便较润嫩。此种清真式牛肉面店的发源地，当在北门口（台北邮局）。

再便是延平北路三段六十号骑楼下的"汕头牛肉面"。汤极鲜香丰富，却毫不腻。面亦下得恰好，尤以肉块薄小，大口漱漱吮面，肉自然嚼入，最得畅肆。

此三店最大优处，是吃完最无沉重、腻涨、恶油、悔恨等感受者,看官可别视之等闲,台湾牛肉面店千家万家,能如此者,不多。

香港的茶餐厅与冰室

香港的"茶餐厅",近十多年台湾聊它的人多了,几乎人人皆会说"鸳鸯"(奶茶加咖啡)如何如何独绝之类。又近年大陆的城市也广开了"茶餐厅",以为有茶、有卖餐,便顾名思义算是"茶餐厅"了,殊不知这"茶餐厅"是一专门格式的吃店,且它是独独绝绝创制自香港这处小岛。

香港的生活风情,大多源自广州,如茶楼、酒楼等,但有一样,是香港独产,便是"茶餐厅"。

"茶餐厅"之香港独产,乃香港是英国殖民地;英人有下午茶之尚,故香港昔年的"三行"(泥水行,土木行,油漆行)这类劳动阶层也沿袭英人惯例,发展成自己粗简版本的下午茶,终于构形为这种看似中西食物兼具、实则原本西多中少(且看它的餐具多是刀叉、少用筷子)的"茶餐厅"。这在广州是没有的。

香港的工人,敲敲打打,到了下午三四点钟,英国雇主要喝下午茶了,他亦不便敲敲打打,只好也休息一下,吃一个鸡尾包,喝一杯茶什么的。今日仍能见着茶餐厅门口坐着犹打着赤膊、抽着红万宝路烟、喝着奶茶吃点心的香港工人,这是他们的典型hang-out。

所吃之物,像鸡尾包(如我们的奶酥面包)或菠萝包,概为西式,至少是出于烤箱者,不会有莲蓉包、马来糕这种中式且出自蒸笼之物。并且甜物较多，乃西人之甜食糕点原就较丰亦较嗜。所喝的茶，亦是西式，如红茶；不会有中国茶如普洱、水仙、肉桂、香片等。何也，便因这原是要弄成合于西俗之形式也。也于是即使后来添加了公仔面（泡面）这一项目，也绝只用叉子吃，不见有给筷子的。由于供给叉子已成必习，造成有人（不只是小孩）吃鸡尾包亦是一叉子一叉下，提着鸡尾包一口一口地吃，并不会用刀子切成小片来吃，甚而也忘了用手抓着吃。

且说另一种小店，叫"冰室"，所供的食与饮，在今天已然有如"茶餐厅"，然也已显凋零。你在中环或尖沙咀这类炫亮之区不易见着，在陈旧灰暗的老商区的后巷背街倒可偶一见之，有怀旧癖者正好可藉此寻幽搜古一番。

冰室，则是广州先有，再传入香港的。算是"先省后港"。省港省港，两字并称，"省"乃省城，指广州，非指"广东省"也。又有"省港澳"三字同称的，便是广州、香港、澳门三地。且看有些老字号商家之广告文案会言"省港澳皆有分店"便是。

有人度测"冰室"之雅谓，或来自梁任公的"饮冰室"斋号。又冰室并非只广东炎热之地方有，上海亦有，想必与十九世纪开埠后西人广来、西俗东渐颇有关系。

旧时广州会有冰室，无他，气候炎热也。一如台湾昔年的冰果店或冰果室是。然即使台湾五六十年代随处见之的冰果店，如电影《牯岭街少年杀人事件》中少年混迹的场所，今日亦罕见矣；像台大附近的"台一"、"蜜园"（罗斯福路三段三一六巷一号）与才收掉不久的"金谷香"（罗斯福路三段二八六巷十六号）等店算是少有的硕果仅存者。至若彰化员林公园里的那家极富六十年代韵氛的冰果室,八年前游经犹见,今日不知如何?

连台湾的冰果店都会式微,香港这种寸土寸金之地焉能不零落?总之,在流行时期(五十、六十年代)的冰室,所供应的典型食品有:檀岛架啡(广东话这一架字,实有法文 café 的 ca 之发音神韵),西冷红茶(西冷即锡兰),荷兰谷咕(可可),香浓华田,卫尔牛茶(保卫尔牛精所泡出者),西洋菜蜜(由西洋菜提炼出来的蜜精),滚水鲜蛋(有人特起了个浑名叫"和尚跳海",活神至绝)等等。

当然,它也可以卖三文治、多士、蛋挞等点心,以及红豆冰、西米露、荔枝冰、红毛丹冰等南洋式冰品。然而,曾几何时它和"茶餐厅"竟然所卖的没啥两样了。

但有些人硬是为了发思古之幽情,见到"冰室"或"冰厅"字样的店,便要一进,温一温旧梦。

冰室,恰好仅存活于老旧区,外地人若想一探旧区旧吃食,不妨逛逛以下的"冰室"。

筲箕湾的"昌记冰室"(东大街三号 D)、"南龙冰室"(金华街)

华富的"华富冰室"(华富邨城市中心三——四号)

深水埗的"大利冰室"(北河街三十二号)、"华南冰室"(桂林街八十七号)

黄大仙的"祥记冰厅"(银凤街二十三号 D)、"泉成冰室"(黄大仙廉价楼南座二十五号)

旺角的"生力冰厅"(快富街二十八号 A)

新蒲岗的"东方冰室"(崇龄街)

东头邨二十二座的"锦华冰室"、"中民冰室"

东头村道一一八号的"义兴冰厅"

粉岭联和墟的"合兴冰室"、"海记冰室"（联兴街）及"发记冰室"（联盛街二十八号）

近数年，台北与上海、北京等新开出的"茶餐厅"，想当然地认为既是餐厅便自然可以卖"碟饭"（如芥蓝牛肉饭、油鸡烧鸭饭）、卖"面"（姜葱捞面、鱼蛋河粉）、卖"云吞"、卖"粥"。唉，殊不知这些项目在香港是属于"粥粉面饭"小馆者，是属于中式的；绝不是茶餐厅所卖之物。主要在于"餐厅"二字在早先是严格指"西餐厅"而言之用字。

世界的新趋势便是融合，意大利的橄榄油淋在日本的生鱼片上，亦成有趣吃食，遂造就了一种叫 Sake Bar（清酒酒吧）的餐馆形式。故中国的新的吃客会如此以为茶餐厅，也就不足为奇了。

（选自《无轨列车》，上海书店出版社，2008 年）